JN143140

魔法少女
インヘリート
エナジードレインに屈するヒロイン
Magical Girl Inherit
小説 ナガレ
挿絵 空維深夜

登場人物紹介

鏑木《かぶらぎ》 優菜《ゆうな》

ちょっと引っ込み思案な優しい女学生。杖に選ばれたことがきっかけで、正義の魔法少女「インペリート」として戦う事に。

アパタイト

人類の天敵「グラトニー」の変異体。残忍な性格の持ち主で、人間を魔力の"餌"としか見ていない。

佐藤《さとう》 茉莉《まつり》

陸上部に所属する活発な少女。優菜の親友でもあり、幼い頃に両親を亡くした彼女を支えてきた。

第一話　杖の使徒　インへリート

それは、形容のしようがない物体だった。

ボチャっ……ボタっ……ボチャリっ……。

それが蠢《うごめ》く度に、粘着質な音が鳴り響き、人の気配のない深夜の公園に木霊する。

物体の高さは３メートルに届かんとするほどで、幅はビルを支える支柱のよう。

その色は赤と紫の混じった肉の色で、月明かりに体表をヌラヌラと鈍く光らせた。

縦横に走る血管めいた隆起は、身じろぎに合わせて何かを循環させるようにドクリドクリと脈打って、むき出しの内臓を思わせる。

卵白じみた体液に塗《まみ》れた体表のそこかしこには溝が刻まれ、そこから覗く洞からは海洋生物を思わせる触手が、数え切れない伸びて、グチョグチョと粘着質な音を立てていた。

この世のなんとも例えられない、まさしく異形の化け物が、人気《ひとけ》のない公園を移動して、ナメクジの這《は》ったような跡を刻んでいく。

広く薄暗い公園の道を、出口に向かって這い進むそれは、まるで明確な目的があるかのようにその進行には淀みがなかった。

広い公園の中央、今では水も通されなくなった噴水の鎮座する広場から、一本の通路へと目指して進む。この先の出口からは住宅街が広がっており、大半の住居では人が眠りについているだろう。

ぶちゅっ、ずりりっ、ぶちゅるっ、ずりりぃ……。

緩慢ではあるが、大きい体躯《たいく》は一回のストロークが大きく、どんどんと出口へと向かっていく。まるでこの先に明確な目的があるかのように。

と。

「…………」

深夜10時半を回った公園に、学生服に身を包んだ少女が、化け物の進行方向に現れた。身長は160センチはないだろう。胸も肩幅も薄い、どこにでもいそうな少女だ。

彼我の距離は20メートルほど、出口を塞ぐように少女は立ち、その視線を化け物に真っすぐに向けていた。

「つはぁぁぁ……くそぉ……店長めぇ……こんな時間までこきつかいやがってぇ……！」

誰にともなく愚痴を吐いた重たい声と同様に、その表情にも疲労の色が見て取れる。足取りは重たく引きずるように、自宅への最短ルートである公園を横切ろうとしていた。

「……学生の本分は勉学でしょうに……まったく、っとにもぉ……」

ぶつぶつと声を漏らして、ストレスを吐き出すどころかむしろ不満を育てながら歩く彼女の耳に、聞いた事のない音が届いた。

「……プギィィィッ……」

「……ういひっ⁉」

咄嗟《とっさ》に音の方に振り向いた彼女が視界に入れたのは、図鑑でもテレビでもネットでも見た事のない、化け物だった。

獲物を見つけた化け物が、なんともおぞましい悦びの声を公園に吐き出した。

次いで、身体から生えた触手をもたげさせ、少女へと伸ばしていく。伸長した肉の鞭が、粘液をそこかしこに振りまきながら弾丸のような速度で少女のもとに殺到する。

「……ッフッ……っふッッ……あ、あぁぁ、お、オバケ……？　！！」

埒外《らちがい》すぎる光景に少女は腰を抜かし、へたり込む。

伸びる触手はそんな彼女に構わず、幹から「ぼちゃり、べちゃり」と蜂蜜めいた粘液を垂らしながら少女に迫る。

死を確信した少女が身体を縮こまらせた次の瞬間、高く、良く通る声が響き渡った。

「……エスぺぇっ……ッランッサぁあぁぁあぁっ！！」

透明感のある声が頭上から浴びせられ、続いて化け物と少女の間に何かが割り込み、アスファルトに突き立てられた。

ッコォォォォォオオンンッ！

細く長い何かが地面に触れた瞬間に、重たい石が凍った湖に跳ね返されたような音と、見た事のない「波打つ」光の波紋が広がった。

広がる光を浴びた化け物のその動きが鈍くなり、物言わずとも怯んでいる事が窺《うかが》える。

その突き立った棒、いや、杖の傍らに、更に何かが降り立った。

「な、なにっ、っこ、今度はなんなのよぉっ……!?」

怯えながら、戸惑いながら、閉じる事のできない瞳が映し出したのは、化け物と少女の間に、まるで守るように足を開いて立ちはだかる、特異な格好をした女性、いや、自分と同じ年頃の、少女だった。

ピンク色を基調とした衣装を纏《まと》う少女が、光を放つその棒を掴んで握り、その先端を地面に突き刺した。

先ほど「オバケ」の動きを止めた時の音が再び鳴り響く。石突きに貫かれた箇所を中心に光の柱が立ち上り、少女を守るように包み込む。ほぼそれと同時に、十重二十重《とえはたえ》の肉の鞭が、彼女に到達しようとしていた。

が、その触手が少女の身体に触れる事はなく、光の柱に阻まれる。まるでガラス壁に押し付けられたかのように押し返され、数十センチ先の少女に触れる事は叶わなかった。

光の壁に押し付けられた肉。それに視界を埋め尽くされて、少女の眉が顰《ひそ》められた。

「……っこのっ……！」

歯を一つ食いしばり、地面に突き刺した杖を固く握り直すと、

「くらいなさいっ！！」

言いざま、少女の腕が閃いた。振り抜かれる腕、その先端で、握られていた杖がプロペラのように回転し、張り付いた触手を巻き込みながら切り落としていく。

ビュオンっ！　と甲高い音を立てて、空気と一緒に触手を凪いで、払った。

回転に巻き込まれた肉の蛇が、断面から白濁とした液体を振りまいて地面に落ちると、やがてそれはごく脆い結晶へと変化して崩れていった。

「……イイッギイィイィイィっ……！！」

痛覚はあるのだろう。触手を切り落とされた本体が悲鳴を上げて、迫った時と同じ速度

で触手を戻して格納する。

「……グラトニーっ！　すぐに倒してあげるっ……！」

その姿を睨みつけながら少女は一歩を踏み出して、自分の身長ほどもある、赤紫の杖を薙刀のように下段に構えた。

「エスペランサー……力を貸して……！」

その言葉は、少女の口から出たとは到底思えないほどの、深い奥行きを伴って路地裏に響いた。次いで少女のそれに呼応したかのように、眩い閃光が少女を包み込む。

ッカッ……！

手の平から杖を出した時と同様に、少女の全身を青白い光が包み込み、衣服の全てを分解していく。

白魚のような指の形をなぞるようにグローブが伸び、上腕までをすっぽりと覆った。

学園指定のパンプスとソックスはこちらもそのしなやかな足を強調するかのようなエナメル質のロングブーツへと変じて、分厚い靴底に高いヒールが形成される。

光が作り出した少女の慎ましい裸体の輪郭を覆うように、上下からレオタードが形成されていく。首の半ばまでを覆い、股間までを一繫ぎにした黒のレオタードが、彼女の女性らしい体つきに沿って張り付いて質量を獲得していく。

大きめのお尻を隠すようにフワリと舞ったスカートが上下に揺れて、若々しい太腿に影を作り出す。濡れ羽色の髪の毛が根元から赤い髪に変じ、リボンが形成されて両側に纏められた。

「っはぁぁぁぁぁぁ……」

秒数にすれば二秒にも満たない間に学生の少女は、まるでアニメの中に現れるような魔法少女然とした姿へと変じたのだった。

「杖の使徒、インヘリート！　……アナタを、打ち滅ぼす者の名です！」

名乗りを上げると、少女のヒールが地面を押した。

ダッ！

10メートルはあろうかという彼我の距離で、携えた杖を薙刀でそうするように下段に構え、化け物へと飛び出した。か細い身体の少女のどこにそんな力が蓄えられていたのか想像もできない速度で飛び出した彼女に、しかし触手の対応は素早かった。

ぐちゅっ、ぐちゅるっ、ビュオンっ！

十重二十重の触手の群れが空中を飛び交い、少女、インヘリートへと肉薄する。

視界を埋め尽くす肉蛇の群れが少女に殺到する姿は、濁流《だくりゅう》に飲み込まれる小石のようだ。

しかしインヘリートはその歩みを止めるどころか、むしろ速度を上げて、その群れの中に飛び込んだ。

「……ッハアァァァァァァっ！！」

化け物が構築した肉の網の中から声が迸《ほとばし》り、光が漏れて周囲を照らした。

刹那《せつな》、肉の切れる音が響き、魔法少女を包み込んだ肉の網を杖が寸断していく。

その隙間から、杖を振り払ったインヘリートの姿が再び露出した。杖で放った『斬撃』の軌跡に、青白い光が鱗粉のように煌めいて、周囲を照らす。

彼女の細くしなやかな、女の子らしい身体に筋肉の筋が浮き、総身に緊張が張り巡らされている事を物語る。

そして、次の動作は速かった。

円柱で形作られたものが発生させているとは思えない鋭い風切り音が鳴り、化け物の触手が千切れ、裂け、寸断された端から塵となって消滅していく。

空中を舞う触手の膜に、無理やりに間隙を切り開き、その本体への道筋を作り出す。

振るわれた杖が鱗粉のように光の軌跡を空中に残して、迫りくる触手の数々を尽《ことごと》く打ち払っていくその姿は、鎧袖一触の姿だった。

身体を捻《ひね》り、淀みなく足を運び、回避と攻撃の動作が一挙動で行われるその様は、まるで華麗な舞のような美しさを放ち、触手を、化け物を翻弄《ほんろう》する。

そうして、数えるのが億劫《おっくう》なほどの触手を突き、払い、切り落とし、ねじ伏せながら肉塊へと歩を進め、

「………これで、終わりよっ……！」

手に持った杖が光を纏い、連れてその光が質量を高め始めて、次いで先端に刃を形成する。その形は矢じりのような尖りを持ちインヘリートが持つ杖を槍へと変化せしめた。

「……ってぇっぁあぁぁっ！！」

弾丸のような速度で、刃を番《つが》え、槍へと変じたそれが、腐肉の奥深くまで突き刺さる。

刺さった部分から化け物の白濁した体液が漏れ、次の瞬間に、深々と突き刺さった部分を中心にその巨躯《きょく》が膨れ、爆散した。

千切れて吹き飛んだ化け物の身体を構成していた肉片は、爆発して四散した端から形を保っていられないとでも言うように、粒子となって分解され、やがてその粒子も空気の中に消えていく。

かくして、人の気配のない深夜の公園は、本来の何も起こらない日常の姿を取り戻した。

「…………………」

化け物を瞬く間に屠《ほふ》った少女は周囲を警戒するように目を配らせて、脅威が去った事を確認すると、へたり込んだままの学生に手を差し伸べ、

「……大丈夫、ですか？　どこか怪我とか……？」

先ほどまでの大立ち回りを繰り広げた戦士の面立ちとは違う、少女そのものの印象で話しかけた。

「え？　あ？　……う、うんっ……、なんとも、ない……けど」

あっけに取られながら手を握り返すと、杖を抱いたように持つ少女が細い腕で学生を引っ張り上げた。

「今日はもう大丈夫だと思います。気を付けて帰ってくださいね」

「え、あ、はいっ、わかり、ました……」

反射的に出た了解の言葉を聞き終えると、ニッコリと笑みを返し、

「それじゃっ」

ダンっ！

「え、ちょちょょっとっ！」

人知を超えた跳躍力で飛び上がり、公園の外周を覆う樹木の先へと消えていった。

残された少女は一人、鞄を拾う事も忘れて、

「……………アタシ、やっぱり疲れてるのかな……？」

ポカンとした表情のまま数十秒、そのままで立ち尽くすのだった。

○

タンっ！　スタンっ！

屋根から屋根を飛び移り、自分の身長ほどもある杖を携えた少女が夜の闇の中で躍った。

軽やかに、比喩でなく羽のように舞って、人気のない路地に降り立つと、

「つふぅぅぅぅ……」

細い息をしっかりと吐き出して、握った杖を祝詞を告げる妻子のように捧げる前に突き出し、

「……ありがとう、エスペランサー」

そう「希望」の名を冠する杖に向かって言葉を発すると、
ポウッ……。

杖が淡い光の粒子となって掻き消えて、次いで衣服も制服へと形を取り戻していった。

「……グラトニー、……また少し、強くなってた……」

その手に残った感触を確かめるように拳を軽く握って、

「グラトニーから、皆を守ってみせる……アタシが、絶対……」

決意を固めた瞳で自分にそう言い聞かせ、彼女、鏑木優菜《かぶらぎゆうな》は帰路へとついたのだった。

第二話　継承

　朝食を終えて、二人の少女は登校の途についていた。その制服が表すように、二人とも同じ学園に向かうための通学路を歩き、同じ方角に向かって足を動かしていた。

　時刻は朝の七時五十分。朝のＨＲ《ホームルーム》には余裕を持って間に合う時間だった。

「優菜も、そろそろ一人で起きれるようにならないとねー、ニシシ」

　大股で歩く褐色肌で大きな乳房を持つ少女、佐藤茉莉《さとうまつり》が、横に並んで歩く小柄な少女、鏑木優菜に悪戯げな笑みを浮かべて言った。

「うん、ごめんねぇ……昔からアタシ朝だけは苦手で……」

「まぁいいんだけどさ。ボクは朝にだけは強いから」

　歯を見せて快活に笑って、腋を見せるように腕を上げて鞄を背中に回し、茉莉が抜けるような青空を見上げて言った。

「……あーあ、大会も近いし、せめて陸上部だけでも朝錬させてもらいたいんだけど……」

　人手不足の折、彼女たちの通う学園では原則朝練は行われない。しかし彼女、佐藤茉莉にとってはそれが不満なようだった。腕を上げ、ペンケースとお弁当しか入っていない鞄を背中に回して歩く彼女の胸が、無自覚に張り出されて揺れていた。

　それを、色白の少女、鏑木優菜が優しく制した。

「まぁまぁ、仕方ないよ。先生も忙しいだろうし。それと、鞄はちゃんと普通に持つ」

癖になっているのだろう。指摘された茉莉が慌てて持ち直し、鞄を脚の横に持ち替えた。

「ってもさぁーあ？　大会も近いし、気を抜けないんだよねぇ……、放課後だけじゃ物足りないというか……」

エネルギーの有り余る彼女はそのやり場を求めているようで、並んで歩く足取りは軽やかを超えて、散歩に臨む犬の高揚を纏っていた。

「朝練かぁ、すごいね茉莉は。アタシ朝だけは本当にダメだから……」

「んーっ、まぁ、人によるからねそれは。ボクはその分、夜はすぐ寝ちゃうし」

かくいう今朝も、中々意識の立ち上がらない優菜を茉莉が四苦八苦して起床させていた。

お互いに慣れた、いつもの朝だった。

「ほんといつもごめんね、起こしに来てもらっちゃって」

「言いっこなしだって！　おじさんとおばさんに約束したし。それに、ボクも朝ご飯食べさせてもらってるからね」

歯を見せ、豊満な胸を張ってそう答える茉莉の顔には少年のような爛漫さが輝いていた。

「うん、本当にありがとうね……」

三年前、両親が立て続けに夭逝して悲嘆の暮れにあった時から今まで、どれだけこの笑顔に助けられたろうか。

彼女のこの笑顔に、佐藤茉莉のこの笑顔に、どれだけ救われたか。

彼女がいなければ、未だ自分は失意のどん底にあったかもしれない。

そんな事を改めて感じながら学園への道を、詮無いおしゃべりに興じながら歩いていく。

優菜も茉莉も徒歩での通学だったが、この道は駅から学園までの最短ルートの大通りという事もあり、同じ制服に身を包んだ女子たちが、おしゃべりに興じながら歩いて。

それはなんでもない日常の風景と言えた。

「昨日さー、バイト先でめちゃめちゃ失敗しちゃってさぁ、めっちゃへこんだよー」

「嘘っ？　小テストって今日だったっけ？　全然勉強してない～」

「そういえば、この間行方不明になったって子、見つかったって。ただの家出だったらしいよ？」

「人騒がせ～。でも見つかってない人もまだいるんでしょ？　おっかないわぁ……」

同年代の学園生が、それぞれの話題に興じながら、同じ服を着て、同じ道を行く。

「……んーーっ……」

優菜の隣を歩く爛漫さを放つ茉莉の目が細められて優菜の全身を舐めるように見回した。

「……、な、なにっ？　どうかしたの？」

戸惑い交じりで問い返すも、茉莉の無遠慮な視線はしばらく向けられて。

「…………優菜、最近、なんか変わったよね？」

唐突に投げかけられたその言葉に、優菜の胸がドキリと鳴る。

「え？　っそ、そうかな？」

彼女は昔から、動物的な鋭さの勘働きを見せる事があった。そしてそれは、今日の朝も例外ではないようだ。

「な、何も変わってないけどなぁ……」

取り繕う優菜の言葉を受けても茉莉の視線は爪先から頭頂部までに投げかけられ、

「うん、猫背も直ったたし、……んー……」

人差し指を顎《あご》に当て、思案げな顔を見せる友人が、珍しく気遣わしげな表情へと変じて、

「………好きな人でもできた？」

予想外の方向からの直球を無遠慮に投げ込んだ。

「……っす……っそ、っそんなの、じゃないけどぉ……」

異性に感じるべき「好き」という感情。

いつからだったろうか、わからないままに芽生えていた気持ち。

始めはきっと尊敬や親愛、そんな情だった物が、今では恋慕のそれに近いものへと育っている事は自覚していた。

そんな物を向けている親友から、「好きな人」について言及される事に、見透かされたかと胸がドキリと鳴る。

気取《けど》られないように慌てて答えるも、親友の口からは「ニシシ」と声が漏れ、悪戯そうに目が細められた。

「ほんとかなぁ？　ボクに隠し事はダメだかんね？」

「な、何もないってば……！　ほんとにもう……」

顔を真っ赤にしながらそっぽを向いた優菜に、茉莉は肩を上げげた。

「恥ずかしがり屋は相変わらず、かぁ……。うーん、何が変わったのかなぁ……」

「……知らなーい」

いきなりに投げかけられた色恋の話に赤面しながら、ややぶっきらぼうに返す優菜。

「まぁまぁ、もし変な奴だったらボクは許さないかんね？　ボクの優菜を変な男に渡す訳にはいかないんだから」

「茉莉のじゃあーりーまーせーんっ！　ほんとにもう……」

僅《わず》かに頬を染めながら、照れ隠しのむくれ顔を進行方向に向けて、通学路を歩く。

そんなやり取りをしている内に坂の上の学園が見えて来た。

「でもまぁ、今のは冗談にしてもさ、何かちょっと、頼もしくなったというか、なんか、そんな感じ、かなぁ」

おどけた空気を取り去って、

「そう？　ふふっ、ありがとう」

笑って返すその表情には、同年代の少女には似つかわしくないほどの奥行きが伴って、同性の茉莉すらドキリとさせてしまった。

「つま、まぁ、悪い変化じゃないんだったらいいんだけどさっ」

「そうだね、うん」

曖昧に答えた時にはもう校門に到着していた。

自覚は薄いが、確かに自分は変わった。

変化を促された事と言えば一つしかない。

それは親友にも言えない事で、きっとこの先、誰にも言う事はないだろう。

それは、忘れるはずもない。

あの杖との出会いだった。

○

半年前。夕刻の帰り道。

「……っはぁ……なんだろう、少しダルい……」

学校から一人帰宅する道すがら、優菜は一人呟いた。

「……寝てる時にお腹でも出してたかなぁ……」

その日、優菜は朝から続く身体の不調を感じていた。

風邪の症状にも似ているが、身体を構成する全てが重たい。そんな感覚だった。

「……っはぁぁっ、今日は帰ったら温かくして寝よう……」

今日は茉莉が家に来る事もない。宿題も体力を回復してから取り組めば問題はないはずだ。

そう考えて重い足を動かして家路を急ぐ。

１０分も歩けば自宅に到着するはずの道のりは、重たい足取りのせいでまだ道半ばだ。

「……っはっ、っはぁぁ……っど、どんどん、身体が重く……んっぐっ……」

胸の苦しさが時間が経つにつれ膨れ上がり、伴って呼吸が浅いものへと変わっていく。

すると。

ズクンっ！

「はぐっ⁉　あっ、あぁっ……！」

心臓が一際強い拍動を打ち、次いで優菜を覆う空気がその質を変じた。

（……な、にっ……これっ……!?）

なんともなかったはずの大気が蜂蜜めいた粘度を纏い、身体にズシリと襲い掛かる。

とても立っていられずに地面に膝を突き、胸を押さえる。

「……っふっ、ううぅっ……！　うぷっ……！」

重たくなった空気が体中に浸透し、血流に乗って不快感を全身に伝播させる。

「っはぐっ、うっぐっ、っふぅっ、んっふっ……！」

指先すら鉛が詰め込まれているように重たく、呼吸すらまともに行えない。

（胸っ、がっ……苦しっ、いいぃっ……！）

自分の乳房の間、異常な拍を打つ心臓を押さえ込むように手が胸骨の軸に当てられた。

「あぐっ、ううっ、っぐっ……っふっ、っふっ……んっぐっ……！」

（た、立って、られないっ……！　つきゅ、っ救急車を……！）

当惑しながら制服のポケットを弄《いじ》り、携帯電話を取り出そうとした、次の瞬間に、それは現れた。

「…………っはっ……？」

ぶちゅっ、ぶちゅるっ、ぐちゅぐちゅっ、ぶちゅるぅぅぅ……。

「っぅひっ!?」

見た事も聞いた事もない何かが、眼前を塞いでいた。

それは、形容するならば、乗用車のサイズまでに育ったナメクジ。そうとしか言えない何かだった。

身体の半分をもたげ、つるりとした先端をこちらに向けて、優菜を覗き込むかのよう。体中を粘液で光らせて、雫となったものが地面にボチャリと重たい音を立てて落ちた。白濁した半透明の身体のそこかしこからイボが隆起し、その内の半分ほどは触手へと伸び、ワサワサと中空で踊っていた。

「あっ……あぁぁっ……ああっぁぁぁ……！」

優菜の想像の遥か外、埒外の化け物に見下ろされ、状況が飲み込めないまま、喉から意味のない声だけが漏れていた。

甘すぎて臭い、発酵の進んだ果実に青臭さを足したような悪臭が鼻腔に届き、不快感と焦燥感とを煽り立てた。

「……あ、あぁぁあぁぁ……うあ、ああぁぁ……」

トサリと音を立てて鞄が地面に落ち、抜けた腰がお尻を地面に接触させた。

それでも距離を取ろうとする本能が身体を動かし、スカートで地面を拭きながら後ずさらせた。

「っひっ……ッヒッ、っひぃっ……！！」

蛞蝓《なめくじ》の感触に蛇の身体を備えたものが身体に纏わりつき、触れた端から制服を分解していく。

バターに焼けた鉄を押し付けるが如き容易《ようい》さで、ブラウスとスカート、そして下着が、無残にも穴が形成されて、健康的な肌が露出していく。

（……っわ、私っ、こんなっ、怪物に殺されるんだ……！　お父さん、お母さんっ……、

茉莉っ……！）

ぶちゅぶちゅと音を放つ触手の音が、数十センチの距離まで近づいて、優菜の心が諦念に支配された。

目に溜まった涙が、きつく閉じられた瞼で雫を飛ばした。

そして、その刹那――。

「ッッ⁉」

閉じた瞼でもわかるほどの光が、優菜の意識に割り込んで照らす。

伸ばした手の先、アスファルトの地面に降り立った何かが、凍った湖面に石を投げ入れたかのような音を響かせた。

「えっ、うあっ、えぇっ……？」

諦めかけていた手を、抜けたままの腰を、驚愕《きょうがく》に見開いた目を、今まさに獲物に襲い掛かろうとした化け物を、放つ光が照らす。

「なにっ、っこれっ……⁉」

目の前の音を立てた「何か」に目を凝らし、光の元を優菜の目が確認させた。

「……っこ、これ……、これは……？」

眼前の空間に浮き、光を放つその根源は。棒、いや、杖、だった。

紫色の幹には光の筋が幾何学模様を浮かび上がらせ、指向性を持った光を漏れ出すかのように迸らせていた。

光の圧が質量だけを持ったように、驚愕を顔に浮かべた優菜の髪をふわりと舞いあげた。

その光は不思議と優菜の心を落ち着かせ、思考に正常な回転を促して、首を化け物の方向に巡らせた。

「……えっ、あっ？」

途轍もない速度で迫っていた化け物が光に照らされて、まるで見えないボルトで固定されているかのように空中に磔になっていた。

「……っこ、これっ、助けて、くれ、た……？」

活発に動いていた化け物が止まる理由が、他には考えつかなかった。

状況が飲み込めないまま、確信に至った事柄が、一つだけあった。

「……ツッッ！！」

この杖に、手を伸ばさなければ。

この光は、そう思わせるに足るほどに、何も知らない優菜に理解が及ぶほどに、清浄なものだったのだから。

「……あぅ、うっ、ううあぁあぁぁっ……！」

重たい身体に気合を込めて、そのなんなのかすらよくわからないものに手を伸ばし、指が触れた、瞬間に、

「ツッ……!?」

ふわりと浮いた杖の光が、強まった奔流《ほんりゅう》が、優菜の身体を包み込む。

強い光、なのに眩しくないそれに照らされた身体からダルさが抜け、活力が漲《みなぎ》っていく。

抜けた腰はいつの間にか正常に命令を聞くようになり、肺の痙攣《けいれん》も止《や》む。

「……身体がっ、……治って、るっ……？」

新鮮な血液が身体に張り巡らされたかのように、優菜が感じた事のないほどに身体が軽くなっていく。

触れていた指先が、更に前に進んで杖を握り込んだ。

「……あぁっ……！」

次の瞬間、まず最初に感じたのは、自分に流れ込む「知識」の奔流だった。

「……これ、あっ、あぁぁ……！」

パソコンにソフトをインストールするかのように、優菜の頭に様々な情報が書き加えられ、頭に流れ込む情報に押し出されるように、意味のない声が口から漏れる。

握り込んだこの杖が何であるのか。目の前の化け物がどういった存在なのか。この化け物を倒すために、為すべき事はなんなのか。

そして、それを理解した瞬間に、優菜の身体を淡い光が覆った。鱗粉めいた粘度の高い光が優菜の身体に纏わりついて、制服を分解していく。

白魚のような指の形をなぞるようにグローブが伸び、やがて上腕までをすっぽりと覆った。

学園指定のパンプスとソックスはこちらもそのしなやかな足を強調するかのようなエナメル質のロングブーツへと変じて、分厚い靴底に高いヒールが形成される。

光が作り出した少女の慎ましい裸体の輪郭を覆うように、上下からレオタードが形成されていく。

大きめのお尻を隠すようにフワリと舞ったスカートが上下に揺れて、若々しい太腿に影を作り出し、大きく張り出したリボンがそれに動きを加えていた。

濡れ羽色の髪の毛が、根元からその色を赤く染め上げて、秒を待たずに艶めいた赤い髪に変じ、その先端付近にリボンが形成されて左右それぞれに纏められた。

「っこ、これは……⁉」

身体が数分の一の重さになったような感覚だった。

自分の身体の中心から、お腹の辺りから無限に活力が湧き、今ならどこまでも、どんな速度でも走っていけそうな実感があった。

ただの学生から、化け物と戦うための姿へと変じた少女はの身体は、一呼吸を待たずに喫緊の問題に対処させられた。

「っふっ！　！」

鉛のようだった全身が羽のような軽やかさを獲得し、運動の苦手だった優菜が、自身ですら信じられない身のこなしで化け物から距離を取らせた。

どちゅっ、ぶちゅるっぐちゅっ！

数瞬遅れて、優菜がいた地点に、化け物の、否、『グラトニー』の触手がぶつかってネバついた音を弾けさせ、コンクリートに穴を穿《うが》つ。

「……っふぅぅぅ……！」

呼吸を整え、気息を悟らせない、鏑木優菜が知らなかった呼吸を吐き出して、戦意が灯った眼差しをグラトニーに向けた。

握った杖は隙のない所作で下段に構えられ、身体には即応の緊張が張り巡らされ。

その姿にたじろぐ様子もないグラトニーは、その触手を差し向けて、少女に襲い掛かる。

「……ッフッ！！」

数えるのも億劫なほどの触手が、目の前の獲物を貫こうと空気を切り裂いて肉薄する。

「ッッ……！！」

しかし、彼女の身体はそれに対しどう動くべきかを「知って」いた。

優菜の足が地面を叩き、触手に向かって歩を進め、その身体を台風の目に潜り込ませ。

鏑木優菜がした事のない指さばき、足の運び、上体の運動で、迫る触手を下から杖でカチ上げる。

「つはぁあぁぁあっっ！！」

ブオンっ！　ぶちゅるっ！

肉を打つ感触が杖越しに伝わる。その感覚も「知って」いた。

ッッピィッギィイイィィッ……！

果たして効果は覿面だったようだ。伸びた横っ腹を叩かれた肉の蛇はその身体を悶えるようにのたくらせ、やがて結晶となって崩れ落ちる。

なんの武術経験もない、ともすれば運動が苦手なはずの優菜が見せたその動きに、そして湧き上がる感覚に、誰あろう本人が驚愕の瞳で、自分の腕を見つめていた。

「……本当に、動けてる……？」

勝手に動いた身体に理解が追い付かず、今行った自分の動きに戸惑いの声を上げた。

その彼女に、杖の知識は更なる行動を促した。

「……うん……うん、わかった……、……やってみるっ……！」

武道の経験のみならず、運動すら苦手だった彼女が作るには完璧すぎる隙のなさで、杖を中段に構えた。

やった事もない、しかし「知って」いる構えは、鍛錬を重ねられた日本刀のような、機能美に満ち溢れた姿を現した。

ぷぎっ、つぎゅっぅぅいいいぃぃいっ！

「ッッ！！」

奇怪な声に竦《すく》もうとする優菜の心。しかし湧き出る戦士の心が支えて跳ね返させて化け物を真っすぐ見据えさせた。

ぴゅるっ、ぴゅるるるっ！

肉のカーテンを形成するように押し寄せた触手の群れ。十重二十重に張り巡らされたそれは、回避できる隙間などどこにもないような攻撃と言えた。

「っここっ！！」

戦士の瞳は、むしろその攻撃すらを好機と捉え、その中に紛れて歩を進め、加速を付けてグラトニーの本体に肉薄していく。

ズダッ！

歩く、走る、などではない。人体の常識を凌駕《りょうが》した、真横に跳躍するような、長く速いストロークで。

（あの『グラトニー』を倒すには、『アレ』を使わないと……！）

知るはずのない、しかし知っている杖のその機能を行使せんと、優菜の手の杖が深く握って振りかぶられた。

「ってぇぇええぇぇぇ……！！！」

地面がしっかりと踏みしめられて、その杖が大きく振り下ろされた。

「……つやぁぁあぁぁっ！！」

極度の前傾姿勢の中、弓の弦を引くように「溜め」の作られた杖が、それに纏った刃が光り、目にも留まらぬ速さで突き込まれた。

先ほどまで恐怖にへたり込んでいた少女の纏う裂帛《れっぱく》の気合がエネルギーとなったかのように、光の刃を纏って槍と化した杖が化け物の体内奥深くまで到達し、

「エスペランサ――――っっっ！」

手首を捻ると同時に光の奔流が放たれて。

……ドパンっ！！

光圧に耐えきれなくなったとでもいうように化け物が弾け、そして細かい粒子となって空気中へと霧散していく。キラキラと太陽の光を反射するそれらは、元があの醜い化け物だったと俄かには信じられないほどに幻想的で美しく舞っていた。

「……っはっ、っはっ、……っはぁぁぁ……！」

いつもの路地の姿を取り戻した路地裏で、戦闘の余韻を落ち着かせるように荒い呼吸を吐き出しながら、それをぼんやりと眺めていた優菜だったが、すぐに手の中の杖を見つめ

て今の自分の行いに複雑な表情を浮かべていた。

「……アタシ、なんでこんな……」

訳もわからないまま、知らないはずの知識を以て化け物を打ち滅ぼした少女は、戸惑いと困惑の視線で握っている杖を見つめた。

化け物の結晶がキラキラと光る人気のない路地で呟いた言葉に応えたのは、手の中の杖だった。

幹に刻まれた溝から淡い光が漏れて、頭の中に何かが流れ込んでくる。

「……っんっ……うあぁ……!?」

何かが頭の中に流れ込む。

だけど不快感は感じない。

例えるならば、自分の頭に直接辞書を読み込んでいるかのような、そんな感覚だった。

上書きではない、使っていない余白に知識が、経験が流れ込んでくる感覚。

「……っこ、これ……すごい……」

あくまでも優しく流れ込んでくる情報に目を見開いて、それらの咀嚼《そしゃく》に集中した。

丁寧に章立てられた流入する知識曰く。

人間には大小はあれど、誰にも『魔力』と呼ばれるものが宿っている。

それを餌とし、快楽を与えて廃人に追い込んでしまう、グラトニーと呼ばれる化け物がこの世界には存在し、その内の一体を今倒した事。

近辺で起きた行方不明事件は、グラトニーが原因であるという可能性が高いという事。

今自分が握っている杖は、それに対抗するために作られた事。

今優菜の頭に流れ込む情報は、歴代の所有者の知識である事。

それら全てをしっかりと自分の頭で整理し、理解しながら飲み込んでいく。

しかしどうにも大きな疑問が残った。

「……、なんで、アタシなんかが……」

その問いに対する返答は流れ込む知識が行ってくれた。

「…………え……？」

この杖の使い手の選別方法は、杖に刻まれた魔術によって自動で行われ、杖「エスペランサー」を扱えるほどに魔力が高く、そしてこの杖を振るうに足る高潔な魂を選別して目の前に現れている。

そう、杖の知識が語っていた。

「……アタシが、そう、……なの……？」

魔力という不可思議な力の存在もそうだったが、この杖の言う「高潔な魂」というのも疑問だった。

（だって、アタシ、普通の女の子だし……）

杖はその疑問にも答えてくれた。

この杖は、グラトニーに対する人類の唯一の力であり、何重にもかけられた魔力によって、その適性を過たず見抜く。今までの担い手もそうであったし、これからもそうである。

「…………」

俄かには信じがたいが、先ほどの自身が演じて見せた大立ち回りを思い返せば、その言葉には説得力が宿っていた。

「…………この力で、……守る……」

知ってしまうと変わってしまうものがある。

極上の映画や音楽、奇跡的な体験、悲惨な体験もそうだろう。

きっと、誰の中でも行われるそのプロセスを、成長と呼ぶのだと、優菜は知っていた。

「……ホントに、私でも……、その、できるかな……？」

握った杖に語り掛けると青白く光り、その清浄で柔らかな光を返事の代わりとしたようだった。

「…………アタシが、皆を守る……」

続けて紡いだ言葉は、杖にではなく自分自身に言っていた。

隣町、そして同じ学校での失踪事件は、まだその捜索が続けられている。

杖が教えてくれた事が事実なら、これからも被害者は出続けるのだろう。

友人が、教師が、知り合いが。そして何より大切な親友が餌食になってしまう事が想起され、想像だけでも胸が締め付けられた。

そして、誰かの母親、父親がその犠牲になる事も理解してしまった。

自分と同じ境遇の人間を、自分の手で減らす事ができる。その力を手にできる。

そう考えたなら、最早答えは一つだった。

「……っ、……アタシ……」

杖を真っすぐに見つめるその瞳には、少女の面影の裏に、固い決意が静かに萌えていた。

鏑木優菜、その本来持っていた優しい心が成長し、重みを増し、そして光を放っていた。

ギュッ……。

グローブに包まれた指が、杖の幹をしっかりと握り込む。

どこにでもいる、しかし確かな輝きを放つ優しい心を持った少女は、眼差しを杖に向け、

「やります……！」

その言葉に、エスペランサーがうなずくように、ポウッっと淡く光を放った。

「この力で、皆を守ってみせますから……！」

奥行きを持った言葉が路地裏に響き、杖が放つ光に、「鏑木優菜」の色も足され淡い光を放った。

『ありがとう』

幾多の声が重なったような、輪郭が曖昧な声が、しかしはっきりと頭に響いて、光を失った杖が、優菜の手の平に吸い込まれて消えた。

まるで手品のように消えてしまった杖を、自身の身体の内側に確かに感じながら、

「つふぅぅ……」

呼吸を吐いて、今起きた事を噛みしめて咀嚼した。

（……アタシが、皆を守る……！）

こうして、今代の「杖の使徒、インヘリート」は、人気のない路地で、人知れず、その継承が為されたのだった。

第三話　鏑木優菜の敗北

午後三時四十分。学生たちが待ち望んでいた六時限目の終業のチャイムが鳴り響いた。

午後最後の授業が終了する鐘が鳴り、教室の空気がふわりと緩む。黒板に走らせていた手を止めて教師は生徒に向き直って言った。

「……それじゃ、明日はこの続きからやるからなー」

授業に使う資料をトントンと机に押し付けて整え、そのまま教師が教室を後にした。

優菜の通う学園では教師の数が少ない事もあり、HRの時間は存在しない。生徒の数もそこまで多くなく、素行の悪い生徒もいないがゆえに行える運用だと言えるだろう。

そしてめいめいに学園生たちが鞄を持ち、部活に行く者、仲良しとおしゃべりに興じて座り直す者、帰途へとつく者それぞれの放課後を過ごす。

座りながら優菜が帰り支度をしていると、ひと際元気な声が投げかけられた。

「優菜ー？　今日なんだけどさ、ボクの分のご飯は大丈夫だからね。……にひひっ、今日は監督が焼肉奢ってくれるんだって！」

元気が溢れている少女は、今宵の晩餐に満面の笑みを浮かべていた。

「あ、ズルい。じゃあアタシも今日は豪勢にしちゃおうかなぁ」

水曜日は茉莉の母親が仕事で帰りが遅いために、優菜の家で食事をするのが習慣になっていた。

「へへへー、って訳で、今日ボクはそのまま家に帰るからよろしくね！」

そんな二人の会話を見て、傍目で見ていたクラスメイトが言葉を挟んだ。

「あんたたちねぇ、今の、夫婦の会話じゃない」

呆れたような声で会話を茶化した。

「……へ？　夫婦？　え、ボク女の子だけど」

何を言っているの？　そんな表情で、問い返す茉莉の表情と頭上には大きな「？」マークが浮かんでいた。

「仲がいいわね、って言ったの！　そんな胸して男と間違わないわよっ！」

通じなかった皮肉の説明をしたクラスメイトは自分の鞄を持ち上げて「それじゃね」と吐き捨てて教室を後にした。

「茉莉、今度の大会頑張ってね」

「あえ？　あはは、ありがとっ！　ボクも今回の短距離、手応えあるんだよねぇ。先輩にも褒められたし」

快活に歯を見せて笑うそれは、どこまでも朗らかで、太陽の光を沢山浴びたヒマワリを思わせる笑顔だ。

つられて笑顔になった優菜は、気遣わしげな声で問いかけた。

「無理だけはしないでね？」

「うんっ、わかってるってばっ！　……っといけない、それじゃボクも練習行ってきまーすっ」

鞄を肩に引っかけて悪戯な笑みを浮かべて教室を出ようとする茉莉を、

「はい、行ってらっしゃい」

優菜は母親のような笑みをその顔に浮かべて手を小さく振って見送った。

「さて、と……」

宿題用の筆記具を鞄に詰め直し、どこにでもいる普通の女の子、鏑木優菜は下駄箱へと向かったのだった。

○

日もまだ高い帰り道。

同じ服に身を包んだ学園生たちに紛れて、優菜は帰路へとついていた。

なんの変哲もない街並みに、なんの変哲もない日常。

それがどれだけ尊いものであるのか、杖の使徒として役目を継承した今では理解していた。

今代の杖の使徒として覚醒した優菜は、様々な知識を獲得した。

主たるものは戦闘の技術や知識、その理由と弱点。グラトニーの生態、そしてグラトニーとの戦い方。

その内の大事な一つが、「社会生活はキチンと営む事」というそんな事心だった。

社会生活を正常に行う理由としては、金銭の問題も第一に挙げられるが、それ以外の問題の方がより重要だ、と知識は教えてくれた。

グラトニーという化け物を倒すための存在、それが杖の使徒、インヘリートと呼ばれる存在だが、その歴代の誰もが、元は普通の女性だった。そんな人間が、戦いに明け暮れる「だけ」の生活を送ればどうなるか、深い恨みを持つ者が、どんな末期を迎えてしまうのか、それを杖の中の知識は知っていた。

戦うために戦う。そんな人生は送ってほしくないし、送るべきではない。そんな祈りめいた意思も込められていたのだ。

化け物を倒すためだけに生き、化け物を殺すためだけに生活する。そんな人生を歩んだ杖の中の意思の一つが、その記憶が、その事を教えてくれていた。以前の使い手の一人だろう意思は、生前に誰の事も慮る事はなく、誰に慮られる事もなく。人間関係を極限まで希薄にした末に、化け物と相打ちになって、誰に看取られる事もなくその生涯を終えた。

その事をずっと後悔しているようだった。

守りたい。その意思は高潔なものであっても、怒りや憎しみとも結びつきやすいものであると、優菜の魂に理解させていた。

その教えを守り、通学路を一人歩き、

「今日は晩御飯どうしようかなぁ……一人分だし、簡単なものでいいかなぁ……」

独り言いながら歩く通学路で、なんでもない一日を過ごそうと献立に思いを馳せた。

何でもない道で、何でもない日で、そして、何も起きるはずがない平坦な道で、「それ」は起きた。

つぞ、ゾゾゾッ……！

「……っ！」

優菜の眉間と首筋に悪寒が走って抜ける。

「………グラトニー……」

顔をしかめ、その原因の名を口にした。

「……っふーっ……」

今感じた悪寒。それは、あの路地裏で杖と邂逅した日に味わった、化け物が現れた事を示すサインだった。

魔力の量が低い者には感じ取れないだろうものだったが、インヘリートとして覚醒した彼女にはその限りではない。

感じた魔力の方に顔を向けて誰にも聞こえないように呟いた。

「おかしい、昨日の今日で……?」

昨日、そして今日。

二日連続でグラトニーが同じ町に出現した事など、杖の知識の中ですら今まで一度もなかった。

何かが起きている、そう確信すると、

「……とにかく、倒さないと」

張り詰めた意識を更に固く締めて呟いた。

理由を云々しても、結局為すべき事は一つなのだ。

片手で鞄を持ったまま、もう片方の腕を自分の胸に押し当てる。

胸に重ねた手の平から、鱗粉めいた光が溢れ、舞い、広がって、優菜の身体をコーティングしていく。

認識阻害の魔法。それを自らの全身にかけていく。

鱗粉にも似た淡い光が優菜の身体を包み、体中に染み込んで馴染む。これで余人の目には映りはしても、意識はできない。

「力を貸して、エスペランサーっ……！」

その言葉に呼応して、制服が光となって分解され、インヘリートとしての姿が構築されると同時に、全身に杖の使徒の力が漲った。

道を行く同窓の徒や通行人はまるでそれに気付かずにめいめいおしゃべりに興じ、注意を向ける事もない。

「……っあっち……！」

オフィスビルが立ち並ぶ一角の方向に首を巡らせて、次の瞬間には人知を超えた跳躍力で飛び上がり、民家の屋根を乗り継いで、一直線にその場所へと向かっていった。

○

丁目を三つほど移動した先に辿り着いたのは、誰も持ち主のいないビルだった。

入り口は裏口にも渡って厳重に施錠され、内部には誰もいないだろう。大きく張られたテナント募集の看板には所々錆が浮き、設置から年月が経っている事を忍ばせる。

「……ここに、グラトニーが……」

その中に、許されてはならない化け物の反応が感じられる。優菜の、インヘリートの眉間に皺が寄るほど強烈《きょうれつ》に。

耳目を集めないように、侵入経路と定めた屋上のドアノブを破壊し、内部へと足を踏み入れる。

錆の音を響かせて開かれた鉄扉が、埃臭さとカビの匂い、そして化け物の気配を内部から漏らしていた。

内部は暗く、電気も通っていない。採光窓も存在しないために、踊り場は極端に視界が悪かった。

日も落ちる前に、

「……っふぅー……」

これからの戦闘に即応できるように呼吸を吐いて、全身に柔らかい緊張を張り巡らせた。

(大丈夫、反応はそこまで大きいものじゃない……いつも通りやれば、絶対大丈夫……!)

頭の中で覚悟しながら、握る杖に光を灯し、その明かりを頼りに階段を下っていった。

下のフロア内部はやはりどこにも電気が通っておらず、薄暗い中を歩き、検知した魔力の出所に向けて進んだ。

階を二つを下った所で、感じ取れる気配に混じってぐちゅぐちゅ、ぶちゅぶちゅという音が耳に届いた。

気配を殺し、その音の出所に歩を進め、辿り着いたのは、一つの大きな部屋だった。

他のフロアと同様、打ち捨てられたオフィス用品に書類が散乱した、大きな部屋。ハメ殺しにされた窓からは、まだ白い日の光をすりガラスが散乱させて取り込んでいた。

その部屋の中央に、それはいた。

「……ッッ！」

ぶちゅっ、ぐちゅっ、ぐちゅるっ、ぶちゅっ……。

巨大な芋虫の姿を持つグラトニーが、その身をのたくらせ、自身が吐き出したであろう粘液を地面との間で捏《こ》ね回す。

体躯は屋上で見た貯水塔の太さを備え、ヌラヌラと体液で濡れたその身体には余った肉で段が刻まれ、生理的な嫌悪感を催させる醜悪な見た目。

そしてその姿はインヘリートを少なからず驚愕させた。

「……なんで、またこんなサイズのグラトニーが……！」

昨日、そして今。二日連続で発生するのも珍しい事が起き、そして今までの中でも指で数えられるほどに巨大なサイズである事。その事実は、道すがら感じた疑問を更に成長させてしまうサイズだった。

「…………………とにかく、倒してから考えよう……！」

理由を云々する気持ちを戦意でひとまず覆って隠し、杖を握り込んで魔力を流し込む。

「……っふぅぅぅ……」

握った手に意識を集中して、肌の内側、骨の内側、肉の内側、血液よりももっと深く、体内を循環する魔力を杖に流し込む。

ドクン、と胸が高鳴り、体温が上昇し、細胞の全てが、身体の隅々までもが昂《たかぶ》っていく。

房中術や性を奉ずる宗教などが世界に散見されるように、魔力のコントロールと快楽は密接な関係にある。

絵本に見る魔女が何故色を好み、笑うのか。その理由が今彼女の身体を駆け巡っていた。

魔力の解放による興奮を戦意にすり替えて、部屋の中へ飛び込んだ。

「………………」

……っぷちゅるっ、ぐちゅっ、ぐちゅるぅっ！

鈍重そうな見た目とは裏腹に、化け物の反応は速かった。

高まった魔力に気付いたグラトニーが、その身体に生えた様々な形状の触手を伸ばし、インへリートに迫る。

その他のグラトニーがそうであるように、逃げ場を完全に塞ぐ触手の網が包むように押し出され、視界を埋め尽くす。

「っふっ！！」

優菜はそれに僅かも慌てる事なく、細く鋭い呼吸を吐き出して杖を振り払い、伸びた触手の横腹を杖で切り裂いて結晶へと変え、回避するためのスペースと、攻撃するための道筋を同時に作り上げた。

振り払った運動エネルギーを殺さずに、半回転するように足を踏み出し、ビルの床を強《したた》かに踏み抜いた。大きく露出した背中がグラトニーに晒され、うっすらとかいた汗が光を反射した。

ぶちゅっ、ぶちゅるっ、……ッグゥウイイィイィイっ……！

人類の敵がどこから出したのか見当もつかない鳴き声を発すると、十重二十重の触手が、インへリートに伸ばされる。鞭であり、触覚であり、味蕾《みらい》であり、生殖器でもあるそれらが、極上の獲物を逃すまいと肉のカーテンを作り上げて迫る。

しかし、杖の使徒には、人類の敵にとっての「天敵」には、それですら遅すぎて、足りなかった。

「つはぁあぁぁぁ……！！」

振り返って構えたその杖には、光が質量を獲得し終え、矢じりのような刃が形成されていた。

グラトニーの視界にそれが映ったと同時に、「溜め」の完成しきっていた足が、腰が、腕が、指先が、化け物を倒すための杖を目にも留まらぬ速度で射出した。

停滞しきった空気を寸断しながら一直線に進んだ刃がグラトニーにめり込み、肉を裂き、その内部の感触を優菜に伝える。

「つはぁぁっ！」

手首を回し、突き立てた刃で内部をえぐり、魔力を化け物の奥深くに注入していく。

触手の全てを阻んだ光の柱と同質の、グラトニーだけを拒絶する魔力の奔流が体内に注ぎ込まれ、次の瞬間。

腫瘍の成長を早回しで見るかのように、内側から膨張した芋虫型のグラトニーが爆散し、肉の塊からキラキラと光る粒子へと変化して、打ち捨てられたビルの一室に満ちる。やがてそれは空気と同化していった。

化け物を倒した優菜は、しかし構えを解かず、自らの産毛《うぶげ》のそよめきを感じるほどに全身に神経を巡らせて周囲を警戒する。

「……いったい、何が起きてるの……？」

グラトニー。食欲のみに突き動かされる、インヘリートの、人類の敵。

その発生は非常に不規則で散発的なのが常だった。

大気に満ちる魔力を糧に、それが人間や動物に取り込まれず、溜まった淀みの結実がグラトニーだと考えられている。事実、それを裏付ける出来事は杖の知識が知っていた。

人間の信仰などによる魔力の解放が行われ、その供給が断たれた場所といった特定の条件が揃った場所では、かれらの生育の環境が整ってしまうのだ。

「…………」

しかし、今のこのビルにはそんな気配はない。

人の往来もあるだろう道に面したこの廃ビルに、信仰を集める、あるいは集めていた形跡は今のところ見られない。

「……とりあえず、少し調べてみましょうか……」

その原因があるのであれば、それを断たねば元の木阿弥なのだ。

建物を調査する為に、芋虫がいた地点に背を向けてその部屋を後にしようと歩を進めた。

その、次の瞬間。

…………じゅるるっ、ぶちゅぅッ！

「なっ⁉　……あぐっ⁉」

コンクリートがむき出しの天井から伸びたグラトニー、それが植物の蔓のように垂れて優菜の首筋に縋《すが》り付いた。

（……そんっ、なっ⁉　もう何もいなかったはずじゃっ……⁉）

咄嗟に見上げれば、ただの天井でしかなかったはずの部分がいつの間にか肉に変じ、そこからグラトニーが垂れ下がるように伸び、自身の首筋を掴んでいた。

インヘリートの魔力によるグラトニーの検知。それをしくじるだなんて事はあり得ないはずだった。

グラトニーは魔力によってのみ構成されている化け物で、インヘリートの魔力の検知は数キロメートル先だろうと見逃す事はなかったはずだった。

だとしたら考えられるのは、

（……ッグラトニー、っ進化、してっ……るっ……⁉）

グラトニーの変異体。魔力の検知を掻い潜る個体が現れたと考えるのが自然だろう。

首筋に巻き付いた異常な個体は、しかし普通のグラトニーと変わらない分泌液で身体をヌルつかせ、人肌より高い体温の不快な感触をコスチューム越しに伝えた。

その感触とグラトニーに接触を許した事への危機感が、冷や汗を出させる。

「あっ、っこ、このぉっ！！」

すぐさま気を張り直し、首に巻き付いた化け物を撃退するために杖を地面に叩きつけようと右手を振りかぶった。

このサイズのグラトニーならば、光の柱で容易《たやす》く撃退できるだろう。そう考えて。

しかしそれよりも、化け物の行動が数瞬勝っていた。

振りかぶられた杖が頂点に達し、光の柱を立ち昇らせるための魔力が注がれる。

グラトニーはそんなインヘリートの首筋に口吻を押し当てて、
ズチュウゥゥウゥゥゥウッ！

「……あっ⁉　……っがひっ⁉　……っひっ、っひぃいぃぃいぃっぃっ！　⁉」

はしたなすぎる吸引音を立てて彼女の身体に漲る魔力を吸い立てた。

そのおぞましさに、その恐怖に。

「あっ、あぁぁぁ……っ」

そして、魔力を吸われるその気持ちよさに。

優菜の喉から悲鳴が迸った。

「……あっ、っっぐっ、ひぃいぃいぃぃいぃいぃっ！！」

瞳がブルブルと震えて焦点が定まらない。

血液に電気を流されたかのように、身体が自分の意思を離れて動き、振りかぶられた杖、それを握っていた手が開かれた。

カラン、と、コンクリートと杖が鳴らす金属音が廃ビルに響き渡り、インヘリートの武器が埃の堆積した地面に転がり落ちる。エスペランサーが纏っていた淡い光は解放される事なく空気中に散り、使い手の手から離れたそれは、ただの金属の棒へと変わった。

「あぐっ……っはっぐっ……⁉」

優菜はそれに気付けてもいなかったろう。首筋に走った快楽の奔流、それに惑乱するばかりだ。

「っひっ、っひっ、っひぃぃぃっ……！　うっひっ、っひぃいぃっ……！」

横に引き結ばれた口からは、歯列の間から引き攣《つ》った声が漏れ、飲み込む事が叶わなかった涎がいくつも筋を作り上げた。

驚愕に、初めて感じる気持ちよさに見開かれた目の端に涙が浮かび、腕がだらりと真下にぶら下がって、しっかりと身体を支えていた脚は内股に畳まれて頼りなげに震えていた。

（魔力、っす、吸われ……、ったあぁぁ……！　……っこ、っこんっ、なぁあぁ……！　っき、きもち、い、なんっ、っへぇぇ……！）

数秒を経て、何をされたのかを自覚した。

今この身体を襲っているのは、恋人ができた事すらない彼女にとって未経験の快楽。房中術の最奥、「魔力を放出する」という無上の快楽が注がれたのだという事をも自覚させた。

「んいっ……！　っひっ、くぅっ……！」

裏返りそうになる瞳を懸命に押しとどめようとして瞳が揺れる。

耐え方がちっともわからない快楽の爆発に、身体の軸が定まらず、内股の形に折りたたまれた脚がモジモジと切なげに蠢かされる。

「っこ、っこぉぉ、おぉ、こんなの、っへぇぇっ……！」

出した事もない甘くだらしない声を、呂律《ろれつ》の回らない口が吐き出して、与えられた快楽を反芻《はんすう》させた。

そんな獲物に、首筋に取り付いたグラトニーは追撃を押し付ける。

ぬちゅっ、れるっ、ねるっ、ぬりゅぅぅ……。

「んひっ⁉　っひっ、っや、ああ、あああぁぁっ……」

舌を伸ばし、優菜の首筋に、媚毒粘液をたっぷりと纏わせたを粘膜を押し付け始めた。

グラトニーがコスチューム越しに舌を這わせる度に、身体がピクリピクリと跳ねて、出来立ての汗を煌めかせ、慎ましい乳房を波打たせた。

「っはっ、はうっ、あぁぁ、っはあぁぁぁっ」

首筋で行われた魔力の吸引、その甘さが残る首筋が、どうしようもなく熱を持ち、妖しい性感が注がれる。

「んぐっ、っふっ、っふぅぅっな、なんで、こんっ、こんなっ、あぁぁっ……！」

初めての感覚に戸惑い、困惑する優菜には、最早意味のある抵抗などできなかった。

血液が蜂蜜に変わってしまったかのように身体が自由に動かない。喘《あえ》ぎと悲鳴交じりの浅い呼吸は酸素を十分に取り込めず、頭の回転を鈍化させた。

「んにひっ！　っひうっッ、離れ、離れなきゃっ、あぁぁ！」

暴れようとする足に力を籠め、前に、地面に落ちた杖に近づこうとあがく。

そして、そんな彼女を嘲笑するように、彼女を無力化した行いが再び首筋に注がれた。

っちゅっ、ちゅぷっ、ちうっ、ぢゅうぅぅっっ！！

ドギュン、ドギュンっ、ドギュンっ！

「んっ⁉　んぅっ、んぅぅぅぅ！！」

(つま、またっ⁉♥　あぁぁっ、ううぅあぁあぁっ♥♥　っこ、これ、魔力吸われるのっ、おおぉぉっ♥♥　らめえぇぇぇっ♥♥)

ニチュニチュと蠢く粘体が首筋に妖しい感覚を走らせて、口が甘えるように吸い付く度に首筋にゾクゾクとした感触と、魔力を無理やりに吸い取られる快楽を背筋に流し込んだ。

「あっ、やめっ、やめっ、っへぇぇっぅ♥」

汗がむき出しの背中に雫を作り背筋に流れる。その感触すらに甘いものを覚えてしまう。

妖しい熱がお腹に溜まり、全身に伝播させていった。

（こんっ、なぁぁ……、アソコ、アソコが、濡れてっ……！　っぐうぅぅっ……！）

人類の、そしてインヘリートの敵。そんな存在の愛撫で、身体が性的興奮を表しているのが悔しく、また情けなかった。

「っぐっ、っぐぅっ、ふっぐぅぅ……っは、……っはっ、……っはぁっ……！」

（こ、このままじゃ、魔力を食べられっぱなしになる……！　っつ、杖、をぉ……！）

震える脚に懸命に力を籠めても、頼りない足取りにしかならない。

それでも、数十キログラムの重りを抱えているかのような重たい足取りで、自分が取り落としてしまった杖の元に歩を進める。二メートルは先にあるだろう杖に触れさえすれば、そして魔力を流し込みさえすれば、このサイズのグラトニーなら簡単に打ち滅ぼす事が叶う。

「っはぐっ……うっぐっ、っふぐうぅぅぅ……！」

しかし、それを許すグラトニーではなかった。この世の理《ことわり》を無視した存在である化け物は、インヘリートから吸い取った魔力で身体の成長を促し、その体躯を伸ばしていく。

首輪のように回された軟体はその径を狭めて緩く締め、離れないように固定されていた。

びゅるるっ、びた、びたっ、びたっ、ぐじゅうぅぅっ……！

天井へと伸びた幹は根を張るように固定され、杖まであと1メートルの地点で首が締まり、インへリートの前進が止められた。

「あぐっ⁉　あ、あっ、……っそ、そんなっ……！」

慌てて仰ぎ見て確認したその異様に、インへリートの顔から血の気が引いた。

倒れる事ができたなら、その腕が杖に届くだろう。それを阻むためか、それとも獲物を味わい尽くすための挙動なのか、判断はつかなかった。ただ一つ確かな事は、絶望的な状況であるという事だけだ。

「あぐっ、っふっぐぅぅ……！　っつ、つえっ、エスペランサーっ、をぉぉっ……！」

地面に転がる杖に未練がましく腕を伸ばしても、グラトニーの拘束からは逃れる事もできずに、空を掻くだけ。

そしてその伸ばされた細い腕に、新たに生えた触手が伸ばされた。

しゅるるっ、びちゅっ、グィィィっ！

「あっ、うあっ……、いやっ、やだ、……うそっ……⁉　っつ、っやぁぁぁっ……！」

幹から伸びた触手が優菜の腕と腕をからめとって上へと上げさせ、幹へと縛り付ける。

「っぐっ、いっ、痛っ！　……あ、っこ、こんなっ、こんなぁっ……！」

健康的な腋窩を見せつける恥辱のポーズ、僅かな抵抗も許さない悪辣な拘束が完成してしまった。

（つま、まずい……これ、こんなっ、抵抗できない……よぉっ……！）

上がった腕が少女の鎖骨を隠し、肩の筋肉との境を強調した。張らされた胸が薄い膨らみを強調させ、コスチュームをテカらせた。

すぐ近くに位置する英知の錫杖に助けを求める視線を投げかけても、使用者のいなくなったそれはただの金属製の杖としてそこに佇《たたず》んだまま転がっているだけだ。

ぐちゅっ、ぶちゅるっ、ミチっ、ミチミチっ……！

「あぐっ、っぐっ、っぐうぅぅっ……！！」

グラトニーが優菜から吸った魔力を糧に成長し、変異する音が頭の上から響いた。

その絶望的なまでの危機感に狼狽しても、今の彼女にはなすすべもない。振りほどけない腕に力を入れて、徒労と知りながらも身をよじらせるだけだった。

魔力、どんな生物にも存在するそれを取り込んだ化け物が、その脈動の度に膨らみ、むき出しの背中にまでその身体を押し付けた。

誰あろう優菜自身の魔力を吸い取って成長したグラトニーの力は強固で、快楽に弛緩した今の腕に力を籠めても小動《こゆるぎ》もしなかった。

「つま、マズイっ、いいぃ……、っこ、このままじゃ、アタシ、私ぃぃ……！　また、魔力を食べられちゃ……あぁぁ、っき、きもちいいの、されちゃ、うっぅうぅ……！」

魔力の補助を受けているとはいえ、優菜の細い腕はグラトニーの強固な拘束を破るには程遠い。頼みの綱の英知の錫杖を掴もうにも腕は真上に縛られて、なんの抵抗も望めない。

狼狽の中、拘束していた触手の幹から、今までとは質を異にする粘着音が響いた。

ぶちゅっ、ぐちゅるっ、ぶちょっ、ぐちゅるっ。

「……っひっ!?」

空気を伝うものと、触れている部分から骨に流される音が、優菜に短い悲鳴を上げさせる。

（な、なにっ、なにを、しようとしてるの……？）

恐る恐る首を上げ、自分を拘束する幹を見上げると、
ズルリっ……。

「……ッ！！」

グラトニーの幹に刻まれた溝から、卵白じみた粘液を纏って一本の触手がまろび出た。

ヘビの頭のように先端が僅かに膨らんだそれからポタリ、ボタリと滴る粘液が、驚愕に歪んだインヘリートの顔に涙以外の筋を作り上げた。

「あっ⁉　あ、なにっ、それっ……⁉」

排出、あるいは成長を見せて長さを獲得し続けるそれは、うねりながら空中を進み、先端をインヘリートの目線まで移動させると、更なる変化を起こした。

ぐちゅっ、みちっ、ミチミチミチっ……！

「っひっ⁉」

顔のない蛇のような先端が太く育ち、横一線に切れ目が入ったかと思うとそれが開いて、中の空洞から平べったい粘膜が伸び、甘い空気を吐き出した。

その姿はまるで、

（つく、口っ……？）

はれぼったい唇があり、ザラザラとした粘膜が内部から露出し、卵白めいた粘液を垂ら

すその触手は、まさしく生物の口を思わせた。舌をうねめかせてユラユラと揺れるそれが、内部に溜まっていただろう空気を、生物がそうするように吐き出した。

むはぁあぁあっ……。

グラトニーが吐き出すそれは湯気立つ臭気を放って、逃げられない優菜の鼻腔に直に吸い込まれた。

「……うぶっ……!? っく、臭っ、あぁ……!」

青臭さ、性臭と呼ばれるそれと、熟成された果実の甘ったるさ。二つが混じり合った芳香が優菜の鼻を刺激する。

「んむっ……つぐっ、んむうぅぅぅっ……!」

(っこ、これっ、吸い込んだら、だめっ……! 抵抗、できなくっ、なるっ……!)

人類の敵、グラトニーはその身体を構成する全てが人間の魔力を食べるためにできている。

その性感を狂わせて、無理やりに絶頂を注ぎ込み、人間の魔力を無尽蔵に吸い取っていく。それがこの人類の敵の本能で、使命で、食性なのだ。

そのための機能の一つが、人間を発情せしめる媚薬体液だ。個体にもよるだろうが、体液が常人の腕に付着しようものならたちまちに発情し、自らの身体すら支えられないほどに蕩《とろ》けさせられてしまう。揮発したそれも同様だ。並外れた魔力量を頼みとした魔力の防壁を張り、抵抗が高い杖の使徒でも触るのは愚か、体内に入れるにも恐ろしすぎる成分だった。

「……っぐっ、んぅぅぅぅ……！　んっ、ぅぅぅ……！」

（あ、あぁぁあっ……、っど、どう、すればっ……!?）

状況は最悪の中、息を止めて当惑する事しかできない。

「んぶっ、っふっぶっ……っぐうぅぅぅぅ……！！」

口を堅く引き結び、息を止めて、身体を締める。なんの意味も持たない僅かな抵抗だったが、せずにはいられなかった。

打開策も見つからないまま、目の前でうねっていた触手が、動きを見せた。

ぐちゅっ、ぐちゅるっ、……ベロリ……。

品定めが終わったかのようにピタリと止まると、行儀の悪い人間がそうするように、伸ばした舌で自分の唇をグルリと舐め、

（……なにっ、なにをっ……!?）

その幹を伸ばして、優菜に近づいていく。

唇に見える部分は漫画で描かれるタコのように滑稽に突き出され、その分だけ「何をしようとしているのか」、それを明確に伝えていた。

（っそ、その形って……、まっ、まさかっ……!?　あっ、あぁぁぁっ……！）

目の前10センチの距離にグラトニーが近づき、その目的に最悪な想像を巡らせた優菜が顔を青ざめさせて固まった。

「あっ……あっ……っそ、それっ、や、やめっ」

そんな懇願の声をせき止めるように、唇型のグラトニーがその部位を身体に伸ばし、

びゅるるっ、ぶちゅうぅっ。

「んぅっ!?　……んぅっぅぅぅぅうぅっ！！」

サクランボのような唇に被せられ、鏑木優菜のファーストキスを奪った。

「んむぅうぅっ!?　んうっ、んうぅぅうぅっ！！」

（わ、私、グラトニーに、き、キス、されっ……!?）

無遠慮なその行いに、目が驚愕に見開かれ、当惑が頭を埋め尽くす。

唇に縋り付いたグラトニーは、戦闘を経た自分の体温より尚熱く、今まで嗅いだ何より甘すぎる匂いが、唇に塗り付けられた。

「んっ！　……んぅうぅっぅっ！　……んぐっ、っふっぐっ！　んぅうぅぅっ！！」

（あ、あぁあぁっ……！　酷い、っひ、酷いぃぃっ……！　私の初めてのキスが、っぐ、グラトニーとなんて……！）

女の子として、鏑木優菜のささやかな夢であった「幸せなファーストキス」。

それが残酷な形で散らされた事に、涙と嗚咽が漏れてしまう。恋すら未体験の乙女にとって、一番侵されざる箇所が、グラトニーによって汚《けが》された。その事実が、

（っひ、酷い……っよぉぉ……！　こ、こんな、はじめてのキスが、こんなの、なんてぇぇっ……！　あ、あぁあぁっ……！）

先ほどの性の興奮を、全て洗い流すほどに大きな絶望が胸を締め付けた。

そしてそんな絶望をもすら塗り替えるほどの感覚が、深く口づけられた口中に押し寄せた。

　つむちゅっ、っちゅ、……ちゅぶぶぶぶっ、ぶちゅぅっぅうぅぅぅ！

「んぶっ、っふぅぶっ……んっ、おおっ⁉　んもぉぉおぉぉっっ」

（うあっ⁉　……あっ、あぁぁぁっ、唇から、魔力っ、吸われっッッ……⁉）

　グラトニーの食事が。魔力を吸い取り、その代わりに快楽を注ぎ込む地獄の快楽が、乙女の唇に押し付けられた。

　ぶちゅっ、ちゅぶぶっ、ちゅばっ、ちゅぶぅぅっ！

「んちゅっ、んおっ⁉　おおぉぉぉっ、っんむぅおぉぉんんっ♥」

（なにっ、なにこれっ⁉　っぐ、グラトニーにキスされてるのにっ、っき、気持ちっ、気持ちいいイイィっ⁉）

　その気持ちよすぎる感覚に、出した事もない野太い声を、触手に飲み込ませながら。

　絶望にピンク色の靄がかかり、意識の奥へと押し込められて見えなくなる。それほどまでに、グラトニーのキスは、その快楽は凄まじかった。

　ぶちゅるっ、っちゅっぶっ、ちゅばっ、ぶちゅるっ。

「んっ、んぉっ♥　んふぉぉっ♥　おおむっ♥　んちゅっ、ぶちゅるっ、べちゅっ、ぶちゅちゅっ、ちゅぶぅっ♥」

　絡められる舌が、弾ける粘着質な水音が、優菜の興奮を妖しく高め、目の前を真っ白に染め上げる。

（あっ、あっ、なんか、何かぁぁ、っす、すごひっ、のがっ♥　大きい、のがぁっ♥　っく、来る、くるっ、来ちゃっ、あぁぁぁっ♥）

口に走る快感が、全身に伝播して、また集まって脳の奥で弾けていく。

恐怖を催すような耐えがたい感覚、だけどどこか止めたくないと思ってしまうような、本能を撫でさする幸福感。

目を半分裏返し、自分の魔力を吸い取られるその喜びに全身を痙攣させて。

ずっちうぅぅぅぅぅっ！！

（っす、っすっ、吸われっ……っへぇぇぇっ!?）

「んんむっ!?　んっ、んっ、んぅうっ！　……んぅうぅぅっおおぉぉぉ!?」

下品な水音が響き、伸ばされた舌から涎と一緒に魔力が吸引された。

ズクンっ、ズクンっ、ズクンっ！

「んべへぇっ！　っんえっ、っへっべぇぇぇぇっ！　ええぇっ、おおおぉぉぉっ♥」

肉体的な快楽だけではない。快楽と密接に結びついた魔力の吸引が、制御の一切がきかずに無理やりに放出させられる。その地獄的な快楽が、優菜の視界を真っ白に染め上げる。

（っと、溶けるっ♥　ベロもっ、頭もほぉっ♥　吸われてっ、気持ちよくってへぇぇぇっ♥　あっ、あっ、頭、弾けてるっ、ううぅぅんんっ♥）

目の前が真っ白に染まり、全身がデタラメに痙攣する。

鏑木優菜、その人生二度目の性的絶頂は長く、そして重たく続き、
じゅるっ、じゅぷるるっ、じゅぞっ、ぞぞぞっ、じゅるぅうぅぅっ！

「んえひっ!?♥　っへひっ♥　んえへぇぇぇ〜〜〜♥」

（いっ、今っ、変になってるっ、のにひぃぃぃっ♥♥　っす、吸わないれへぇぇぇっ♥　あ

っ、あぁぁぁ、すっごいのがっ、飛ぶのがっ、止まらな、いぃぃぃっ♥)

グラトニー、そう呼ばれる食欲の化け物が、優菜の薄い唇にそれを差し向けた。

んちゅっ、ぶちゅっ、ぶちょっ、ぶちゅるっ、ちゅぶぶっ、ちゅびっ、じゅずるるる！

「んっむっ♥　んむぉっ⁉♥　おおっ♥　ああぁぁぉもおぉぉっ♥」

塞がった口から快楽を逃がすように声が放たれて、そしてそれすらも触手は吸い立てた。

(あ、ああ、あたしっ、なんて声出してっ、ええぇぇっ……！　っあっ、まらっ、まら白いのぉっ、来るっ⁉　キスされてっ、ベロベロってされてっ、来ちゃうよおぉぉっッ！！)

目の裏側、脳の奥で膨れ上がる「白い物」の予感に、身体が固く締まった。

そしてそんな抵抗も虚しく、なんの実も結ばずに、

「…………じゅるるるるぅぅぅっ！！」

「……んおっ⁉♥　……ッッ〜〜〜ッッッ♥♥　……んべぇっへえぇぇっっ♥♥」

ビクっ！　ビクビクビクゥゥゥゥッ！！　ギュクンっ！　ガクっ！　ガクンっ！

舌を吸い立てられて絶頂を迎えた。

「っへっ、っへひ、っひっ……！　んれるっ、れちゅっ、んへっ、へべぇぇぇっ♥」

伸びてしまう舌が奇態な声を上げさせて、舌から走る快楽がお尻を悩ましく躍らせた。

「んぐっ♥　んえるっ♥　んえれへぇぇっ♥　っへっ、へぇ〜〜♥　っへぇぇぇんっ♥」

(こ、これっ、すごっ、すっごっおぉぉっ♥　キス、キスっ♥　っしゅっごおぉぉっ♥)

男女の営みの果て。性的絶頂。知識としては知っていたそれは、優菜の想像していたよりも遥かに激しく、重く、そして甘かった。

「んぅぶっんふうううぅうぅぅっ♥　んむぉぉぉっ♥」

ビクビクっ、ビクンっ！

勝手に痙攣する身体、口からは野太い声と喘ぎが漏れ出て、見開かれた瞳からは情動の涙が大粒を作って垂れていた。

そんな彼女にグラトニーは舌を離す事はなく、動きを緩やかなものに変えて蠢かせた。

……つぶちゅる……ねりゅっ、ねちゅぅっ、るりゅりゅっ、ねぶぅぅっ……。

「……んっ、んぅっ♥　んぅうぅぉぉぉっ……♥♥　っほぉぶっ、んむぉっ、あぁぁぶっ、んひゅぅぅぅぅんんっっ♥」

（あ、あぁぁ、舌が、ゆっくり動いてぇぇっ……ああ、味、なすりつけられっ⁉）

グラトニーの身勝手な、しかし優しい動きはまるで愛し合った恋人にするそれで優菜の舌に粘膜が押し付けられ擦られる。

ぶちゅっ、ねるっ、れるっ、れるぅっ、にちゅっにちゅるぅ、れぶっ、ちゅうぅぅ……。

「んえへぇっ♥　っへぇおぉぉっ♥　んれるっ、ぺろっ、れるっ、んっはぁぁぁ……♥」

先ほど見せた快楽の爆発は起きず、起こさずに、まるで味と感触を確かめ合うような速度で口づけが行われる。

（あ、あぁぁぁ……っこんなっ、こんなのっ、恋人のキス、だよぉぉ……っぐ、グラトニーとこんなキスする、なんへぇっ……ダメなのに、きもちい、いいぃぃ……♥）

抗いきれない快楽が入り口にあったせいで、人類の敵との優しい粘膜の接触が、背骨を芯から蕩かして、恋する乙女の顔を作ってしまう。

ねちゅっ、つるちゅぅっ、れるっ、ぴちゃっ、ぴちゅっ、ぬるぬるっ、ぬりゅぅっ……。

「おっ、おおぉ、んえるっ、っへぇっべぇっ♥ っへぇひっ、っひやぁぁ、ひやっ、あぁぁおおぉぉっ♥」

かろうじて拒否の声を出せた優菜の肩が、言葉とは逆に力が抜け下がっていく。

自分の中にあるとも思っていなかった「女」の部分が屈服していくかのような幸福感のまま、甘く野太く下品な拒否の声を触手の粘膜に乗せていく。

れちゅっ、れりゅぅっ、ぬるっ、ぬるぅっ、……ちゅぷっ、ぅぅぅっ……。

「んえへっ、っへぇおぉっ♥ っへひっ、っひぃっ♥ ……んえぇぇぇぁあぁぁ……♥」

(あ、うぅっ、べロが、ヌルヌルしてっ♥ 嫌なのにっ、なんれ、こんにゃあぁ……♥)

絶頂を味わった後の、何もかもが無防備な身体と精神に刷り込むようないやらしい舌の動きが、背骨の芯までを蕩かしていくようだった。

優菜の無力化を感じ取ったのか、それともこれがこのグラトニー本来の食事なのか、その判断はつかなかった。

「んぶちゅっっ、っはっぶっ、んむ、っんむッ♥ っふぅうっむうぅウゥぅんっッッ♥」

肩が上がり、脚が内股に畳まれる。眉根はキツく寄せられ、涙を湛えた目尻が垂れて下がる。戦士の顔に浮かんだそれは、誰に見られても言い訳のきかない発情の相が浮かんだ顔だった。

抵抗する手段のその全てが封じられた優菜の口に、先ほどの勢いを緩めた分、ネチっこいと形容できる舌遣いが押し付けられ、口内を蕩かしていく。

弾け飛ばすような圧は消え、その代わりにどこまでも浸潤する丸い快楽が注がれた。

骨が抜け、肉が弛緩し、瞳が緩んでしまうような心地。舌が蠢く度に「抵抗しなければ」という気持ちが解きほぐされて、お腹に甘い熱が溜まっていく。

「んっちゅっ、んむちゅっ、っはぷっ、んえへぇ、っへぇおおっッ♥　んれるッ、っへるぅっ、んれへぇえぇんっ♥」

（なにっ、なにこれぇっぇえぇっ？　♥　口が、熱くてへぇっ♥　っ力が抜けっ、抜けるぅっ♥　キス、キスされてるっ、らけなのにひぃぃ……♥　あ、ああぁぁ……♥　頭がトロってなうっ、ううぅぅ……♥）

もじもじと膝が擦れ、そしてそれ以外に抵抗を示せずに、
ベロベロ、レロレロと、触手の舌粘膜が口をかき混ぜる度に、甘い電撃が走り抜けて優菜から骨を抜いていく。

男子と手を繋いだ事すらない優菜に、化け物によるキスの快楽が植え付けられていく。

「あ、あぁぁっ、つや、やら、まらキスぅっ♥　つやぁぁ……♥　んむっ♥　んちゅるっ、ぶちゅるっ♥　んふーっ、んふーっ♥　んむぉぉぉっ♥♥」

化け物の熱い体温が直接注がれるような舌遣い。どこまでも浸潤するような粘膜の感触が、乙女の舌を狂わせていた。

すると。

るちゅうぅっぅうぅぅ……。

口を塞ぎ、舌を押し付けていた触手が離れ、化け物と戦士の間に粘っこい橋を架けた。

「っへっ、っへぇぇ♥　んっぐっ、っへぇぇぇぇぇ……♥」

（つき、キス、きしゅっ……っは、離れた、あぁぁぁあぁ……♥）

初めて覚える性的快楽に浮かされただらしない表情は戻らずに、犬のように舌を突き出しながら空気を食《は》んでいく。

「んっへっ、んっへ、っへおぉぉぉ……♥」

（あ、あぁぁぁ、っだ、だめっ、口に力入んない……、よおぉぉ……♥　っこ、こんな、こんな恥ずかしい顔、しちゃだめっ、なのにひぃぃぃ……）

快楽の流入が止まった頭で、自らがどんな顔をしているのかに思い至り、しかしそれが止められない現実に心が軋んだ。そして、優菜の眼前でユラユラと揺れる触手は、敗北した戦士を慮ってキスを中断した訳ではないようだった。

恥ずかしい顔を浮かべた戦士から、だらしなく伸びた舌。

そこに、触手が再び食らいついた。

っはぷっ！

「んえへぇぇっ？」

互いの唾液でできた雫滴る優菜の舌先を、その唇で咥え、人類の敵がその本懐をインヘリートの唇で発揮した。

「んあえぅっ⁉　っへおおぉっ、んおおおぉぉおぉぉっ⁉」

ずちゅうぅぅっ！　ちゅばっ、ぶちゅるっ、ちゅぶううぅぅぅっ！！

ズクンっ、ズクンっ、ズクンっ！！

「んおおぉぉおぉっっ!?♥♥　おおむっ♥　んぶっ♥　んぅうふぅぅうぅぅぅっっ♥♥」

（……あっ、あおおぉぉっ……っま、魔力、吸われっ……!?）

首筋に行われた、優菜の戦闘力を根こそぎ奪ってしまった行為。快楽を伴う魔力の吸引。

優菜のサクランボのような唇に行われるディープキスの感触と、魔力を吸い取られる破滅的な快楽が、一つしかない優菜の意識に同時に襲い掛かる。

「んっぅっ、んぅうぅっ、んんぅうぅうぅぅぁアアァあぁ♥♥♥」

（っ飛ぶっ♥　飛ぶっ、飛んじゃっ、ああぁぁあっ♥♥）

艶の籠もった声を触手に全て飲み込ませ、目がグリンと上を向き、眉根が苦悶に寄せられて、全身に電気が走ったように痙攣を起こして。

「んっむうぅぅうぅうんっっ♥　んっ♥　んっもっぉおおおっほぉぉぉおおおんっ♥♥」

人生で二度目の、そして一度目より高い絶頂へと駆けのぼった。

「んぅうっむっ!?♥　んむうぉおぉぉっ♥　おっ♥　おっ？　んおぉおぉぉっ♥♥」

ビクっ、ビクビクビクぅぅっ！

（あ、あぁぁぁ♥　飛ぶっ、飛ぶっうぅっ♥　頭が、どっかに飛んでるっ、ううぅぅぅぅっ♥♥　キスっ、っしゅっごっ、おおぉおぉっ♥）

唇を奪われ、女の子としての尊厳を汚され。

魔力を吸い取られ、戦士としての尊厳をも汚される。

その強い負の感情すら、唇からの気持ちよさと結びついて、脳に届けられてしまう。

「んむっ♥　っふーっ♥　んふーっ♥　んおっ、おっ、おおぉぉっ……♥」

（っだ、だめっ、なのにっ……、グラトニーにキスぅ、されて、魔力まで食べられて……っだ、だめ、なのにっ、……いぃいぃい……♥）

「あえっ、っへぇっ、っへひっ、んっへぇっぇぇっ……、んっぐっ、きしゅっ、っは、離れだぁ……♥　っや、やっろっ、離れっ、らぁぁ……♥　っへぇぇぇぇっ……♥」

だらしない顔を晒し喘ぎながら、新鮮な空気を食む。その呼気にすらグラトニーの味と匂いが濃厚に感じられ、感触すらも未だ残っているかのようだった。

快楽の塊が離れても、余韻に炙られている粘膜はだらしなく伸ばされたまま。優菜とグラトニーの混合液を真下に垂らす。

優菜の口の隅々まで楽しんだ触手は、しばらく眼前でゆらゆらと揺れたかと思うと、続いて根元を膨らませる。

ぶくっ……ミチッ、ミチミチっ、ミチィっ！

「あっ、あえっ……？　なにっ、なにっ、するのっ、おおぉっ……？」

それは蛇が卵を飲み込む時の動きにも似ていた。決定的に違う事は、根元から口へと移動している事だ。

一つ、そして遅れてまた一つ、そしてそれを追いかけるようにまた一つ。野球のボール大の膨らみがせり出し、移動し、先端へと送られていく。

「あ、ああぁっ、っま、まひゃっ、まひゃかっ……あ、あぁぁ……！　あぶっ、っむちゅるっ、ぶちゅうぅっ♥」

得体の知れない何かが迫っている事に顔を青ざめさせた優菜に、再び唇が重ねられた。

楽しみ方を知ってしまった粘膜の感触が甘い声を上げさせ、恐怖に靄をかけていく。

（あ、あぁ、何か、飲まされるっ、うぅっ……!?♥　あ、ああ、あぁぁあぁぁっ♥）

揺れる瞳で、グラトニーの内部をゆっくりとせり上がる膨らみを見つめて怯える以上の事はできず、内部に詰まった何かが、唇型のグラトニーのその口腔《こうこう》へと到達した。

ぼびゅっ、ぶちゅるるるっ、ぼっびゅっ、どぶっ、どぼぶっ、ぼっぶっ。

「んおっ!?　おおっぼっ!?　んぐっ、んぎゅぶっ、ごくっ、ごきゅりっ、んぉおぉおっ♥」

送られた何かの正体である、固形に近いほどに濃厚な液体が、優菜の口に注がれた。

「んぶっ!?　……んっぐっ、んぐっ、ごきゅっ、んっくっ、んむうぅうぅうっ……！！」

（っひ、っひぃいぃっ！　飲まされてるっ!?　あおっ♥　おおぉおっ♥　臭いのぉっ、無理やり詰め込まれてへぇっ♥）

がっぷりと唇が塞がっているために、飲み下す以外に液体の逃げ場所がなかった。飲みきれなかった分が鼻から溢れて敗北した戦士の顔を不様に彩り、
飲まされ、飲まされ、飲まされて、飲まされた。

「んっぐっ♥　んぐっ♥　ごきゅっ♥　んぐっ♥　ごきゅり、ごっきゅっ、ごきゅっっ♥」

（っひっ、っひいぃいいいぃいっ♥　喉が焼けっ、焼けるっ!?♥　お、お腹まで、熱くなっへぇっ♥　あ、あああぁあぁもう飲ませない、ってよおぉおっ♥）

グラトニーの幹を盛り上げるコブの数だけの濃密すぎる液体が優菜の口に注がれ、喉を超え、胃に収まって吸収されて、全身へと巡っていく。

「んぶぐっ！　んっぎゅっ！　んくっ、んくぅっ！　っごぶりっ、ごっきゅっ♥」

(っこ、っこれっ、っま、魔力、グラトニーの魔力が入っててっ、あぁぁぁっ♥　飲んだらダメ、ダメっ、なのにいぃいぃっ♥)

自分の身体の中に、自分以外の魔力が流れ込むその感触に怖気が走る。それがグラトニー由来のものであれば猶更だった。

「んっぐっ、んぐ、んごえっ、んっぐぅっ、んくっ、ごきゅっ、ごきゅっ、ごっくっ♥」

(い、いつまで、続くの……これ、息が、っも、っもおぉっ……!)

もう限界だと感じた注入が終わったのは、永遠に感じられる数秒を経過してからだった。

お腹がいっぱいになるまで液体を注入した触手の幹にはもう膨らみは見て取れず、ただの触手に戻っているようだった。

役目を終えたかのように触手が唇から離れ、「飲み残し」と唾液とで糸を引かせた。

「……んっ、んおっ……んっべぇぁあぁっ!　……っは、っはひゅっ、っはひゅっ……!　ぜへっ、っへぇぇっ……!　……っげぶぅぅっ……!」

久々に確保された気道を喘がせて呼吸を食み、女の子が出してはいけない胃からのガスを吐き出した。

そんな事に恥ずかしがる余裕は、今の優菜のどこにもありはしない。グラトニーの匂いがする酸素を取り込んで、生命の維持を図るのみだ。

そんな彼女に最初に起きたのは、

「っっはぇ、っへぇ、ぜへぇぇ〜……」

……ズクンっ!

「……っへひっ⁉」

乳房への熱い疼きだった。

「あぐっ⁉　っぐっひぃっ、っひっ、っひぃぃいぃいっっ……！！」

（っ胸が、熱いっ、熱い熱い、熱いぃいぃいぃいっ！！）

血液の代わりに熱湯が巡っているような感覚が、乳房を襲う。

そしてその感覚の恐ろしい所は、その熱感ではなく、

「つぐぅうぅうぅっ⁉♥♥　っひぃいぃいぃいぃいぃいっ♥♥♥」

熱さに倍する、耐えがたい気持ちよさだった。

「あっ、あおぉおっ⁉♥　なにっ、なにこれへぇえぇっ⁉」

熱さから逃げるように首が振られ、引っ張られた薄い乳房がタユンと揺れる。

その動きですら耐えがたい快楽を呼び起こしてしまう。

「あ、あぁうぅうぅっ♥　ううぐっ♥　ぐひっ♥　っひっ♥　っこ、こんにゃっ、胸まれ、おかしくされひゃうっ、なんへぇえぇっ♥♥　っへひっ♥　っひっ♥　うひぃいぃっ♥♥」

自分の身体が、口のみならず乳房までをもいやらしく変えられてしまった事にうすら寒さを感じても、胸の疼きは収まらず、それどころか秒を経つごとに増していく。

そして、優菜の胸に起きた変化はそれだけではなかった。

胸を襲う疼きが際限を知らずに高まり続け、心臓が鳴る音と合わせて胸を駆け巡る。

「ああっひっ♥　っひっ♥　っひぃっ⁉♥　っひぉおぉおぉっ♥♥」

その感覚に目を裏返らせて顎を限界まで反らした次の瞬間に、

「゛あっ♥　おっ♥　おおおぉぉっ？♥」

　ぷくっ、むくぅうっ、むくむくむくぅっ……。

　衣装に締め付けられた胸がその体積を増して、薄い筋繊維を内側から張り詰めさせる。

「んにひぃっ⁉♥　っひっ♥　うっひぃぃっ⁉　なに、なにこれっ♥　hっへおおぉおっ♥　胸が、胸がはじけるっ、ううううぅぅうっ⁉♥」

　何かが胸で起きている事はわかっていても、瞳は勝手に裏返ってそれを確認する事は叶わない。今の優菜に感じられる事は、乳房に流れる煮立たせられるような熱と、同じ大きさの快楽だけだった。

「おおぉっ♥　っへおおぉっ♥　胸までおかひく、おがひぐっ♥　なゆうぅぅうぅっ♥♥っや、っやら、やらぁぁっ♥」

　左右の瞳を相互いに上下させ、拒絶の声を漏らしても、乳房の成長は止まらない。

　慎ましいと呼んで差し支えない乳房から、普通の乳房へ。

　普通の乳房から巨乳と呼べる大きさへ。

　巨乳と呼べる大きさから、爆乳と呼べる大きさへと成長を遂げて、そこでやっと終わりを告げた。

「……ああぐっひいおぉおぉっ……♥」

　終わりを見せた胸への激感に、天井に向けられた口からだらしない声が吐き出される。

（っむ、胸、胸まで、おがひく、されっ♥）

　急速に膨らんだ乳房は、しかし優菜の肉体が本来持つ張りは損なわず、重力に逆らって前に張り出していた。無理やりに引っ張られたコスチュームには皺が深く鋭く刻まれ、成長を誇示するかのよう。

「あ、あぁぁ……あぁぁっへぇぇ……♥」

だらしない声を放ちながら、首がカクリと前に倒され、自分の胸に視線が落とされる。そこでやっと、自分の胸に何が起きているのかを自覚できた。

「……あ、あぁぁぁ……うそ、うそぉぉぉ……っこ、こんなのっ、おおぉぉぉぉ……」

視界の半分を埋め尽くすほどに大きく育った乳房。

密かなコンプレックスでもあった小さく慎ましい乳房が、うらやましいと思っていた親友のそれを大きく超えて、身じろぎに合わせてユサリと揺れた。

「……あ、あああぁ、いやっ、いやだっ……、っこ、こんなのっ、っも、戻してっ……！　戻してよぉぉっ……！」

命を育てる役割を担う、自らの女性の象徴が、化け物によって形を変えられる。その事実が優菜の精神をすり減らしていた。そんな彼女の懇願をあざ笑うように、目の前で揺れるグラトニーの触手がその形状を変化させた。

みちっ、みちちっ、みちっ、ぶくっ、むくむくぅっ……。

「っひっ⁉」

先端の内部から破裂音が響き、次いで膨らんで裂け、同じ形の二股に分裂した。

「……うあっ、あ、あぁ……、っそ、それ、まさかっ……あ、あぁぁ、あぁぁ……！」

やがてそれはその膨張に耐えきれなくなったとでも言うように先端に切れ込みが入り、

花が咲くように六つに分かれるように開いた。

コスチュームを突き上げる乳房に浮き上がった突起が、恐怖にブルリと震えた。

「……あ、あぁぁぁっ……！」

血の気が引き、恐怖に唇が歪んだ。唇や腋といった性感帯ですらない場所でもあれだけ乱れてしまったのだ。それが乳首を襲ったならば。

「……いい、いやっ……いやだっ……、っやぁぁ……！」

首を振りながら、しかし目線は外せずに弱々しい声を漏らす優菜。それ以上の事が、今の彼女にはできるはずがなかった。

ぶちゅるっ、ぐちゅっ、……ぐちゅぅぅぅっ……！

触手の開いた口が身震いしてヒダをざわめかせた次の瞬間に、
ぐちゅるるるっ、……ぱくっ、もちゅっ、むちゅぅぅっ！

「あおっ⁉♥」

(あっ、あぁぁぁっ♥　乳首っ、っひぃぃぃっ⁉♥♥)

左右の慎ましかった乳房、その先端で勃起《ぼっき》する二つの甘硬い突起にむしゃぶりついた。

もちゅっ、ぷちゅるっ、むちゅっ、もぐっ、むぐっ、むっちゅぅぅぅっ。

「んにひぃぃぃっ⁉♥♥　おっ♥　おっぱいっ、なんへぇぇぇぇっ♥　んあっ、あおっ♥

おおっほおぉぉぉっ♥♥　いぐっ♥　いっぐっ♥　いっぐぅぅぅぅぅぅぅぅっ♥」

コスチューム超しに吸い付かれる乳房で、鮮烈すぎる快楽が爆発した。

ぷっくりと勃った乳首は触手の舌に転がされて絶頂のスイッチと化し、慎ましい膨らみは触手の収縮に合わせてムギュムギュと柔らかさを表現した。

「っゆるっ、許してっ♥　ゆるしっ、っひいぃぃいぃっっ!?　っむ、胸もっ、なんへっ♥っへぇっ♥　っへひっ♥　へひぃぃっ♥♥　っそんなしゃぶっちゃらべへぇぇぇっ♥♥あい、イグっ♥　イグっ♥　ううぅうぅっ♥」

ジュルルルッ！　ズチュッズチュッゥチュウゥゥゥゥゥウッ!!!

ビクビクビクビクっ！！　ガクンっ！　ギュククっ！　ギュクンっ！

鋭敏にさせられて、大きく膨らみ、食いでのある形に育った乳房を吸い立てられる衝撃に、一秒を耐えられずに絶頂に上り詰め、全身を痙攣させて叫んだ。

「っぐひっ!?　イグっ♥　イッグっ♥　ああおぉっ♥　っりょ、両方イ、イっでへぇぇっ、わけわかんなくなうっ♥　なっへるっ♥　きぼちじいいぃいぃっ♥　ああぁ、まら、まらいくっ♥　イッグぅうぅっ♥♥」

性感帯ですらない場所であれほど悶えさせられるほどに狂った優菜が、グラトニーの体液によって改造させられた鋭敏な箇所で耐えられる道理などあるはずがなかった。

もちゅもちゅと乳房を揉みたて、ちゅばちゅばと乳首を吸い立てるその一挙動ごとに、優菜の意識は高い所に飛ばされ続けていた。

「んにひぃっ♥♥　ッヒィっぐっ♥　どっちもイグっ♥　いんぐぅっ♥　っす、っ吸うのも、揉むのもりゃべへぇぇぇっ♥♥　のぉおっほおぉぉっ♥」

だらしない顔で懇願しても、グラトニーの蠢きは止まらずに、膨らんだ乳房を好き勝手に歪ませ、むぎゅっ、ぎゅむっ、もにゅっ、むにゅにゅっ、もっにゅうぅっ！

ちゅぶっ、ちゅぶぶぶっ、ちゅばっ、ぶちゅうぅっ！

「あおっ♥　おっ♥　おおっほっ♥　……のほおぉおぉんんっ♥　胸へっ、あおっ♥　乳首ひぃいぃんっ♥♥　っと、溶けるっ♥　んあぁぁぁあぁッッ♥　……ドロドロになうっ♥　っはっひぃいっ♥　いひっ♥　イグっ、イグぅうっ、イってるのに重ねてイグぅうぅうっ♥　んんひゃあああぁぁっ♥♥」

ゴム風船のように揉みこまれる乳房が形を変える度に甘い電撃が脳髄までを走り抜け、視界を真っ白に染め上げる。

その触手から、未だ魔力の吸引が行われていない事に、性感に狂った今のインヘリートは気付く余裕もない。そして、続く触手の蠢きで、この前後不覚に陥る乳虐ですら準備だった事を思い知らされた。

むちゅっ、むちゅるっ、っぷっはあぁぁぁ……！

「あ……あっ、……はなれ、っらぁぁぁ……♥　あっへっ、っへぇ〜……♥」

胸を苛む触手が糸を引きながら離れ、止んだ刺激に安堵を喘ぎ交じりに吐き出した。

次の瞬間。

ドクン！

「っへおっ!?」

粘液をたっぷりと揉みこまれ、恥ずかしい境地に何度も飛ばされた乳房に。

耐えがたい熱が再び灯った。

「……あ、おっ？　おぉぉっ？　♥　んおおぉおぉぉっ……？♥」

中に熱いお湯が流されているかのような感覚。なのにそれがイヤじゃない。胸で膨らみ続ける疼きは、確かな気持ちよさの予感を引き連れて、乳房の内側で育ち続けた。

「んむっ♥　んいぃぃいっ!?　熱っ、熱いっ!?　あ、ああ、何か胸を突き上げて、っへおっ♥　おおぉっ♥♥　んっ、んっ、……んっぉおおおぉっ……♥♥」

(あっ、うあっ……♥　っむ、胸がっ、胸がぁぁぁっ、熱っ、ううぅぅっ……♥　なにこれっ、なにこれへぇぇえぇっ!?♥♥)

今日何度目かの未知の感覚に、定まっていない目の焦点が、その解像度を更に落とす。

苦しげに歪められた眦には情動の涙が溜まり、大きな瞳の端から筋を作って流れ落ちた。

「あ、っがぁぁっ!?　ああっひっ、うっひぃっ、っひっ、いいっひぃぃいいいぃっ♥♥」

(熱い、熱い熱い熱いぃいぃいっ！　胸がっ、爆発するぅうぅぅぅっ!?)

食いしばった歯から涎を噴き溢し顎を仰け反らせて、胸を襲う甘い熱に炙られる。

上下に揺れた身体が乳房をタプリと上下させ、それがきっかけとなって、乳房に張り詰めた快楽が、熱が爆ぜた。

ぶぴゅるっ、ぼぴゅっ、ぴゅるるっ、ぴゅるっ！

「あおっ♥　おおっほっ！　っへおぉおぉっ♥」

裏返った瞳には映らなかった。しかし何が起きているのかは誰よりも理解していたろう。

大きく育った乳房から、母親が出すべき液体が吐き出されて、その未知の衝撃に視界が真っ白に染まる。

「あいっ♥　いいっひっ♥　っひっ♥　にっひいぃいぃっ♥♥　っうそ、うそおぉぉっ♥

おおっほぉっ♥　嘘だよ、んあっはあぁぁ♥　イグっ♥　いっぐうぅうぅぅっ♥♥」

（なんか、出てるっ♥　おっぱいからっ、吸われっ♥）

ぶぴゅるっ、っぴゅぶぶぶっ、ぶちゅるっ、ぶちゅうぅぅうぅっ！

張り詰めさせられ、鋭敏にされた乳房は、その内部の乳腺からも快楽を掘り起こして優菜の意識を揺さぶりたてた。

「っこ、こえっ♥　っま、魔力が、あ、あああぁあぁっ♥　魔力とみうくっ、みうくっ、漏れへるうぅぅぅっ♥　っき、気持ち、よしゅぎ、ひいぃっ♥　っへおぉおぉんっ♥♥」

二つの乳房に同時に襲った射乳の快楽と絶頂に目を白黒させて惑乱の声を漏らしながら、触手にミルクが飲み込まれていく様をぼやけた視界で捕らえた。

「あ、ぁ、っそ、そんなっ、あらひっ、インへリートなのにひぃっ♥　っま、魔力、食べられっ、っへぇぇ♥　あ、ああぁ、餌になっへっ、っるうぅぅっ♥　にひいいぃいっ♥」

その屈辱すら、煮えた頭には胸の快楽と同時に脳に到達して、妖しい快感を生み出した。

妊娠どころかその純潔も保ったままに、少女の乳房から魔力をたっぷりと含んだミルクが吐き出される。グラトニーにとっては何よりの滋養となる魔力を含んだそれを、飲みきれなかった分を唇の端から垂らしながらも、ゴクゴクと喉を鳴らして飲み下していた。

「らべっっ♥　らべらべっへぇぇぇぇ♥　っしょ、しょんらにひっ、美味しそうに飲むのりゃめへぇ♥　優菜のミルクぅっ♥　飲んじゃらべへぇっ♥　イっぐうぅっ♥」

刺激できるはずのない乳管と乳腺をこそぎ、内部から乳房を絶頂へと飛ばしながら。

戦士とはいえ女の子で、いつかはわが子を育むためにこれを出すのだろうと思っていた。そんな神聖ともいえる液体が、化け物の餌にされる屈辱は、筆舌に尽くしがたい絶望と、それと同じ質量の快楽を伴って優菜を追い詰めてゆく。

つむぐっ、むちゅちゅっ、ちゅっぶっ、ちゅぱっ！

どれだけ懇願しようと、どれだけ惑乱しようと、化け物の蠕動《ぜんどう》は止まらない。

寛げられて露出させられた乳房の先端。ピンク色の乳首から噴き出す母乳を飲み込む化け物の幹は蛇がそうするように膨らみを作って根元までくみ上げ、自らの糧へとしていく。

「あっ、あぁぁぁっ♥　やらっ、やらっ♥　んおっ、おっ♥　っのっ、飲まないれっ♥　っへおっ♥　おおぉっ、あらひのっ、おっぱいっ、母乳っ♥　飲んじゃ、おおっ♥　き、きもちくてへぇっ♥　あ、あ、まらイグっ、いっひゃううぅっ♥　おおっほぉぉっ♥♥」

触手が喉を鳴らす度に、内部に詰まったミルクが吸い出され、その代わりに扱いきれない快楽が詰め込まれていく。

鋭敏な性感帯と化した乳房は、絶頂するためのスイッチであるかのように、何をされてもイキ、何をされても魔力を放出してしまう。

むぎゅむぎゅと揉みつぶされる痛みも、口に擦り付けられる臭い匂いも、色に狂った頭は、感じる全ての情報が性感を燃え上がらせる機能しか果たさない。

粘液に塗れた恥ずかしい乳首が露出し、収まった快感に安堵する暇もなく、グラトニーが動きを見せた。

魔力を得て成長を見せた搾乳する幹の横から新たに触手が生やされて、吸い立てられて

歪んだ乳房に巻き付くと、
ぎゅむうぅっ……！

「え、あっ、……っぐひぃぃぃぃっ!?」

その径を狭めて乳房を更に惨めな形へと変形させて、膨らんだ乳房を強調するかのように、根元から縛り上げ、圧迫を加える。

「あっぎっ!?　痛っ、痛っひぃぃぃいんっっ♥」

胸に感じる感覚は、言葉がその質を伝え、声音がその本質を表した。

痛くない、ではない。痛いのが気持ちいい、だった。

大きさも感度も狂わされた乳房は、たとえ痛みだとしても受ける刺激を全て甘く変換して、優菜の脳に送り届けてしまう。

グラトニーの恐ろしさ、その本懐を身を以て教え込まれていた。

つぎゅっむっ、むぎゅっ、みちちっ、むっちぃぃぃっ！

ぼびゅるっ、びゅぶぶっ、っびゅっ、びゅるるっ、びゅぶぅぅっ！

「あおっ♥　おっへっ♥　へっひっ♥　痛いろにひぃっ♥　なんで、なんれこんにゃっ、気持ちいい、よおぉおぉっ♥♥　おっイグっ♥　っほおおぉんっ♥」

自分で自分の感覚が信じられない。

母になるための器官に、女の子として大事な器官に行われる虐待。それが自分に加えられる度に、眉間でバチバチと火花がはじけて、頭痛を引き起こすほどに頭を幸福感で満たしていった。

「んえぁぁっ♥　っはへっ♥　っへぇっひっ♥　いいひっ♥　んむあぁ？　♥　あぶっ、っぷちゅっ♥　じゅぶっ♥　ぶちゅうぅっ♥」

（あ、あああぁぁ♥　っま、またキス、キス来ちゃったぁぁ♥　あイグっ♥　口でもイグっ♥　ベロもまたイがされるっ♥　三ついっぺんにイっひゃっ、んっおおぉおぉんっ♥）

激しすぎる搾乳に重ねられたキスの丸い快楽が、優菜の蕩けた身体の芯まで容易く浸透し、抵抗の芽すらない戦士の奥底までを幸福感で満たしていく。

ミルクを飲ませ、唾液を飲まされ、腰を淫らに痙攣させて。その野太い声を触手に捧げる事以外の行動は許されず。

べろっ、れるっ、れるるっ、っちゅぶぶぅうぅぅっ！

ずちゅっ、っちゅっ、……ちゅっぶうぅぅうっぅっ！

ぎゅむっ、むぎゅうぅぅっ！

（全部、っ同時に、イジめられっ、……!?　……っおおぉおぉぉっ♥♥♥）

「んっもっ!?♥　おおっもおおおぉぉおおぉぉんっっ♥♥♥」

三つ同時に起きたグラトニーの責めが、インへリートの意識を涅槃《ねはん》まで引っ張り上げた。

「んっぶっ♥　んはぶっ♥　っぷちゅっ♥　ふぷちゅっ♥　んおっ♥　んっおおぉぉっ♥　んちゅっべぇっはあぁぁぁぁ♥　いっぎ、いぎぃぃっ♥　っぐにひいいぃいぃんっ♥♥　っ♥　んえれへぇぇっ♥　っへおおぉぉっ♥　ぶちゅうぅぅっ♥♥」

両の胸と口、三か所で起きた爆発は、自分がどんな存在で、相手がどんな化け物であるのかを吹き飛ばす。

ぐちゅるっ、ぶちゅっ、ぐちゅるるうるっ……！

右の乳首ははぶはぶときつく吸い立てられ、

「あおっ♥　あえっ♥　っへぇっひぃっ♥　きちゅいっ、きちゅいひぃぃっ♥　のおほぉぉっ♥　みるく吸い、きちゅいぃっ♥　イグっいぐいぐっ♥　おっぐうぅぅっ♥♥」

激しすぎる絶頂に飛ばされて首が左右に振りたてられた。

「んぁっ、あ、あおおぉっ？　♥　おおっほぉぉっ？♥」

対照的に、左の乳首はもちゅもちゅと優しく舐め尽くされ、

「んっへぇぇんっ♥　っへおぉんっ♥　らめっ、らめっ♥　優しいのらめっ♥　ああおおぉっ♥♥　乳首甘えなひっ、れえぇんっ♥♥　んぉっ♥　変なイキ方すゆうぅっ♥」

甘すぎる絶頂に、瞳が左右でその大きさを変えた。

「んにひっ♥　っひっ♥　っぐっひぃぃいぃっ♥♥　わけわかんなくなうっ♥　おっ♥　おおおぉっ♥　違うイジメ方らめへぇえぇっ♥　あ、あぁぁうっ♥　んひぃぉおぉぉっ♥♥　変なの覚えさせちゃ、らべへぇぇんっ♥　っへおおぉぉっ♥♥」

一つしかない優菜の意識に、二種類の気持ちよさと絶頂が重ねられ前後と上下の感覚が消失するほどの多幸感が脳の皺に刻まれていく。

そして、その快楽の逃げ場を塞ぐべく、様子を見ていた口吻を持つ触手が再び蠢いて、

「ああっひっ♥　うひっ♥　にひぃぃぃっ♥　胸イクっ♥　おっぱいイっぢゃっ、いっ、いいぃいっ、イっでへぇぇえぇっ♥　っへおおぉぉっ♥♥」

眼前でユラユラと揺れた触手が、絶頂に伸ばされた優菜の伸びた舌を捕まえて、

「んむおっ!?♥　おっ♥　んおおぉっ♥　おおっもおぉおぉおぉおっ♥♥　んぶちゅっ、はぶちゅっ、ぶちゅうぅうぅっ♥♥」

再びの、深い口づけを真上から押し付ける。

（つま、また、ッチューっ、チューされへぇっ!?♥♥　今、そんなのされ、されたらっ、あっ、うあぁぁっ♥　っま、また来たっ、あ、また口に気持ちいいの、来ちゃ……あおおおっ!?♥♥）

乳房だけで、唇だけで到達できる境地が、三つ同時に襲い立て、意識のブレーカーが明滅を繰り返す。反射的に動いた舌が、まるで甘えられるように絡められて、互いの味を撹拌して飲み下させた。インヘリートに纏わりつく触手の動きは止まらずに、更に高く深い所へと引っ張り上げ、沈ませていく。

「ぶちゅちゅっ、んえれろっ♥　ちゅぶっ、ちゅっぱっ♥　っはぶっ♥　んおっ♥　んふーっ♥　んっふぅ――♥♥　んむぅぅっ♥　おおほおぉおっ♥♥　ぶちゅぅ♥」

（あ、あぁ、っも、っも、何もわかんないひぃっ♥　気持ちいいのしかわかんないよおぉっ♥　あ、あ、舌、おっぱいひぃ、また、イクっ♥）

上下の感覚すらわからなくなるような快楽の奔流が、どこまでも落ちていくような、どこまでも上がっていくような、言葉にできない領域にまで優菜を連れていく。

そのバラバラの絶頂感が、連続で襲う中、それぞれの波長がどんどんと同期して、そしてそれは訪れた。

口に吸い付いたもの、左右の乳首を吸い立てるもの、その三つがピタリと止まったかと

思うと、次の瞬間に、

「……おっ？♥」

右の乳首を吸い立てられて、

「あおっ♥」

左の乳首を舐り立てられて、

「んっおおぉっ♥」

伸びた舌をきつく吸い立てられて、

「んっおおぉぉぉっ♥♥」

三つ同時に呼吸を合わせた責め苦が、今までで一番大きい絶頂を引き連れて脳みそを煮やした。

「あおむっ♥　んむっ♥　んひぃーっ♥　ふひーっ♥♥　んっむっ♥　っむうっ♥　んっうっつっ、っむうぅぅうぅぅんっ♥♥」

唇に吸い付かれた触手との間から幾筋も涎の跡を作り上げ、胸からはグラトニーが飲み込むのが間に合わない程の母乳を魔力と共に吐き出して、重ねられた絶頂に意識を飛ばす。

（いぐっ、イグっ♥　全部、全部イグっ♥　っほおぉおん♥　胸も、オクチもっ、おおっ♥　頭もぉっ♥♥　全部から魔力すわれへっ♥　イグっ♥　いぐっ♥　いぐっうっ♥）

吐息も嬌声《きょうせい》も触手に飲み込ませ、出来立ての魔力を快楽と共に触手に吸い取られ、インヘリートは絶頂に酔い痴れる。

一つで意識を飛ばすのに足る絶頂が、三つ折り重なって優菜の精神を白く漂白した。

重なった絶頂はその分深くまで浸透し、頂点の時間がいつまで経っても終わらない。

「んむぅぅっ♥　っふぉむっっ♥　っはぁっぶっ♥　っぶちゅぅっ♥　ちゅぶぶっ♥　んぶちゅぅっ♥　んぅぅうぅんっ♥♥」

っへこっ、へコへコっ……！

反射なのだろう。痙攣する腰は艶めかしく汗を纏い、淫女のうねりを見せて、コスチュームから愛液を染み出させ、地面にできた水たまりの面積を広げていく。

「んむぶっ♥　びちゃびちゃっ♥　つぶちゅっ♥　んむちゅっ♥　んんぉおおぉぉっ♥おおむっ♥　っほっぶっ♥　んふむぉぉおぉぉぉっ♥♥」

「んっべぇっへぇぇぁあぁぁぁ……♥♥　お、おおぉっ……♥　っへひっ♥　っひっ♥へっひっ♥　おおぉっ♥　触手、触手離れだっ、ろにひぃっ♥　ま、まだみゆくっ、エッチなミルクっ♥　出へぇっ♥　っへぇっ♥　……、いぐっ、いぐぅぅっ♥　おほぉぉっ♥」

ぶぴゅっ、ぷりゅっ、ぴじゅっ、ぶちゅぅっ……。

光も失い、焦点の合わない瞳で自分のはしたない乳房がはしたなくミルクを吐き出すその姿を見つめ、乳管を刺激される快楽に酔い痴れながら呟いた。

類《たぐい》まれな魔力を有する優菜の身体。その魔力を変換して吐き出す母乳は、あれほど吐き出してもまだその底が見えずに、出す側から生産されて乳房の中から欲求を突き上げる。

「あひっ♥　っひっ♥　ううっひぃぃぃっ♥　っも、っも、これいじょぉ、されひゃら……♥　あ、あぁぁ、おがひくなうぅ♥　狂うっ、くるっひゃ、あぁぁおおぉぉっ♥　っも、みうくっ、止めへぇぇえぇ♥　おっぱいひぃっ、ゆるひてぇぇっ♥♥」

魔力の量が桁外れでも、この快楽を与え続けられたらどうなるのか。そんな想像に怯えながらも性感は止まらない。

知識の中にある、グラトニーに食い尽くされた人間の姿が脳裏に映って精神を圧迫する。打ち捨てられた山小屋で、グラトニーの餌として生き永らえていた女性の姿。杖の知識の中にあるそれが、今の自分とどうしようもなく重なってしまう。

「あえっ♥　っへぇぇんっ♥　っや、やらっ、家畜、家畜にされひゃうっ♥　おおっ♥　ぐらとにーに、ミルク搾られへっ、イキまくるらけの家畜にひっ♥　されっちゃっ♥」

そんな絶望的な想像が、快楽に染まった頭では容易く奥深くまで浸透して、性感をどうしようもなく刺激してしまう。

「っはひっ♥　っひっ♥　おおぉんっ♥　ミルク家畜っ、おおっ♥　い、一生、っぐ、ぐらとにいの、ご飯にされひゃっ♥　んむっ!?　ぶちゅっ、はぶちゅっ、ぶちゅるっ♥」

（っこ、こんなっ、こんにゃのっ♥　おおっ♥　このまま、家畜にひっ♥　イグっ♥　イグっ♥　い、一生、キスしゃれへっ♥　っお、オッパイミルク、搾られる、魔力用家畜にっ、っみ、ミルク用の女の子にひぃっ、されちゃっ♥）

戦士から家畜へと堕とされる。そんな絶望的な想像が、何故か甘く頭を埋め尽くしてしまいそうになる。

それを表明するかのようにミルクの噴出量が多くなり、中空に描く白濁の放物線がその角度を上向きにしていった。

「んっおぉっ♥　おっ♥　お～っ♥　んちゅっ、ぶちゅっ、るちゅぅっ♥　っはぶっ、んまぁぁっ♥♥　んっぉぉぉおおんんっ♥♥」

目を白黒とさせながら、その放物線を視界に入れて、ミルクを吐き出す快楽と深いキスによる悦楽とで絶頂に達し続ける。

と、面白がるように、膨らんだ乳房に巻き付いた触手がその径を狭めて、

ぎゅむぅうぅぅつっ！

「んぎっ⁉♥♥　んもっ、おおもっ、んぺぁぁあぁっ♥♥　んぅっ、っはあぁあぁぁぁっっ♥♥♥」

プヂュウゥウゥウゥウッ！　ぴじゅっ、ぷちゅうぅぅっ！

ハムのように縛り上げられた胸が、強烈な痛みと、それ以上の快楽で優菜を撃ち貫いた。

「あっ、っがっ……ッッッ♥　……っっっ～～～ッッ♥」

（あっ、あ♥　……あだまっ、飛ぶっ、飛ぶっ、っ、ッうぅうぅうぅぅぅ♥）

強すぎる快楽が、優菜の意識を真っ白に漂白し、理性や価値観を放出している事を表すかのように母乳が放物線を描いて飛んだ。

「あ、おっ♥　おおっ♥　のほぉぉんっ♥　っへおぉぉおっ♥」

ぶびゅるっ、びゅぶぶっ、びちゅーっ！

出来立てのミルクをその最後の一滴までをも吐き出させせんと欲望されるままに白濁を吐き出して、その分だけ長く深い絶頂に酔い痴れた。

最早骨の髄まで記憶してしまった射乳の気持ちよさが、魔力を解放する根源的な快楽が、全身の制御を失わせ、勝手に痙攣させせて、敗北した戦士に惨めな色を塗り重ねていく。

優菜の体温と魔力、そのどちらもを備えた母乳が放物線を描き、地面と、そして杖を白濁で汚した。

ぴちゃっ、ぴちゃちゃちゃっ、ぴちゃっ！

紫色の幹に、優菜の白濁が重ねられた。次の瞬間に、

………………カァッ……………！

母乳からインへリートの濃厚すぎる魔力を得た杖が、閃光を放って薄暗いビルの空間を埋め尽くす。

公園で見せたグラトニーだけを拒絶する清浄な光が際限なく広がり、優菜に纏わりついていたもの、乳房の前で揺れていたもの、天井に伸びて拘束していたものその一切を照らして。

優菜を縛めていたグラトニーを、人類の敵を拒絶し、その動きを鈍化させ、石の割れる音を生じさせて、やがて結晶へと変じせしめた。

絶頂で正体を失っている優菜には、そんな決定的な変化にも気付けずに、

「……っはぁっへっ♥　っへぇ～～……♥　っへひっ、っひっ♥　うっひっ♥」

光に照らされながら野太い声を漏らすだけだった。

ピシっ、ピシっ、バコぉっ！

首を縛め、天井へと優菜を縫い合わせていた触手が崩れ、細かな塵となって霧散すると。

解放された戦士は糸の切れた操り人形のように力なく、垂直に崩落して自分が吐き出した母乳と、恥ずかしい液体の上に仰向けで倒れ込んだ。

「あっ……あおぅ……♥　……っほぉぉっ……、おっ、おおぉぉ……♥」

身体が弛緩したまま広げられ、腕は顔の左右に投げ出され、足はガニ股の形を作り、だらかなお腹を時折ピクピクと震わせる、みっともなさすぎる格好を天井に向けて、相応しいだらしない声を漏らした。

「あぁ、あぁへぇ……♥　っへっひっ……♥　お、オッパイっ、まら、出るっ、出るっ、ぅうぅぅ……♥　イッグぅうぅぅ……♥　んおっぉぉぉ……♥」

瞳は半分ほどが瞼の裏に隠されて、ディープキスで蕩けさせられた舌は犬のように横に垂れさがり、膨らんだままの乳房は重力に負けて横へと零れてミルクの雫を作り上げ。

ぷぴゅっ、つぴゅりっ、とぷぅっ……。

仰向けにだらしなく倒れ込んだ優菜の、その身体に不釣り合いな豊満な乳房からミルクを垂れ流して。

「……つみ、みうくっ……止まんにゃっ……♥　あおっ♥　おおぉっ……♥　おっ、おぉおっ、っま、まらっ、ちょっと、イ、いっでっ、うぅうっぅう♥♥　っと、止めへっ、っら、られかぁっ、っと、止めっへぇぇっ……♥　ミルクアクメぇ、止めへぇぇっ……♥」

彼女以外に動くものなどいない空間でひっくり返ったカエルの不様を晒し、地面には涎と汗と母乳と愛蜜とで染みを作り上げて。

「はっ、っへぇっ♥　っひっ♥　うひっ♥　っひぃぃぉぉっぅ……♥」

触手の拘束から逃れられた事にすら気が付けないまま、インへリートは引き攣った嬌声を漏らし続けたのだった。

第四話　アパタイト

今代のインヘリートにとって、鏑木優菜にとって初めての敗北。そしてそれに付随するその凌辱劇の後、結局自室に辿り着いたのは午前0時を回ってからだった。

一杖の魔力が暴走して数時間。日も落ちきった夜半に、月明かりだけが差し込むビルの一室でやっと正気を取り戻した優菜は、その屈辱と絶望と、そして未だ胸の中でくすぶり続ける発情とを抱えながら建物を脱出した。

大きくなったままの乳房。それに突き上げられた制服の胸元にミルクの染みを作り上げ、荒い息を道路に吐き出しながら、なけなしの魔力で自分に認識阻害の術をかけ、それでも発情の顔を他人に見られないように俯きながら帰路をフラフラと歩き、やっとの思いで自宅の玄関を潜り抜けた。

着替える事もせずに、上着とワイシャツを脱ぎ捨てて、ベッドに倒れ込む。

「……っは、っはっ……！　……っはうっ……うぅっぐぅっ……！」

サイズを増した乳房が揺れて快楽を訴え、優菜の部屋に響いた事のない声が漏れた。

「っはぐっ、うっ、ううぅっ……！　っは、っはっ、……んっぐっ、っはっ、っはぁぁっ……！」

（っこ、これっ……っまだ、凄っぉ……、胸が、ベロがぁっ……熱くてっ……っき、きもちよくってぇぇ……あぁぁっ……♥）

髪を紅潮した頬に貼り付けて、薄い唇を小さく喘がせ、何も見ていないような虚ろな瞳を茫洋《ぼうよう》と天井に向けて。

（っは、っはっ、早くっ、中和しないとっ……ぉぉっ、っこ、こんなのっ、おぉっ、いつまでも耐えらんないぃぃぃ……！）

ただの人間ならいざ知らず、生成力も貯蔵量も並外れた彼女には、魔力による損傷や改造に対しては自分で治療する事ができた。通常ならば、自分の魔力が生成され、その力でグラトニーの改造された部分を復元していくはずだ。

つまりそれは、正常な形に戻るまでの時間を耐えねばならないという事に他ならない。

「んっぐっ、んふーっ、んふぅぅーっ……♥　んぐっ、んふぅぅんっ……♥」

乳房から走る疼きと熱に熱い息を鼻から漏らし、ベッドシーツを握り込んで耐えた。

口が熱く、唾液が溢れて、勝手に舌が動いてしまう。身体だけが勝手に、あのヌルヌルとした、ザラザラとした感触を求めてしまう。

気を抜けば自らの乳房に手が伸び、慰めてしまいそうになってしまう。あの絶望的に甘いあの快楽を求めてしまうかのように。

そうすれば治療を担うはずの魔力が恥ずかしいミルクに変換されて吹き出し、この地獄の時間を長引かせる事になってしまう。

「んっぐっ♥　んふっ、んぐぅぅっ……♥　んっ、んっ……♥　んふぅぅぅぅんっ……♥」

（っふーっ、っふーっ♥　っこ、こんなの、っし、しないっ、しないんっ、だからぁぁ……♥　胸っ、オッパイぃっ……♥　自分でなんてっ、っし、しちゃっ、だめなんだからぁ

……♥　魔力、出しちゃ、き、っき、気持ちよくなっひゃぁ……っら、らめぇぇ……♥♥）

食いしばった歯に落ち着きなく揺れる瞳。親友よりも大きな乳房を重力に任せるまま潰れさせ、ミルクの匂いを優菜の部屋に上書きして。モジモジと膝頭がぶつけられ、股間からはぐちゅぐちゅと女の蜜を溢れさせていた。

「あぐっ♥　っはぁっぐっ♥　っぐぅぅぅっ♥♥　っが、我慢っ、我慢ぅぅぅ……♥　んふーっ、んっふーっっ♥♥」

他の人間が見れば目に毒だろう扇情的なポーズに声で悶えながら、自分に溜まる疼きをやり過ごそうと耐える。

そんな彼女の、刺激しないようにさらけ出された腋に、自分の汗が流れ込んで。

「っひあっ……あっ……あううぅぅっ……んっくうぅぅぅっ……♥」

そんな感触ですら腰を震わせる。

（っこ、こんなっ、っむ、胸もっ、口もぉっ、……っわ、腋まで、エッチになっててっ……♥　っっこ、こんな疼いてぇっ……♥）

「っはっ、っはぅ♥　っはぁっ♥　早く、早く直ってっ……ぇえっ♥　んはあぁ……♥」

ベッドの中で一人その身をのたくらせたまま。

優菜の人生において長い夜は、未だ明けなかった。

○

二時間目と三時間目の間の休憩時間。

教室の後ろ側の引き戸がおずおずと開けられ、マスクをかぶり、厚手の上着を羽織った、いつもより猫背の鏑木優菜が入ってきた。

「お、おはよぉ……」

蚊の鳴くような声で言ったその挨拶に、前方の席でガタリと音が鳴って、親友が慌てて駆け寄ってきた。

「うわぁっ⁉　つゆ、優菜っ⁉　大丈夫なのっ？」

「あはは、まぁ、なんとか、ね……？」

親友の裏表のない気遣いが真っすぐにぶつけられ、涙が出る程に安堵した。

「つきょ、今日は休んだ方がいいよ、すごい具合悪そうじゃん……！」

「つだ、大丈夫……、もしほんとうにダメそうだったら早退するし……あはは、すこし疲れが溜まってたのかなぁ……」

「つそ、そう……？　無理しないで、っていつもボクに言ってるんだから、優菜こそ無理しちゃだめだよ？」

ぐうの音も出ない正論に、

「あはは、つご、ごめんねぇ……」

曖昧に笑う事しかできない優菜だった。

「……………ん？　あれ、なんか優菜、昨日とどこか違う、……胸……おおきく？」

「ツッ⁉」

膨らんだ乳房。敗北の証、それを気取られそうになった事に、優菜の心臓が跳ねた。

と、そこで。

キーンコーンカーンコーンっ！

「っと、授業かっ！」

割り込むように鳴り響いた始業の鐘が、それ以上の追及を許さずに、

「いい？　無理そうだったらすぐ言うんだよ？」

「……うん、ありがとうね……」

敗北した魔法少女の、かけがえのない日常の一幕を再開させるべく振る舞ってはいたが、
結局、お昼休みに鏑木優菜は早退の届を提出し、送ると言って聞かない親友を宥めすかして帰宅したのだった。

○

学校を早退してベッドに身体を預け、そうして、気絶とも睡眠ともつかないまどろみを過ごした後、午後三時過ぎに目を覚ました優菜は、

「……んっ……、…………あ、……ってる……？」

起きてすぐに視線を胸元に注ぐと、普段よりその大きさを増してはいたが、突き上げるような疼きは消えて失せていた。

「……っとりあえず、中和はできた、のかな……？」

落ち着いて魔力の流れを追ってみても、異常なものは感じられない。この乳房の肥大も時間が経てばきっと元に戻る事だろう。魔力の量も心許ないが時間が解決してくれるはずだ。

ひとまず安堵の声を吐き出して、汗とミルクの匂いが染み付いたパジャマを脱いで、洗

面所へと向かった。

重たい足取りで洗面所に辿り着くとパジャマを洗濯機に放り込んで回し、その足で温《ぬる》めのシャワーを浴びた。

ザ————っ……！

「……………」

シャワーに打たれながら、脳裏に浮かぶのは、どうしたって昨日の事ばかり。

「…………、……っふぐっ……っひくっ……うぅっぐぅぅ……！」

優菜の感情を図るには、十分すぎる程の嗚咽がバスルームに響き、目から流れるはずの液体は、シャワーのぬるま湯が全て排水溝に流して。汗とミルクの匂いも同様だった。

「……っぐっ、っふぅっぐぅ……うぐっ……うぁあぁぁ……！」

普段よりも長い時間シャワーの音が鳴り、それよりは短く、嗚咽の声が鳴っていた。

○

長いシャワーを浴び終えて一時間後。夕方に差し掛かろうという時間。

ガヤガヤと、人の声が重なって作られる環境音が鳴る駅前広場。その一角に設置されているベンチに、優菜は一人座って、茫洋と行き交う人を眺めていた。

優菜の視線の先、駅前の広場には、自分が普段身に纏う学園の制服に身を包んだ女子学生とサラリーマン、買い物をする主婦などが行き交い、それぞれの日常を過ごす姿を視線に入れていく。

辛い事があった時にどう自分の心を慰めればいいのか、その問いの答えを杖の記憶は持っていた。

自分がなんのために戦うのか。それを確認するといい。

その言葉に従って、優菜は噛みしめるように人並みを、自分の戦う理由を見つめていく。

それを見守りながら思うのは、これが何より尊いもので、自分の、そして今までの杖の使徒たちが守り抜いてきたものであるという事だった。

実に何でもない、どこにでもある、そして何より尊い自分の戦うべき理由を眺めていると、敗北からくる弱気に萎びていた心に新鮮な水が循環していくような心地だった。

（……この人たちを、皆を、……！　アタシが守らなきゃ、なんだから……！　守ってみせなきゃ、なんだから……！）

トラウマのように刻まれた、悔しさが、屈辱が、羞恥がフラッシュバックして様々な感情を握りこぶしで表させ、ワンピースの腿の部分に深い皺を作り上げた。

（……変異体なんて、知らなかったとはいえ、負けるなんて……！　……そのうえ、あんな……乱れちゃう、なんて……！）

杖の知識にもないグラトニーの変異種。それが押し付けて来たおぞましい快楽。

「……っぐっ……うぅぅぅぅ……！」

思い返すだけで、吐息が熱くなり、体温が上昇していくほどの、異形の気持ちよさ。それは、戦士として覚醒したインヘリートにとっても、女の子としての価値観を持った鏑木優菜にとっても、精神を圧迫する出来事だった。

記憶の中には、敗北した記憶もあった。優菜もそれを受け継いでいる。しかし、それを自分の身で味わった事実は、羞恥と悔しさの質量が段違いに感じられる。自分の身体が恥ずかしいものに変えられてしまったようで、冷たく重い絶望がお腹に落ちて、精神の奥底から冷やしていく。

道行く人たちを眺めながら、ひとりでに眉間に皺が寄った。

（あんな、あんな……事……！）

「…………………」

人間の間にいなければ、人の目がある所にいなければ、嫌な事を考えてしまう。

（……この人たちのなんでもない日常を、アタシが守らなきゃ、なんだから……！）

道を行くそれぞれの人を眺めながら、昨日の敗戦の味を噛みしめて、それを糧にして決意を静かに育てていく。

すると。

……ゾッ……ゾゾゾゾっ！

「……ッッッ⁉」

優菜の脊髄に氷塊を詰め込まれたような、そんな極大の悪寒が走り抜けた。

咄嗟に立ち上がり、顔をしかめる。

（嘘、でしょ……？　……あぐっ⁉）

あり得るはずのない、そしてあってはならない感覚だった。三日連続で感じてしまったこの悪寒は、少なからず優菜を困惑させた。この悪寒はグラトニーのそれで、それも、極端に強いプレッシャー。杖の知識の中でも数える程しかない大物、鏑木優菜が出会った事のない程のそれだった。

「…………っふーっ……」

狼狽を瞬時に抑え込んで静かに立ち上がり、それぞれが道を歩く中、一人呼吸を整えて戦士の心持ちを整える。魔力を持ち、その使い方を知っている優菜にだけ届く圧力は減じる事はなく、それどころかいや増して、距離が近づいていている事を悟らせた。

「………」

(近い……!?　……どこ……?　どこ、に……?)

全身に緊張を漲らせ、視線を巡らせても、グラトニーのその姿も、それに付随するはずの混乱も見て取れない。

魔力の検知を張り巡らせても、感じられる圧力が強大すぎておおよその方向しかわからず、しかしその方向にはなんの混乱も認められていない。

学生がおしゃべりに興じ、主婦は買い物袋を提げて歩き、サラリーマンは電話をかけながら歩き。

狼狽した顔を一人浮かべながら周囲に気を張り巡らせた。

と。

「…………………」

コツリ、と、やけに現実的でない響きを伴って、まばらな人波をかき分けて、真っすぐにこちらへと歩み寄ってくる人影があった。

「…………あ?」

まるで、その人物だけが違う時間の流れを過ごしているような、それ以外の何もかもがぼやけて感じられるような、強烈な存在感を纏って。

戦士として経験も積み、気を張っていたはずの優菜の口から、悲鳴が上がってしまう程の、強烈すぎる圧迫感。

「……っひっ……!?」

行き交う人々の中で、ペースは常足《なみあし》を保ったまま、急ぐ事も、また躊躇いの一切も感じられない。なんでもない道路をただ歩くような、そんなペースだった。

「…………ッッ!?」

むちむちと音がしそうなほどの肉感的な脚はぴっちりとしたデニム地のレギンスに覆われ、女性の柔らかさを惜しげもなく晒して。ワイシャツには巨大な乳房の影が浮き、細い腰と乳房とで作られる女性特有のラインを嫌みな程に強調する。艶めいた長い黒髪は歩く度にサラサラと靡いて、シルクのカーテンを思わせた。切れ上がった目には薄い笑いを乗せて、真っすぐに優菜を射貫いて視線を絡ませる。

(あ、ああ……っこ、この、この感じ……!)

まばたきも身動きもできずにその「女の姿をした何か」の接近を許してしまった。

女は彼我の距離が1メートルに到達すると立ち止まり、気さくに手を振り上げて、艶を宿す声で。

「……はぁい、……杖の使徒、さん♥」

その、優菜の悪寒の原因が。嬉しそうに。

袖口から、見間違うはずもない、グラトニーそのものである触手を覗かせて言った。

「……ッッ！」

半月状に口を歪めて言ったと同時に。空気が。この駅前の空間に満ちる大気そのものが。

練られる前の水飴に置き換えられたかのような圧力に変わった。

「……ッッ！」

元々大きな優菜の目が見開かれ、対照的に瞳が収縮する。全身の毛穴が開いて総毛が逆立ち、嫌な汗がドッと噴き出した。

背中に数万匹のムカデが這い上るような悪寒が走る。

杖の知識の中にも、これほどの脅威の記憶はない。

それは即ち、優菜にとっても未知の脅威であったのだ。

「……っ！！」

恐怖に怯えようとする心を、しかし戦士としての、杖の使徒としての戦意がそれを押しのけて、秒をすら待たずに、全てをぶつけんと彼女は唱えた。

「エスペランサ――――――ッっっ！！！」

その言葉が響き渡るや否や、秒を待たずに服は分解され、戦士の衣装が全身を包んだ。

衣服を構築させた光に紛れさせて杖に刃を纏わせて、白昼の中、衆目の中で、フィルムの早回しの速度で振り上げられたそれが、閃光に訝《いぶか》しんだ人間が振り返るよりも速く、袈裟斬りに振り下ろされる。

「あ？」

驚いた表情に固まった女の口から音が漏れ、次いで鎖骨に光の刃が食い込んだ。

ゾブっ！　ヒュバッ……！

杖越しに肉の手応えを感じながら、優菜の腕は振り抜かれ、女の上半身を進み、切り裂いて、両断する。

肩口から腰までに。二つに分かれた身体が、内部に詰まっていた液体を伴って重たい水音を地面に鳴らした。

「……っは、っはっ、……っは、っはっ……！」

その光景に、周囲の人間が静まり返り、数秒。

人波の中から思い出したかのように悲鳴が響き渡った。

「……っき、……ッキャ――――っ！！」

「っひ、人殺しっ……！！」

周囲にできた人だかりから、悲鳴と驚嘆、そして困惑のざわめきが起こった。

無理もない。事情を知らない周囲の人間からすれば、『棒を持った女性が、女性を袈裟切りにした』という情報しかないのだから。

彼女を中心に人垣が後退して、肩口から分断された女の身体と、杖を持った少女が構えを解かないまま周囲に視線を巡らせた。

「……っはぁっ、っはぁっ……っはぁっ……！」

短距離走を走り終えたかのように息を切らせ、汗の雫をコスチュームに染み込ませて、人並みが綺麗に円形に刳り貫かれたその中心で佇む優菜。

その足元には血液にも似た赤い液体が広がり、グラトニーの体液と同様の甘臭い匂いを立ち昇らせて、呼吸の度に優菜に吸い込まれていく。

その匂いが、今切り伏せた者が人間ではなく、人類の敵であると追認を行った。

魔力で編まれたブーツでなければ、そして魔力を持った彼女でなければたちまちに浸潤して昨日のように発情を迎えてしまうだろう。

警察に連絡を入れる者、逃げ出そうとする者、スマホで撮影をしようとする者。

野次馬たちの注目の中、警戒を張り巡らせる特異な格好をした少女。

そして衆目の言葉を飲み込ませる事態が、目の前で起きた。

両断された死体が、その亡骸が、砂か何かでできているかのように崩れ去っていく。

「………………はっ？　……え、……なに、あれっ？」

「……なんかの、撮影、じゃ……？」

周囲の人間に困惑が広がり、事情を説明する暇も、そして余裕もなかった。

「……っは、っはっ……あぐっ……っま、まだっ……いる……？」

確かに目の前の化け物を切り伏せた。その証拠も彼女の足元で真っ二つになって今、砂塵となって消え入ろうとしている。

なのに、心臓を鷲掴みされているようなプレッシャーがまだ引かない。

手応えがないのではない、むしろありすぎた。それは、拍子抜けしてしまう程に。

（……っま、まだっ、近くにっ、いる……っ!?　……っどこ、どこなのっ……？）

出るはずのないグラトニーの連夜の遭遇。昨日敗北を喫した、魔力の検知を掻い潜る変異体の存在。そして今切り伏せた、グラトニーとしか思えない、女性の形をしたもの。

立て続けに起きたそれらが、優菜に冷や汗を流させ、狼狽させた。

総身に気を張り巡らせて、目視での警戒を張り巡らせる。

（どこ、どこから来るのっ……？）

ざわざわと色めき立つ聴衆、噴水の根元に張った池、植木の中、並木の枝の間、様々な所を確認しても、その姿は見えない。

と。

異変が、優菜の足元で起きた。

ずぶっ、ずぶずぶっ、ずぶぅっ……！

「な!?　あっ、うあっ……!?」

広がった血液で隠された石畳が、自分の足元、その部分がぬかるんでくるぶしまでもが飲み込まれる。踏ん張りがきかなくなった地面に杖を突き立てて、やっとその飲み込まれるペースが落ちたころには、両脚は大きく開いたままに固められてしまった。

「つぐ、っこ、このっ！」

全身に力を籠めて足を抜こうとしても、がっちりと食らいついた肉の床はその硬さを保ったままに、インヘリートを地面に縫い付けて動かない。スピードを頼みに戦うインヘリートの戦術。その大前提が封じられた。

「つぐっ、っこ、このっ！！　つぐぅぅうぅぅっ！」

身体をよじり、渾身の力を籠めても足首は地面の得体の知れない肉の床に飲み込まれたまま、小動もしなかった。

そんな彼女の耳に、いつか聞いた音が、群衆の中から届いた。

カツっ、カツっ、カツっ……。

その音の発生源に目を向けると。

「……なん、でっ……⁉」

ドーナツ状に形作られた野次馬の輪。その後ろから、

「あぁはぁ……」

先ほど切り伏せられ、結晶へと変じて消えていった女が、そっくりそのまま、そうなる前の姿で口を半月状に上げ、邪悪な笑顔を満面に貼り付けていた。

「……っそんっ、なっ……？」

「……今までの中で、貴女ピカイチじゃないの……嬉しいわぁ」

野次馬の中から切り伏せられる以前と、同じ姿、同じ声、同じ体型、同じ服。そして先ほど同様の嫌な笑い方をして、すくみ上がる女子学生の後ろから強引に肩を組んだ。

切り伏せられ、砂と消えた存在が作り出す異常な光景に声すらも出せない聴衆の中、その軽い声がいやに響き、視線が集められた。

「うひっ⁉　……ッヒっ、ッヒっ……⁉」

肩を組まれた学生が、目尻に涙をたっぷりと湛えて女の顔を覗き込む。

女は真っすぐに視線を受け止め、首をかしげると、

「……あらぁ？　……私の顔、どこかおかしい所でもあったかしらぁ？　アナタたち人間

に似せて作ったつもりなのだけれど……」

怜悧な美貌を困ったような顔に歪めて、少女の顔を覗き込む。

「……っひっ、っひぃぃっ……ッッ……！」

肩を組まれた女生徒は、目の前に転がる女の死体と同じ顔を持ったその顔を、半開きの口から恐怖の声を漏らし、その瞳孔を収縮させて、目尻には涙を溜めて見上げた。

「どう？　私、人間に見えてる、わよねぇ？」

恐怖に引き攣る顔を楽しそうな表情で覗き込みながら問いかけた。

「……ッッその人から離れなさいっ！！」

響いた声に優菜を一瞥《いちべつ》したその女は、おどけるように両手を上げて、少女から身体を離す。

途端に学生の足からは力が抜け、へナヘナと折りたたまれて地面へとへたり込んだ。

睨みつけながら、インヘリートは誰何する。

「貴方、何者っ……!?」

グラトニーではあるのだろう。この女の持つ全ての異常性がそれを証明している。

しかし、こんな人語を介し、人間の形をした個体なんてものは、優菜が出会った事も、杖の知識の中にもない。埒外の出来事だった。

「私の名前は、……そうねぇ、アパタイト、とでも名乗りましょうかぁ……」

野次馬の中から歩み出で、ヒールを地面で鳴らしながら答えた。

「私は、貴女たちがグラトニーと呼ぶ化け物でぇ、そして、貴女たち杖の使徒を倒すためにだけ生まれた個体。それが、ワタシ、……あぁはぁ……♥」

アパタイトと名乗った女は、自分の死体があった場所で立ち止まり、踏み直して、優菜と視線を絡ませた。

「ッッ……！！」

女の身体から放たれる魔力が、そのプレッシャーが、先ほど切り伏せた時よりも膨らんでインヘリートを圧倒する。

「……っひっ⁉」

今目の前で起きているそれは、あまりにも埒外すぎる出来事だった。

グラトニー、食欲の塊である化け物は、個体差はあれどその全てが醜悪な見た目で、人間の嫌悪感を波打たせる、そんな化け物であるはずなのだ。

少なくとも、膨大な杖の知識の中で見て来た幾千幾万の事例の中では。

言語を介するは愚か、意思の疎通も不可能なものとして規定された化け物であるはずなのだ。

「…………そんな怖い顔しちゃ嫌よぉ、インヘリートぉ」

しかし、目の前の女から感じる悪寒が、どうしようもなくこの存在がインヘリートの、そして人類の敵であると証明していた。

「……っっぐっ、ううぅぅっ……！」

群衆の中から二歩を踏み出して、その豊満な胸を強調するような姿勢で優菜に近づきながら、女は口を開いた。

「本当はもう少ししてから、初めまして、するつもりだったのだけれど、昨日思わぬ収穫があったから我慢できなくなっちゃったの……ふふふ、昨日はご馳走様でしたぁ♥」

「…………ッッ！！」

昨日、収穫、ご馳走様。

その言葉に、優菜から血の気が引いた。

「貴女、見てたの……？」

自分とグラトニーしか知るはずのないあの出来事を言い立てられ、困惑を言葉にして問いかけても、

「……見てた？　……んーっ、そうとも言える、かしらねぇ♥」

要領を得ない返答されるばかりだった。

「……あ、あぁぁぁ……っひいいいいい……！」

駅前の状況に、野次馬の一人が踵《きびす》を返そうと足に力を入れた瞬間に、

「……、……あぁはぁ♥」

首を前に倒し、向きを傾けて。一つ笑うと、優菜の足を飲み込んだように、野次馬たちにもそれが起きた。

ぶちゅるっ、ぞぶっ、じゅぶぶっ、ぞぶぅっ……。

「うあっ⁉　あっ、あぁぁぁっ！！」

「っひっ、やだっ！　なによっ、これっ⁉」

「あっ、いやっ、いやだっ！！」

優菜の目が驚愕に見開かれ聴衆を向き、アパタイトの視線もそれを追いかけるように流された。

「ッッ！！　っや、やめなさいっ！」

次々と広がる異変に声を上げても、なんの効果ももたらさず、起きた事と言えば、化け物の視線をこちらに向け直させて、

「……なんでぇ？」

奇態な笑みを浮かべさせる事だけだった。化け物は楽しくて仕方ないとでも言うような笑みを顔面に貼り付けたまま、広がった肉の床をブチャブチャと鳴らして踏みつけて、優菜のもとへと歩を進めた。

低い位置にある優菜の頭に目線を揃えるようにかがみ、

「……そうねぇ、貴女の態度次第で見逃してあげてもいいわよぉ、インヘリートぉ」

楽しそうに。嬉しそうに。

提案を持ちかけた。

「つぐっ、っこのっ！！」

両足を開いた形で固定されたまま、杖を握り直して振りかぶり、目にも留まらぬ速度で逆袈裟に振り上げる。

しかし、

「あぁはぁ♥」

ガシっ！

「なっ⁉」

先ほど身体を両断した際の勢いで振り抜かれた杖は、果たしてアパタイトの眉一つを動かして、その杖が受け止められる。

(な、なんて力っ……！　っだ、だめっ、動かせな、いっ……！)

女の細い指三本につままれた刃は、見えない何かに固定されたかのように、どれだけ力を籠めても小動もせずに握られたまま。

「やっぱり、空っぽ、みたいねぇ？」

グラトニーの変異体、その蛇のような瞳が嬉しそうに歪められる。

「……っぐぅっ……！」

窮状を言い当てられて、嫌な汗が頬を伝う。杖に、その刃に威力が乗らなかったのは、足腰のバネが死んでいるからではない。身体の操作は、インヘリートの攻撃を補助はしても、主体ではないのだ。

何より致命的だったのが、

(魔力が、足りないっ……！)

杖に纏う魔力が、化け物に通じる唯一の威力が、最早優菜からは損なわれていた。

連戦、そして敗北に伴う回復。そして恐怖に任せた無理な攻撃。それら全てが、インヘリートの魔力を枯渇させ、振るう威力を減衰させてしまっていた。

三本の指で刃を受け止めた女が口を歪めて、吐息を漏らすように笑った。信じられない力で握られた刃が引っ張られ、ジリジリと手から離れていく。

「……あぐっ！　っぐっ、っぐぅぅっ！」

数秒を待たずつままれた杖が捩《ね》じり上げられ、ついには優菜の手から離された。

「……昨日はこれにやられたからねぇ、気を付けなくっちゃ」

インヘリートの手から奪い取った杖がアパタイトの指から離れて地面に放り投げられると、まるでそこに空洞があるかのように、肉の床にトプリと波紋を打たせて吸い込まれた。

「あ、あああぁぁ……っそ、そんなっ……あぁぁ……！」

頼みの綱の魔力の触媒が、飲み込まれた先を絶望の瞳で見つめながら顔を青ざめさせた。

「……昨日の続きをしてあげるわねぇ♥」

「……っひっ⁉」

昨日の続き。

初キスを奪われ、胸を弄られ、母乳で絶頂をし続け意識が飛んだ、あの行いの続き。

（あ、あぁぁ……うそ、そんっ、なのぉ……！　いや、いやぁっ……！）

顔が青ざめ、冷たい汗が頬を流れた。

「昨日みたいに優しくなんてしてあげないから……あぁはぁ♥」

怜悧な美貌。そう形容するに足る美しい顔が、邪悪に歪められた。

「……っぐぅぅっ……！！」

そのおぞましさと屈辱に、食いしばった歯の隙間から低い唸りが漏れ出される。

両手両足は拘束され、頼みの綱のエスペランサーも失い、攻撃の手段は封じられ、絶体絶命の絶望的な状況だった。

そして状況は更に悪化した。

ぞぶっ、じゅぶるぅぅっ！

肉の色をした地面から、優菜の頭ほどもあろうかという触手が生え、蛇のようにその身をのたくらせると、優菜の腕に絡み付いて前上方へ固定する。

「うっ、っひいぃっ⁉　っこ、このっ、っこんのぉおぉおぉおっ……！」

おぞましさに声を上げ、渾身の力を籠めて足と手を触手のぬかるみから引き抜こうとしても、がっぷりと食いついた触手は内部で返しを作って締まり、逃げ出す事を許さない。

「……ふふふ、いぃ～い格好……♥」

「……っみ、見ないで……！　っこ、こんなのっ、させないでぇ……！」

こうして、衆目の視線に晒されたまま。腰は９０度に曲げられて、しかし腕は上がって胸は仰け反らされる、不様なポーズが出来上がった。

タイツのクロッチは無理な格好のためにキツく食い込んでいる事が、自分でも理解の内。その羞恥に顔が赤くなってしまう。

両腕は上方に固定され、触手の口から漏れる粘度の高い分泌液が、かろうじて露出している上腕を垂れ、肩に流れ、晒された腋の窪みを濡らした。

ぬかるみを思わせる肉の壺に飲み込まれた両脚は小動もさせてもらえない。脛の大半を飲み込んだそれは、爪先の膨らみを逃がさないようにきつく締まって固定する。

お尻を突き出さざるを得ない不様な格好。杖の使徒としてのみならず、女性としての尊厳すら奪うような耐えがたい格好だった。

羞恥に、そして屈辱に。緊張を促された身体が締まって、お尻にエクボを浮き立たせた。

「……っこ、っこんなことして……、なんにもならないんだから……！」

「そんな格好で凄まれても、ちっとも怖くなんかないわよぉ、インヘリートぉ♥」

「っぐっ……！」

精いっぱいの虚勢を柳のように交わされて言葉が詰まる。

生殺与奪の権利を握った化け物は、その視線を絡ませながら言葉を続けた。

「………前の担い手は、惜しい事をしちゃったのよねぇ。あんまりにも不甲斐ないから、目的を果たす前に殺しちゃった♪」

「………前の、担い手……？」

インヘリートとして覚醒した日に聞いたあの優しい声が思い出される。

杖から受け継いだ知識の中に、こんな女性の姿をした個体はいなかった。それどころか、これほど強大な敵との記録すらない。

「まぁ、つまり、何が言いたいかっていうとぉ……」

「……っぐぅぅぅ……！」

「……貴女では、絶対に失敗しない……」

その瞳は、まるでどこまでも沈みゆく底なし沼を思わせた。

人の形をし、人の構造を表して、人と同じ情報を持っているにもかかわらず、人に灯っていて然るべき感情の光が一切ない。まるで、目的「しか」持たない昆虫のそれだった。

「……っひっ⁉」

アパタイトの手が脇腹に伸びて妖艶に撫でさする。

「っちょ、な、なにっ、をぉっ……？」

もう片方の腕が優菜の顎に伸び、アパタイトは長い脚を伸ばしたままに背筋を深く曲げて頭の高さを合わせて視線を絡ませた。

「……っま、まさ、っかぁ……？　！」

お互いの吐息が絡む距離で、アパタイトは笑んで言った。

「……また、味見、させてもらうわね♥」

蛇のような薄く長い舌で、自分の唇を唾液で濡らし、言い返す間も与えないまま、その唇を優菜のそれに重ねた。

「んちゅっ♥　むちゅっ、っはぶちゅっ、ぶちゅぅっ♥」

「んむぅっ⁉　んっ、んちゅるっ、っはぶっ、んちゅっ、んむうぅぅぅっ⁉」

深すぎる程に重ねられた唇。その中で、ぐちゃり、ぶちゅりと、性感帯として開花させられてしまった舌を、女の舌が舐《ねぶ》り上げる。

「っぶちゅっ、るちゅるっ、んちゅっ♥　っはぁっぶっ♥　ぬちゅっ、ぶちゅるぅっ♥」

「んっ、つむぉぉっ⁉　んっ、んふぅぅっ、んっむうぅぅぅんっ……ッッ♥」

舌を噛んでやろうという意思が芽生える暇すら与えずに、性感を覚えてしまった舌が、口が、グラトニーの体液を浸潤させて、中和したばかりの毒に再び侵されてしまい、たちまちの内に性感が萌えた。

「んっちゅっ、んむちゅっ、ぶちゅるっ、ちゅるるっ、つむっちゅぅぅっ♥」

「んっ、んーっ、んむぅぅうぅうんっ♥　……んっ、んぅっぉっ、んっむうぅぅぅっ♥」

鼻息を絡ませ合い、高い鼻頭で相手の体温を感じながら。

拒否しなければならない肉の接合だとわかっているのに、舌がうねって水音を鳴らす度、インヘリートの緊張した身体から力が抜けるように解けていく。

「んちゅっ、ちゅぷっ、ちゅばぁっ♥　んふちゅっ♥　っちゅるっ、ぶちゅううっ♥」

「んっむっ♥　んぷちゅっ、っちゅぷっ♥　んふぁあぁっ♥　んぅっむっ♥　んちゅっ♥　んおぉおぉんっ♥」

（っき、キスっ、上手ぅぅ、すぎっるぅうぅぅっ!?　あ、ああ、また昨日みたいにされ、されちゃっ……あぁぁぁぁあ！！）

睨もうとした目は垂れて下がり、がっぷりと食らいつかれた口は半開きでされるがまま、荒い吐息を恐怖や緊張以外の色を乗せて鼻から吐き出して。

誰が見てもどんな感情を持っているのかが一目瞭然の相を表していた。

アパタイトの押し付ける香水めいた香りのするキスの奥に、昨日味わったグラトニーの匂いを忍ばせながら、優菜の鼻腔と粘膜を刺激した。

「っはぁ……、んちゅっ、むちゅるっ、ちゅぷっ、るちゅっ、ぬちゅうぅっ♥」

「んちゅ、んむちゅっ、っはぁぷっ……！　んじゅっ、んむっ、ううぅぅんんんっ♥」

「…………んふっ♥」

数センチの距離で、アパタイトの瞳が嬉しそうに細められたかと思うと、

「っちゅぷっ♥　ちゅるるるっ♥　むちゅるっ♥　っちゅうぅぅっ♥♥　ちゅぷぷぷっ

♥　ぶちゅううっっ♥♥」

ズクン、ズクン、ズクンっ！

「んむうぅっ⁉　んおむっ、っふぶちゅっ、っはぶっ、んえへえぉおぉおっ、ちゅぶぶっ、ぬむちゅうぅっ！　んんぉおおぉおぉっ♥」

（つま、魔力っ、ううぅぅっ！　っす、吸い取られっ、っへぇえっ⁉）

枯渇しかかった魔力を、快楽を伴って吸い取られるその衝撃に、全身を痙攣させた。

昨日教えられた肉の快楽に魔力の吸引を重ねられ、優菜の目が裏返る。触れ合った温かい肉から絶大な快楽を伴って、なけなしの、そして出来立ての魔力が逃げ出していく。

必死の思いで中和した粘膜に、他のグラトニーより強大な媚毒が塗り込められて、昨日のように、いや、昨日よりも深く熱く火を灯されていく。

「……インへリートはぁ、これが好きだったのよねぇ……♥　んちゅっ、んれるっ♥　っはぷぅっ♥　んれるるるっ♥　ねりゅっ、るりゅりゅっ♥」

「んっ♥　んむぉおんっ♥　おっ♥　おおっ♥　……っべぇっはぁあっ……♥　な、なん、こんにゃっ、きひゅっ、じょうずっ、すぎぃいいっ……♥　っあおっ♥　んっうぅっ⁉♥　んむふぅっ♥　んおむっ♥　んぶちゅっ♥　っはっぶぅうっ♥♥　んぉおぉおっ♥」

自分の弱い、気持ちいいやり方を熟知している舌遣いに喘ぎ交じりの困惑の声が漏れた。

昨日、廃ビルの中で優菜の腰の骨を抜いた舌遣いが、駅前広場で再現され、優菜の瞳が当惑に見開かれ、すぐにトロリと緩んで下がる。

（うあ、あっ、あああぁあぁっ？　っこ、これっダメになるやつっ、アタシ、ダメになっち

ゃう動き、っだよおぉぉっ！　な、なんでこんな、知ってるのぉ？　んおおぉおっ♥）

絡められる舌から女の唾液が運ばれて、喉へと到達したそれが嚥下《えんげ》されていく。昨日も味わった、自分以外の体温を注がれる妖しい感触が喉に、そして胃袋に熱を走らせた。

「んっぐっ♥　んくっ♥　んっぐぅっ、ごきゅっ、っこくっ♥　ごくりっ♥」

（あ、ああぁぁ、涎、多すぎるっ、ううぅぅっ、あぁぁぁ、飲んじゃ、だめっ、なのにひいいぃっ、喉止められないぃぃっ、っか、勝手に喉が動いちゃ、あぁぁぁ……♥）

グラトニー由来の体液を摂取する事の恐ろしさ。昨日身を以て思い知らされたばかりの恐怖も、喉を止める事は叶わずに、甘く熱いその液体を胃に運んでしまう。

「んっぐっ、んぐっ、んくっ♥　……ごきゅっ♥　ごくりっ♥　……んっ、んっ♥　っべぇぇっはぁぁぁ……♥」

何度も何度も喉が動き、その動きを確認すると、そこでやっとアパタイトの顔が離れ、そのスレンダーなスタイルを見せつけるように腰が伸ばされた。

「……ぁぁはぁぁぁ……♥　美味しいいぃぃ……♥」

魔力を思うさま吸い立てた女は、極上の甘い何かを口にしたように恍惚《こうこつ》の笑みを浮かべ、自分の身体を駆け巡る何かに悶えるように自身の身体を掻き抱いてブルリと震えた。

「っはっ、……っはぁっつっ……♥　っはぐっ、んえっ、っへっ、っへぇっ……♥」

支えを失った首はがっくりとうなだれて地面を向き、閉じられない口からは濃厚な二人分の唾液が垂直に糸を引いていた。

「……なんれ……♥　っはおっ♥　おぉっ♥　キス、上手、すぎうぅっ……♥」

「……当然じゃない♥　昨日、あれだけ沢山シたんだものぉ♥」

「っは、っはっ♥　はへっ、っへっ♥　な、なにっ、をぉぉ……？」

言葉の意味が掴めないまま問い返しても、アパタイトは答えずに、二人分の唾液が滴る自らの唇を舌なめずりして、震える優菜の身体に無遠慮な視線をぶつけていた。

「……本当に、魔力が湧き出る泉のようねぇ、貴女、よく今まで見逃されてきたものだわ」

感心したように言うアパタイトに、優菜は言葉もない。

「……っはっ、っはっ……あぐっ……♥　あぁぁ、っはぁぁ……♥」

四肢を固められたまま、自分の吐息すらに背筋を震わせて、大きくうなだれるまま。

がっくりとうなだれた優菜を見下ろして、アパタイトは笑いながら告げた。

「ああそうそう、私の体液は特別製でねぇ♥　そろそろだと思うんだけど……♥」

そう笑って艶めかしい空気を吐き出した数秒後に、それは来た。

ドックンっ！

「……えおっ？」

流し込まれた唾液。それが付着した舌から、喉から、胃から、耐えがたい熱が迸った。

どくん、ドクンっ、ドクンっ！

「あ、ああおっ⁉　おっ♥　おおっっ⁉　おおっほおぉぉっ⁉♥」

（あ、あぁぁあぁぁ♥　お腹、お腹熱っっ⁉♥　熱い、熱い熱いぃいぃいぃっ⁉♥♥）

毛細血管の全てに溶けた鉛を流し込まれているような錯覚が、お腹を中心に広がっていく。

「っぐうっひっ、っひっ♥　っひぃぃおおぉぉっ♥♥　熱い、熱いっよおぉぉっ♥　なに、なにこれっ、っへぇぇっ♥♥　っへおぉぉっ♥♥」

昨日のグラトニーの体液と質が一緒の、純度をそのまま無分別に高めたような衝動が、胸を叩き、お腹を沸騰させていく。

「っぐひっ♥　っぐぅうぅっ、うひぃっ♥　あ、あぁぁ、燃えるっ、燃えっ、ええぇぇっっ♥　お腹沸騰しちゃうっ、うううぅぅっ♥　っはっひぃぃぃぃぃっ♥」

燃えるように昂る全身。とりわけ一番酷い熱を持ったのは、女の子として一番大事な部分。

そのなだらかな下腹部、丹田と呼ばれる魔力の貯蔵庫が温まり続けていた。

「あ、うあっ、あぁはぁぁ、っや、やらっ、っこ、っこれやらぁぁ♥　ううあぁぁ♥」

お腹を埋め尽くす熱が子宮をほぐし、蕩けさせるその感覚に、甘い声を上げながら悶える優菜。

「準備はできた、みたいねぇ、そろそろ私もぉ……♥」

その言葉に合わせて、アパタイトの流れるような髪の毛が、透明感を放つ皮膚が、薄い紫に染まっていく。

瞳の色が真っ赤に染まり、「白目」と呼ぶべき部分の色が暗く変じていく。頭からは牛のような角が生えて、黒く光るそれは真上を向いていた。白いワイシャツにデニム地のレギンスが火の点けられた半紙のように分解されて消えて失せ、拷具を思わせる衣装へと変じていく。肌より濃い紫色のヒールの高いブーツが形成されて、膝を超えてアパタイトのしなやかな脚を彩った。その女性らしい柔らかな太腿にはベルトが巻かれて肉感を嫌みな程に強調する。

胴体にはレオタードのような形で衣装が張り付いてはいたが、その乳房を隠すべき部分の素材は透けて、豊満な乳房の突起にむしろ視線を集めるかのようなデザインだった。

指先から二の腕までを覆うグローブはダイヤの形に刳り貫かれ、幾何学模様を形成して、紫の濃淡を強調するかのよう。

「つふぅぅぅぅ……」

〝変身〟を終えたアパタイトが、シャワーの水を落とすように髪の毛を靡かせて一息を吐き、蛇のような視線を真正面から優菜にぶつけ、

「………これからたっぷり恥を掻かせてあげるわぁインヘリートぉ♥」

うじゅるっ、にゅちゅるっ、うじゅっ、うぞぞっ、うじゅるぅっ……。

アパタイトのなだらかな前腕を包むグローブの隙間、その肌が露出した部分が盛り上がり、不快な音を伴って肉が隆起し、触手が生える。

「っひっ⁉」

女の身体から生えたそれは、それぞれが独立した生き物であるかのように幹をのたくらせ、粘液を振りまいた。

その触手を互いの顔の間に割り込ませてアパタイトは下瞼を嬉しそうに上げた。

「どんな触手がお好みかしらねぇ♥　あぁはぁ♥」

貝の中身のような柔らかさを思わせるそれは、獲物を見つけたイソギンチャクのように

蠢き、グラトニーであるかの証明のように粘液を滴らせていた。

「……手ごわそうだし、これにしましょうかぁ♥」

触手を優菜の鼻先に押し付けると同時に繊毛のような細い触手がその幹をのたくらせて、

「な、なにっ、っをぉっ⁉　……っへおっ⁉」

優菜の、形の良い鼻。そこに刻まれた二つの穴に。伸びた触手が挿入された。

ニルニルっ、ニルッ、にゅるるっ、にゅるんっ。

「っへっ、っへひっ♥　えおぉっ♥　おっ？　おっ？　おおおぉぉっ♥♥」

閉じる事のできない穴に侵入した。

「っひっ⁉♥　ううひっ♥　っへほおぉぉっ？♥♥」

（っは、鼻っ⁉　あ、あああぁぁ、鼻に、鼻に入っててっ、っるうぅぅうっぅっ⁉）

腕から生えたアパタイトそのものである触手。その肉厚なヒルのような感触が、鼻の奥、眼球の裏までにヌルヌルと擦り付けられると、未知の感覚に奇妙な声が漏れた。

「んっへっ♥　へひっ♥　へぇっひっ♥　んおへぇぇぇっ♥♥」

予想外すぎる箇所からの甘い電撃に逃げ場を求めた舌が外に伸ばされ、伴って奇態な声を吐き出させた。

（あっ、あっ、頭っ、舐められてるっ、みたいひぃぃいっ⁉♥♥　あ、あぁぁ、粘液、塗り付けられ、ってぇぇ？♥♥　あぁぁぁ、頭が煮えるっ♥）

瞳はグルリと裏返り、鼻の奥、眼球の裏にグラトニーの粘液が擦り付けられる度に、鼻の奥の粘膜が性感に目覚めさせられていく。

「ああっへっ？♥　っへおぉっ♥　おおおぉぉっ♥　っほっごっ♥　っこ、これ、やらっ♥　っほおぉぉっ♥　んっへぇえぇ♥♥」

閉じる事ができない部分を性器のように扱われ、媚毒を塗り込められて、意図せずに脳が高速で空転を始め、意識が発情の霧に覆われていく。

鼻の奥、眼球の真下、そこに化け物の気持ちよすぎる粘膜が這い、擽《くすぐ》り、舐ってゆく。

「んえひっ、いいひっ♥　んっへっ♥　っへおおっ、んおおっ♥　おおっへぇぇっ♥♥」

（の、脳、っ、舐められてるっ、うぅっ♥　っこ、こっほっ、こんにゃっ♥）

聴衆には脳を改造されているようにも映るだろう。

そしてそれはある種、間違いではなかった。

鼻の奥、そこは視神経などが密集した精密な場所であり、脳への神経が多数存在する急所でもあった。中枢にほど近いバイパスに、腕に塗られただけで発情を促してしまう媚毒が塗り込められて、脳には幸福物質が異常に分泌されているだろう。

「おっほっ♥　っほぉっ？♥　おっ♥　っへおおぉぉ〜〜っ？　♥♥　んぐへっ、っへひっ、ひぃいんっ♥♥」

（脳、脳みそ、くちゅくちゅされっ♥　されへるみたいにひいぃぃっ♥　いやらしい事しか考えられなく、なっへぇえぇっ♥）

ヒロインの口の端が下がり、舌は犬のように垂れさがり、熱い吐息をだらしない声と共に吐き出して。

触手がうねる度に突き出したお尻が下がり、足の角度が平たいものへと変じて、不様なガニ股を作り出していく。そしてそれを恥ずかしいと感じられるほどの余裕は、今の彼女には存在しなかった。

不様な姿を晒す彼女に残る戦士としての面影は、コスチュームを残すのみだ。

「つじゅ、じゅるっ、じゅるいひいぃっ♥　っこ、こんなのっ♥　じゅるいぃんんっ♥♥」

その炎の勢いを強め続ける発情に、閉じる事のできない穴を穿《ほじ》られる異常さに、そのあまりの耐えきれなさに、ピンクに染まった非難の声を上げた。

「つへおぉっ♥　おっ♥　っへっひっ♥　ういひっ♥　っひぃっ♥　ふひーっ♥♥」

身体に対しての刺激ではなく、鼻の奥、目の真裏、脳の裏に直接塗布される媚薬が、頭と精神をピンク色に染め上げる。

触覚、嗅覚、視覚、聴覚、味覚。

身体の感じる事のできる何もかもが性感となしてしまうかのよう。

「っへっぐっ♥　っへおっ♥　おおっほぉっ♥」

ニルニルとこすれる度、突き出した大きなお尻を跳ねさせて、慎ましい胸をフルフルと揺らす。

「は、鼻ッ、にゅるにゅるっ、らべへぇぇっ♥　あおっ、おおぉっ♥　そんなとこぉっ、らっべへぇぇぇんっ♥♥」

裏返った瞳のままに、情動の涙を流した表情で叫ぶ。

その様子に満足したのか、

「あんまり塗りすぎてもよくないわねぇ……」

アパタイトが笑いながら言うと、

ちゅるっ、にぽぽぽぽっ……りゅりゅりゅりゅぅぅ……。

「っへっ、っへぇぉっ⁉　おっ？　おおっ、おおぉぉぉっ♥　あ、イグっ、いっぐぅぅっ♥　っこ、こんにゃっ、鼻で、鼻でイっちゃっ♥　いっぐぅぅうぅぅぅっ♥」

喉にまで到達しようとしていた触手が、その身体を優菜の内部に塗り付けながら抜け出ていく。

その感触に目を裏返し、だらしない声をアパタイトの顔に吐きつけた。

「はい、オシマイ……♥」

鼻の奥のどこにそれだけ入っていたのかわからない触手が、眉間を擦り、鼻腔にその身を擦り付けて引き抜かれた。

じゅるっ、にぽぽぽっ……ちゅるぅっ……。

「んへっ、っへひっ♥　っひっ、っへおぉぉ……♥」

抜け出た触手には鼻水とグラトニー自身の粘液が纏わりついて、鼻筋に惨めったらしく跡を引いた。

「あぁはぁ♥　い〜い顔ぉ♥　歴代のインヘリートの中でも一番じゃないかしらぁ……♥」

「っへ、っへっ、っへぇぇ♥　っこ、こにょっ、っふ、ふじゃへ、ないっ、っへぇ……♥」

言い返そうとしても、脳の真下に直接塗り付けられた媚薬粘液がその効能をけたたましく発し、甘い声に回らない呂律の、だらしない声しか吐き出す事は叶わなかった。

（あっ、あぁぁぁっ……♥　っだ、だめっ、これっ、この体液っ、っすごっ、すぎるぅぅうぅっ……♥　気を抜くと、頭の中、エッチな事ばっかになっちゃうっ……♥）

アパタイトを囲むように位置する触手たち。

その姿に浮かぶはずの敵意が形にならず、「どれだけの気持ちいい事を行うのか」それしか思い浮かばない。

「……っは、っはへっ♥　っへっ、っへぇぇっ……♥」

どれだけの酷い事をされ、どれだけ泣かされ、どれだけ惑乱させられ、どれだけ恥を掻かされるのか。

「……っご……っくぅっ♥」

それを想像してしまい、甘い味のする濃厚な唾を飲み下させた。

恐怖に浮かんでいた汗が、発情のそれにすっかり変わった事をアパタイトは満足そうに眺めると、ピクピクと全身を痙攣させる優菜の耳に口を近づけた。

「……これからぁ、じぃっくりと食べてあげるからねぇ……♥」

昨日の敗北、そしてその後の地獄の時間。あれを評して「優しく」と言われる事に、全身が緊張して固く締まった。

そんな優菜のお尻に手を回し、右手の人差し指が尻の房を優しく撫でる。

「っひっ、あっ、あぁぁ……♥　っそ、それっ、っや、やめぇぇ……♥」

「貴女の全部を、皆の見てる前でぇ、私が貰ってあげるぅ……、あぁはぁ♥」

至近距離で視線を絡ませていた化け物の下瞼が上がり、嬉しそうに目尻が下げられた。

次に感じたのは、股間へ這わされるアパタイトの指だった。

「んきゅうぅっ!?　んっはあぁぁ♥」

閉じる事を許されない脚の付け根。そのキツく食い込んだレオタードに浮き上がった陰唇を、アパタイトの指が撫で、さすり、擦り上げる。

くちゅっ、ぬちゅっ、くちゅっ、ちゅっ、ちゅくっ……。

「あっ、うあぁぁぁ……♥　っや、っやら……っそ、そんなとこ、おおぉぉっ♥」

指が蠢く度に迸る快楽と、自身の分泌した液体が恥ずかしい音を鳴らし、静かになった駅前に響き渡っている事実が優菜の羞恥を煽り立てた。

くちゅっ、ぬちゅるっ、くちゅうぅっ……。

「んっくぅうっ……♥　っううぅんっ……♥　あ、ぅうっぁあぁ……♥　っさ、触らない、っれぇぇっ♥　っそ、そこらべっ、らべへぇぇ♥♥」

誰の手にも触れられた事のない場所に指が這わされる度に、甘い電撃が背筋を流れて眉間で弾ける。その度に引き攣った声を漏らして全身に筋肉の影を脂肪の中から浮かせた。

「あぁはぁ♥　もぉっといやらしくしましょうね、インヘリートぉ♥」

指の動きがその質を変え、指が乙女の割れ目をなぞるように擦り立てた。

その直後。

シュワァァっ……!

「あ、あっ!?　うああぁあぁっ♥」

股間への締め付けが弱まって、秘部に空気の流れが感じ取られた。

「あっ、えっ、あっ!? な、な、なんっ、っ……～～～っっっ♥」

魔力でできた衣装が分解されて、股間の部分が縁だけを残して切り取られ、それはつまり隠すべき部分が衆目に晒されている事を意味していた。

「あっ、あっ、……うぅあぁぁぁ……♥」

弱点に対する防御が失われた事と、恥ずべき部分を衆目に晒される羞恥が同時に精神を摩耗させた。

「魔力でできてる衣装ですものぉ♥ トロトロになってる貴女から吸い取るなんて、赤子の手を捻るようなものよぉ♥ あぁはぁ♥」

魔力によって編まれた繊維を吸い取った化け物が、その味に酔い痴れながら説明した。

「な、あぁぁ、あぁぁっ……そ、そんあっ、そんなぁぁ……♥」

きわどい衣装の、もっとも隠すべき部分だけを露出させられ、衆目に晒される。

「綺麗なオマンコねぇ♥ ふふふ、毛もなくてピッチリ閉じてぇ♥ あ、あぁぁ♥ あぁっはぁぁ……♥ 私好みのオマンコよ、インヘリートぉ♥」

「つや、つやめっ、やめへぇぇぇっ……♥ つみ、見ないっ、っでぇぇっ……！ んっぐっ♥ んふーっ♥ んふーっ♥」

死にたいくらいに恥ずかしいのに、アパタイトに飲まされた体液のせいで、犯された鼻のせいで、その「恥ずかしさ」ですら性感を盛り上げてしまう。

（あ、あぁあぁっ♥ っこ、こんにゃっ、こんなのっぉぉっ♥ っは、恥ずかしいのに、見られてるのにっ……♥ なんで、アソコが、お腹がぁぁ、ドキドキ、してるのぉ？）

自分の身体の意図しない反応に煩悶する優菜。

そんな彼女を見下ろしながら、アパタイトは自分から生える一本の触手を掴んで舐め上げた。

アパタイトが舌を這わすその触手の威容が、優菜の顔を恐怖に引き攣らせ、お腹をキュンキュンと疼かせた。

「っそ、それっ、っま、まひゃか、あぁぁあぁ……♥」

アパタイトが掴んだそれ、その触手にはイクラのようなイボが数え切れないほどに浮き、表面をデコボコに彩って蠢いていた。

女を泣かせるためのデザイン、そうとしか形容できない触手が、優菜に伸び、お臍を超えて股の間を潜った。

「っひ、っひっ⁉　っひぃっ、っや、っやらっ、いやらっ……⁉　あ、あぁぁあぁっ！！」

「……これでぇ、オマタをゴシゴシしてあげるわねぇ♥」

「っひっ、っひっ、っや、やらっ……っそ、そほっ……そんなのっで、されひゃらっ、されひゃらぁぁ……あっ、あぁぁぁッ……！！」

そんな懇願を無視して、優菜の腕程もある触手が、そのイボが浮いた体表が、優菜の震える陰唇に押し当てられた。

べちょっ、ぶちゅうぅっ……！

「……あおっ⁉　……おおっほおぉぉぉぉっっ⁉♥」

ビクンっ！　ビクビクビクっ！

女の中心に押し当てられた粘膜の感触に、拘束された戦士は秒をすら耐えられずに絶頂へと飛び、腰を跳ねさせた。

「いいっぐっ♥　イグっ♥　イ、イィ、イっでっ、うんっひいいぃいいぃいっ♥♥」

（アソコっ、アソコに気持ちいいのが、走ってっ……♥）

キスと鼻責めによって溜めさせられた熱。その箇所にほど近い場所が肉に擦られて、秒をすら待たずに絶頂へと飛ばされる。

「あいっ⁉　イグっ♥　イッっぐっ♥　っぐっひっ♥　……ぐいぃいぃっひいぃいぃいんっ♥」

鋭敏すぎる箇所に注がれる肉の感触、それが優菜を絶頂へと何度も飛ばす。

「イグっ♥　いいっぐぅっ♥　つぐひぃぃぃぃぃぃっ」

腰が上下に振られ、足がデタラメに開閉を繰り返して、戦士はどれだけの深い絶頂に飛ばされているかを全身で表現した。

「イグっ♥　いっぐっ♥　っぐひいいぃいいぃいっ♥」

「つがっひっ♥　うひっ♥　いいっひぃいっ……♥」

（っす、すごっ♥　おおぉおっ♥　オマメ、しゅっごおぉぉぉ……♥）

指で甘く弾かれて飛ばされた絶頂。そのクリトリスに残る余韻に浸りながら、引き攣った声を上げる優菜に、アパタイトは笑いながら更なる責め苦を加えていく。

ジンジンとした熱を放つ優菜の豆を、艶やかな指でつまみ、優しく揉みつぶしていく。

むにゅっ、にゅむむっ、くりゅっ、こりゅぅっ。

「あいぃひっ⁉　うぅっひっ、っやめ、やめっへっ♥　やめへぇぇんっ♥　イグっ♥　いっぢゃうっ、っからぁあぁっ♥　あおおぉおっ♥♥」

（あ、うあっ♥　オマメ、勃起したオマメへぇえぇっ♥　っそ、そこらめっ♥　腰跳ねるっ♥　目の前真っ白になうぅぅう、イグっ♥　イグっ♥　イグぅぅうぅうぅっ♥♥）

小指の先ほどもない小さな器官。そこをイボが倒す度、絶頂の火花が眼前で弾け続けた。

そして触手に生えたイボは一個や二個ではない。同じく甘硬く張った無数のイボの数だけの絶頂を、一回のストロークで押し付けられて、戦士は目を裏返らせ、舌を犬のように伸ばし、ガニ股の脚の形を変形させて、野太い声を広場に吐き出した。

「いぐっ♥　いっぐっ♥　っひいぃいいっ……っへひっ、へぇっひっ♥　おっ、おおぉっ……お豆へぇっ、イっ、イっぐぅぅ……♥」

（ああ、あらひっ、っこ、こんにゃ格好れ、♥　ガニ股れぇえぇっ♥　アソコっ、イジメられへぇえぇっ♥　いい、イギまくっひゃっへるうぅぅ♥　恥ずかし、恥ずかしひいぃぃっ♥）

女の子が作ってはいけない脚の形。それをしてはいけない場所で、されてはならない相手に強制されて、出してはいけない声を出す。

その事実が、色に煮えた頭では、奇妙に快楽へのスパイスとして機能させてしまう。

「あおぅ♥　おおうっ♥　っほぉおおうっ♥　んんっひっ♥」

目は裏返ったまま、喉の奥から引き攣った声を吐き出して、羞恥の味が付加された快楽に酔い痴れる戦士。

それを嬉しそうに眺めたアパタイトは、優菜の脚の間に回ってしゃがむ。

「……あぁはぁ♥　インヘリートはぁ、イク時お尻の穴をヒクヒクさせちゃうのねぇ♥　ああ、可愛いっ♥」

「つはおっ♥　おっ♥　んおおぉぉっ♥　っみ、見ないれっ♥　っへおぉぉっ♥　っしょ、っしょんなとこほおぉぉっ♥　っみ、見ちゃらべっへぇぇぇっ♥」

誰の目にも晒してはならない場所を観察され、そしてその様を言い立てられて、屈辱と羞恥がお腹の奥にズシリと堆積した。

（お、お尻の穴を、見られちゃう、なんへぇ♥　恥ずかし、恥ずかしいのにひぃぃっ♥　あ、あああぁゾクゾクしてへぇぇっ♥）

媚薬に狂わされた身体が、いや、精神が、受容する全ての情報を快楽への燃料としてしまう。

恋人にすら見せないであろう部分を観察されるという事実を意識すればするほどに、お腹に熱が溜まり、腰が上下に揺れて、肛門がキュウキュウと締まった。

「あらあら、見られたくないのね？　それじゃぁ、……皆にも見てもらいましょ♥」

正面から抱きすくめるように肌を密着させて、アパタイトが左右それぞれの尻の房を掴み、割り開いた。同年代の少女に比べると大きい事が密かなコンプレックスだったお尻が、その肉をむにゅりと歪ませて、なんの防備もない窄まりと秘裂が、衆目に晒された。

「……っやっ、っやはぁぁっ！　っや、やめっ、やめへぇぇっ！！」

アパタイトの首筋で叫び上げても、ピンク色に染め上げられた脳が、羞恥と同じ分だけの発情を燃やし、どうしようもない甘い声になってしまった。

秘すべき部分を見せつけられた衆目から声が漏れた。

「なによあの子……っぱ、化け物にあんな事されて……恥ずかしくないのっ？」

「っこ、これってAVなんじゃないのか？　あ、あれもAV女優なんだろ？」

「うわぁ、俺女のケツの穴見るの初めてだ。あ、あんななんだな……」

（あ、あぁぁぁっ……っみ、見られてるっ、見られてっ、えぇぇぇっ……♥　恥ずかしくて死んじゃ、うぅぅぅっ……！　なのにっ、なんでこんなっ、あっ、うぅあぁぁぁ……）

「っみ、見られてっ、あっ、アタシっ、なんでっっは、恥ずかしいのになんでぇ……!?」

身体から流れる汗がその量を増して日の光を妖しく反射させ、羞恥に震える秘肉からは流れる愛液の量を増させた。

「人間は、ここを見られるのがとっても恥ずかしいんでしょう？　もっと恥を掻かせてあげるわぁ♥」

その嗜虐の笑みから溢れる意思を感じ取ったかのように、地面から生えた触手が鎌首をもたげ、大きくしなって振りかぶる。

「……あぁはぁ♥」

振りかぶった触手が空を切って優菜のお尻に叩きつけられた。

ヒパァァンッ！！

「あぎっ!?」

強烈な痛みと熱が、お尻に注がれた。

肉が余り気味のお尻が波打ち、それが収まるのを待たずに訪れたのは、とても重たく、甘い快楽の味だった。

「あおっ⁉　おっ♥　おおっ♥　んっひいっ、おおぉぉおおぉぉっっ♥　イグっ、イグっぅぅっ♥　あいっ、イッグウぅぅうぅぅうっ♥」

ビクビクっ、ガクガクっ！

腰が上下に跳ね、足がガクガクと震え、赤い線を刻まれたお尻を痙攣させて。

「んにっ⁉　っひっ♥　あおっ♥　おおおぉぉっ、っこ、こんにゃっ♥　おおぉぉっ♥　こんにゃのれっ、イグっ、イグっ、にゃんへっ♥　らめへぇぇっ♥」

一度叩かれただけで、折り重なる絶頂に飛ばされていた。

「あぁはぁ♥　……皆に見られて、しかも叩かれてイっちゃうなんてぇ♥　こーいうの、なんて言うんだったかしらぁ……あ、そうそう、マゾ豚、だったかしらねぇ？」

「んっひっ⁉　あ、あおっ♥　っそ、っしょんにゃっ♥　っひ、酷い、っよおぉぉっ♥　おおっほおぉぉっ♥」

マゾ。豚。女性を評す言葉の中でも一等下劣で悪辣なその言葉が、しかし今の優菜にはどうしようもなく尊厳を撫で上げる甘さを伴って、弛緩した背筋に電撃を走らせた。

「あっ♥　あうっ♥　あ、あらひっ、っそ、そんなのじゃ、っにゃ、っにゃひいぃぃっ♥」

否定するその声は甘く、その表情は蕩けきり、その吐息はどこまでも濡れて。

説得力のないものしか紡ぎ出す事ができない。

「…………あぁはぁ♥」

「あっ⁉♥　んおっ♥　おっ？　おおぉおぉおぉぉおっ♥♥　っほおぉおぉおんっ♥」

ずりゅっ、じゅるるるっ、じゅるるるるるっ！

蛇のような笑みがぶつけられたのと呼応して、股間を苛む触手がその蠢動《しゅんどう》を再開した。

「んにひぃぃいっ♥♥　っゆっ、ゆゆっ、許して、許してへぇぇっ♥　っも、っもおぉっ、擦るのやなのっ♥　おっ♥　おおっ♥　っほおぉおぉおっ♥　イグっ、イグっっ♥」

アパタイトの眼前、ガニ股に開いた脚の中心で快楽が何度も爆ぜる。

グミより柔らかく、ゼリーよりは固い、そんな女を泣かせるために最適化された触手のイボが、弱点に押し当てられたままスライドされると、それだけで何度も目の前でバチバチと火花が散った。

「んいっ♥　いいっひっ♥　っひおおぉぉっ♥　っそ、っそれらべっ♥　優菜のアソコ、ぷりゅぷりゅらべへぇぇぇっ♥　おうっ♥　おうぅっ♥」

一つしかないクリトリスが、何百個もの突起に押され、歪まされ、倒され、甘やかされる度、電撃のような幸福感が体中を暴れ回り、突き出したお尻を上下に揺らし、はしたない声を駅前広場に吐き出させる。

にゅるるっ、にるっ、にゅるぶるるるるっ、にゅぅろろんっ！

「ああひっ♥　あっイグっ♥　イグぅっ♥　っそ、そこらべっ♥　らべらからぁぁ♥♥　ああおおぉぅ♥♥　あらひのお股ぁぁ、っっど、トロトロになっひゃうぅうぅぅっ♥♥　いんっぐぅうぅうぅっ♥♥」

数秒を耐える事もできない粘膜の接触が、優菜の腰を上下に振らせる。

大きなお尻に筋肉を浮かせ、かと思えば弛緩させ、それを繰り返させられる。

「っしゅっごっ♥　しゅごひっ♥　腰蕩けるっ、溶けるっ、んおおぉぉっ♥　ドロドロになうぅぅぅっ♥」

舌を伸ばしただらしない顔と同調して、力の抜けた脚が潰れ、ガニ股を作り出して衆目に晒された。

そんな恥ずべき行いに伴って発生するはずの羞恥も、今の彼女には感じ取る余裕などない。トロトロに下拵《したごしら》えの済んだ秘肉を、そこを鳴かせるための肉で擦られるその暴力的な悦びに意識を乱高下させるのみだ。

ぶちゅっ、ぶちゅるるっ、じゅろっ、じゅるるっ、にちゅるるるっっ。

「っひっ♥　っひいぃっ♥♥　あああ、っそ、っそごっ、おおっ♥　擦るのらめっ、らめへぇっ♥　い、イってるっ、のおぉっ♥　おおっ、イってるのにまらイグっ♥　っひっ♥っひいぃっ♥　アソコおかじぐなうぅっうぅっ♥♥」

絶頂にパクパクと開閉を繰り返す秘部を、グラトニーは容赦なく擦り立て、再び絶頂へと飛ばした。

「あいっ!?　いっ、イイいぃぃっ♥　いって、イってるっ♥　ろにひぃいっ♥　っくりっ、クリトリっ、っひぃっ♥　潰れるっ♥　潰れちゃっ、ああぁぁおおぉっ♥♥」

自分の分泌した液体と、グラトニーの粘液を纏ったイボがスライドする度にコリコリ、クニクニと鋭敏な豆が連続して押しつぶされる目の前で散る火花がその半径を広げて視界を埋め尽くす。

ぷりゅっ、ぽりゅりゅりゅりゅっ、ぷりゅりゅりゅりゅっ！

「つぐっひっ♥　っひっぐうぅっ♥　っひぐっ♥　っひいっぐうぅぅっ♥　あおぉぉっ♥」

激しすぎる擦過にもかかわらず、女を泣かせるための甘硬いグラトニーのイボは、粘液のヌメリのせいで泣きたくなるほどの気持ちよさしか伝えない。

押される度、引かれる度に、優菜の陰核もイボの数だけ虐められ、逃げ場のない性感が背筋を上り続けて、お腹を蕩かし続けた。

「あっ、ああおぉっ♥　っも、っもおぉっやべっ♥　やべへぇっ♥　アソコゆうひてっ♥」

首を左右に振りたてながら懇願する優菜の顎をアパタイトが掴んで固定し、虚ろな瞳を覗き込みながら言った。

「アソコ、じゃないでしょぉ？　オマンコって言いなさい♥　じゃないといつまでも続けてやるわよぉ？」

「あ、あぁあっ♥　ううあぁぁぁ♥」

アパタイトのその言葉が、優菜の限界の瀬に立つ意識に容易く入り込み、この地獄のような責め苦を続けられるという恐怖が、優菜の口からはしたない言葉を吐き出させた。

「おっ♥　おおっほっ♥　おっま、オマンコぉおっ♥♥　オマンコやめっ♥　っやめっへぇえっ♥　オマンコぉおおっ♥♥」

（あ、ああぁあっ、あたし、アタシぃっ……、なんて事言ってっ……っでも、でもこんなのっ、たえられないっ、っよぉおっ……♥）

はしたない言葉を衆人に聞かれた羞恥心が、ジクジクと精神を蝕んでいく。股間から迸る快楽とまぜこぜになったそれは優菜の脳に、戦士として、女の子としてあるまじき、マゾヒスティックな観念を発芽させた。

「おっ♥　おおっ♥　オマンコゆうひてっ♥　っはおぉっ♥　オマンコぉおっほおぉっ♥」

腰を上下に跳ねさせて、鼻水も涎も涙も汗も垂れ流して、アパタイトに誘導された言葉を広場に響かせた。

アパタイトはその姿を嬉しそうに眺めるばかりで、なんの動きも見せず、股間を擦り立てる肉の鋸はスライドを執念く続けていた。

「ほおぉおんっ♥　い、言った、言ったぁっ……！　言った、のにいいひいぃいっぅ♥っへおぉっ♥」

「……うーん、やっぱりそれだけだと芸がないわねぇ」

人差し指を頬に添えて、どこまでも軽い口調で告げた。

「そうね……『すぐイっちゃうスケベオマンコ』にしましょう」

「っそ、っしょんら、恥ずかし、恥ずかしっ、っころぉおぉおっ……♥　おおっほっ♥　あ、あおおっ♥♥」

独り言ですら言えない、思考の中ですら躊躇うような下品な言葉。それを衆目に晒す事に逡巡《しゅんじゅん》を示す。

しかし、

「さん、はいっ♥」

ずりゅりゅりゅりゅりゅりゅっ！

長いストロークで一息に肉の鋸が引かれ、優菜の腰に強烈な痙攣を演じさせた。

そしてそれは、優菜のなけなしの逡巡を吹き飛ばしてしまった。

「んっひいいぃいぃっ⁉　あおっ♥　おおっ♥　おおおんっ♥　っす、っすぐっ、イっちゃうっ♥　っす、スケベオマンコぉおぉっ♥　おおっほっ♥　っほおおぉっ♥　いい、言ったっ♥　言ったぁぁ♥　言ったよぉぉうっ♥♥」

口から涎を垂らし、目を裏返らせて、吐いたセリフからは最早戦士の誇りもなく、敗北した者の惨めさのみを表していた。

「……っそうねぇ、ご褒美に、気持ちよぉくしてあげるわ、ねっ♥　インへリートぉ♥」

「んおっ⁉♥♥」

艶を含んだ声音でアパタイトが喋った次の瞬間、タコの足のような触手が、下腹から尾てい骨までにベッタリと押し付けられる。

そして、

…………ズクン、ズクンっ、ズクンっ、ズクンっ！！

「っぐういいいいっひいいぃいいぃいいいぃいいっ⁉♥♥♥」

下腹、膣、クリトリス、お尻の穴、会陰、その全てから魔力が吸引された。

ガクっ！　ギュクっ！　ギュクギュクっ！！　ギュクンっ！

「つがっひっ♥　っひいいいっ♥　ううっぎいぃっひいぃっ♥　んにいいぃっ♥　っひ――――っ♥♥」

（つま、魔力、吸われ、吸われっ⁉♥♥　吸われてっ♥　っへぇっひぃいぃいぃいぃいっ♥イグっ♥　イグっ♥　いいっぐうぅうぅうっ⁉♥♥）

魔力を作り出し溜め込んでおくための場所。その付近から強制される魔力の放出は、その快楽は、口や胸とは桁が違った。

「あおっ♥　おおぉおっ♥　んんんっほおおぉおぉんっ♥　い、イグっ♥　イグイグっ♥っす、っすっ、スケベオマンコイんグぅうぅうっ♥　っへおおぉおぉおっうぅっ♥♥」

新しい、そして恥ずかしい語彙を獲得して定着させながら、今までより高い、秘部での絶頂へと上り詰めた。

電気を流されたかのように腰が上下に振りたてられて、しかしベッタリと押し付けられた触手がそれを逃がす事はなく、魔力を吸収するための口吻で出来立ての魔力を吸い立てる。

「あおっ⁉♥　おっ♥　んぉおっ♥　おおっほおぉおっ♥　っふぅうんぉおおぉおっ♥♥」

（あ、あぁぁあぁッ♥　お腹が、お腹が全部っ、吸われるっ♥　吸われるっ♥　っす、っ吸われでっ、っへぇえぇっっ♥♥）

「ああぁ、ああああぁあっ♥　美味しいっ、本当に美味しすぎるわよっ、インヘリートぉおっ♥♥　あぁあぁっはあぁぁ♥」

首筋ですら、口ですら、舌ですら正体を失う衝撃が、悪魔の快楽が。性感そのものである箇所に押し付けられる。

ずちゅっ、ずちうぅうぅうぅっッ！　ずっちゅっ、ずちゅるるるっ！

ズクンっ、ズクンズクンっ、ズクンっ！

「っへおっ♥　おっほっ♥　っほおおぉぉぉんイグっ♥　いんっぐっ♥　いっぐうぅうぅうぅっ♥　っひぃいぃいぃ――――っ♥♥♥」

野太い声で絶頂を叫びながら、背筋を限界まで反らし、腰を痙攣させる。なだらかな下腹部、勃起したクリトリス、震える膣前庭、会陰、お尻の穴、そして尾骨の出っ張り。触手の触れた全てから、尋常ではない快楽を伴って、出来立ての魔力が吸い取られていく。

ガクガクガクっ、ギュクンっ、ギュッックンっ！　ガクガクっ、ガクンっ！

一遍に絶頂したその熱がお腹に集約して、比喩でなく腰から下がドロドロになってしまったかのような感覚だった。

血液の、骨の、肉の、その全ての代わりにどうしようもない「幸福感」が流れているかのようだった。

「おおっほっ♥　っほォっ♥　おおっひっ♥　っひぬっ、っひぃぬぅうっ♥　ううおっ♥　おっ♥　おおぉっ♥」

正しく死を予感させる快楽に戦士が正体を失っても、触手の動きは止まらない。

人間を快楽で破壊するための、そのためだけの肉の鋸が、優菜の股間で前後し、上下し、左右に揺れた。

じゅりゅっ、じゅるるるっ、じゅりゅっ、ずろろろっ！

「うひっ、っひっ、……あぁぁっひいいぃいいぃいっ⁉♥♥」

　バチバチと眉間の数センチ先ではじける電撃がその大きさを増し、その激感に顎が跳ね上げられた。

「ああうっ、んっひっ、んひいぃぃいっ♥　っへひっ、っひいぃぃいぃいっ♥♥」

　痛みなんて欠片もない。ただただひたすらに、どこまでも、どうしようもなく気持ちいい肉が、誰も受け入れた事のない肉を外側から蕩かして、滴る粘液がその割合を優菜のものに傾けて真下を濡らす。

　首をイヤヤと振りながら、何度も絶頂に上り詰めても触手は止まる事はなく、それどころか優菜から得た魔力に喜ぶようにその勢いを強めて股肉を蕩かした。

「んおっ♥　おっ♥　っへおおぉぉっ♥　おおっほっ♥　っほぉぉおんっ♥　っらべ、らべへぇぇ……♥　お、オマンコズリズリすりゅのっ♥　おっ♥　らべらのぉぉおぉっ♥　おおっっほぉぉぉっ♥」

　そのだらしない顔と同様に、足と腰からは力が抜け女の子が形作ってはいけない脚の形を地面との間で作り上げた。

　ガニ股の脚が五角形を描き、頂点の腰が左右上下に揺れてその形を歪ませた。

「アソコ、アソコっ、っや、やべっ、やべへぇぇっ♥　おっ♥　おおぉっ♥　おかひぐっ、なうっ♥　ううぉおぉんっ♥　いっぐっ、イグっ♥　っひーッ、イグぅううぅんっ♥」

　悶絶の極みに首を振る優菜に、目を細めたアパタイトが底冷えのする声で話しかけた。

「……アソコ、じゃないでしょう？　人間共の血を見ないと覚えられない？」

「んっぐっ、っぐっひっ⁉♥　お、おおおっ♥　オマンコぉぉっ♥♥」

その脅迫に、股間に走る苦しすぎる快楽に、優菜の口がその言葉を放たせた。

「おっ♥　んおっ♥　おおぉっ、……っオマンコほぉっ♥　……おっ♥　おおっ♥　オマンコやべへえぇぇっ♥」

人前で決して言ってはいけないような言葉を、人前で決して晒してはならない痴態を晒しながら吐き出していく。気絶してしまいそうな羞恥の裏に、自分の中にも、杖の記憶の中にも存在しない、被虐的な発情の火が灯った事に気付けないまま、全身を震わせた。

（あ、あぁぁあぁっ……♥　お、覚えさせられて、っるうぅぅっ♥　え、エッチな言葉っ、あぁぁあぁ……っは、恥ずかしっ♥　こんなのっ、耐えられない、っよおぉぉっ♥）

拘束され、秘部を晒され、あまつさえ恥ずかしい言葉をも吐き出した事に、顔から火が出るほどの羞恥を味わって、情動の涙が漏れて筋をまた一つ作り上げた。

プシっ……ショロロロロロっ……。

絶頂潮が触手の幹を濡らし、弾かれた残りが自分の腿を汚して、敗北した戦士を更に惨めに彩っていく。

「っはおっ♥　おっ♥　っで、出ちゃっ♥　っへっひっ♥　おっ、おひっこぉぉ♥　っだ、出ひれっ♥　おおっ♥　っごおぉおぉっ♥　っく、狂うっ♥　くるっひゃうぅぅぅっ♥　っへっひっ♥　っひぃっ♥　っぐぅっひぃぃぃぃんっ♥」

魔力を含んだ絶頂潮をしぶかせて、煩悶に発情をぶちまけたような表情を広場に晒すインヘリート。それとは対照的に、化け物は極上の甘露を味わった喜びに、眦を下げて恍惚の表情を浮かべていた。

「あぁぁ、美味しいぃ……♥　っが、が、我慢、がっ、できなくなっちゃいそぉ……♥」

搾りたての優菜の魔力。その味わいに恍惚とした表情で身震いをしながら、アパタイトは自分の身体を掻き抱いた。寄せて上げられた胸がムニュリと歪み、影を深くさせた胸の谷間に零れた涎が筋を作った。

「っひっ、っひひひっ♥　っも、もぉ、いいでしょ？　っも、もぉ我慢した、っも、ものぉっ♥　あぁはぁあぁぁ……♥」

抑えきれない興奮に、奇態な声を上げて、それと合わせて前腕から生える触手がその長さを増して、優菜に迫った。乳房を責め立てたものとも、キスを押し付けてきた物とも、腋をおかしくしてしまったものとも違う。

「あおっ♥　おっ♥　おっ？　こ、これっ、っへ……!?」

その形は、性知識の薄い優菜にすら理解の内の形だった。

「そう、人間の男のチンポの形よぉ？」

「っひっ!?」

それが何をするための形状で、どこに入れるための形状なのか。初体験すらまだの優菜にも理解の内だ。

「あ、あ……、うそ、嘘ぉぉぉ……んっぐっ、っそ、っそんな、そんなのっ……っや、やら、あぁぁぁぁ……！」

膨らんだ先端はヌラヌラと光り、体表のピンク色を妖しく反射させせて、幹にはミミズのように血管が浮き、脈動の度にギュクンギュクンと蠢いていた。

その姿から目が離せない。突きつけられた銃口を見つめる死刑囚、蛇の挙動に脂汗を流す蛙の心地だった。

「……っや、やぁっ！　っこ、っこんなのっ、……アタシに、なんっへっ、ええぇっ……あ、あああぁ、っそ、そんなっ、のぉぉ……！」

想像してしまう。この目の前の暴力的なまでの肉が自分の膣を割り開き、奥にまで挿入される場面を。

エラも深く張り、血管も縦横に走らせた、女を泣かせるためのデザインの触手。

それが極度に発情してしまっている自分の中心に突き込まれる部分を。

「んっぐっ……♥」

甘く固く重たい、恐怖以外の味もする生唾を、飲み下した。

（い、今アソコおかしぐっ、なっへるのにっ……♥　っそ、そんなの入れられたら……♥あ、ぁあぁぁっ、絶対におかひぐっ、なっちゃうぅぅっ……♥）

絶対に拒否しなければならないキスですら蕩けさせられ、秘部の入り口を擦られただけで前後を不覚にさせられた。

そんな事を行える化け物が、自分の一番大切な場所に、性感の塊とも言える場所に、丹田とも称される魔力の根源に押し付けられたら……。

「っや、っやらぁぁっ、っぜ、絶対っ、狂うっ、うぅぅうぅっ！　っやぁあぁっっ！　いやっ、あぁぁぁっ！！」

快楽への恐怖が、腰をよじらせ振らせて、優菜に意味のない抵抗を演じさせる。

そんな抵抗未満の行動も、やはりアパタイトは容易く制し、触手に対して秘部を寛げて笑った。

「暴れないの♥　ほーら、皆で見ててあげるわ、貴女の初めてが奪われちゃぅ所……♥」

「……っや、っやぁぁっ……♥　やめっ、やめへぇっ♥　っへえぇぇっ……♥」

秘肉がアパタイトのしなやかな指で寛げられ、左右に割り開かれると、内部に溜まっていた愛液が、準備ができているとでも言わんばかりにドプリと溢れ、衆目に羞恥の蜜を見せつけた。

「とっても綺麗よ、インへリートぉ♥　皆にも見せてあげないとぉ……あぁはぁ♥」

男を知らない少女の秘肉が、その色つやだけでなくヒダの形までもを理解させるように衆目へと向けられた。

「うおぉ、っすっげぇ……ヒクついて、っこんな動きすんのか……！」

「汁多っ、濡れすぎだろあの女っ……」

「はへっ♥　っへぇっ♥　へひっ♥　っへひっ♥　っみ、見せないっ、れぇぇっ♥♥　んあっ、あぁぁぁっ♥♥　恥ずかしくってっ、頭おかひくなっひゃっ、あああぁぁっ、頭煮えるぅううぅっ♥♥　んんっぐうぅぅっ♥♥」

恋人にしか見せてはいけない場所を、不特定多数に晒される。その事実が優菜の精神の中、普通の女の子としての部分に悲鳴を上げさせた。それと同時に、発情の極致にあった肉体が、羞恥の味と発情とを結びつけて脳に運び、羞恥を甘い味わいに仕立ててしまう。

（恥ずかしいのにっ、っみ、っみっ、見られてるのにひぃぃっ♥　オマンコっ、お腹がぁあっ♥　熱くなってへぇぇっなんで、なんれぇえぇっ……？♥）

羞恥が、屈辱が。そのどちらも快楽と一緒に脳へと到達して一緒くたに処理される。

今がどんな状況であるのかを意識すればするほどに、お腹がキュンと鳴き、発情の炎が胸の内で燃え盛った。

「……あらぁ？　人間は、恥ずかしいだけでここをこんなにヒクつかせるのかしらぁ？」

「あ、あああぁぁ♥　いい、言わなひっ、っれぇぇ♥　あおっ♥　おっ♥　っそ、そんなっ、事をぉっ♥　おおっほおぉっ♥」

快楽の余韻と羞恥にヒクつきが止まらない股間に無遠慮な視線を注ぎ込みながら、芽生えさせられたマゾヒスティックな観念を言葉で撫で上げる。

「インへリートぉ？　貴女、生娘よねぇ？　まだキスもした事なかったのだもの」

「っひっぐっ♥　っぐひっ♥　っひっ♥　っひっ♥」

その言葉に反応する余裕もない優菜は、あふれ出る羞恥に目を裏返らせたまま、歯を食いしばって意識を繋ぎ止める事しかできなかった。

じゅるるっ、じゅるっ、っちゅくぅぅ……。

「うあっ、あっ♥　ああぁっはあぁぁぁ……♥」

秘肉に押し当てられた感触に、重たく熱い吐息が漏れ出てしまう。

何をするための。どこに入れるための。

それが明白な器官が股間に位置する事に、本能的な恐怖が燃え上がっているのに、身体だけが先に屈服してしまったかのように。

「ああ、ああっ、あらひっ……っは、はじめて、っらからぁあぁ……！　っや、っやら、いやらぁあぁっ！　うあ、あああぁあッ！」

胸と腰に比して大き目なお尻が、ムズがるようにくなくなと揺らされる。それは抵抗を表す動作だったにもかかわらず、粘液と汗に塗れたお尻のその動きはまるで卑猥に男を誘い立てるかのようだった。

さわ、サワサワっ……。

「あ、ああっはあぁぁあぁ♥　っはっへぇぇえんっ……♥♥」

アパタイトの指が、どこまでも優しく、子猫の頭にそうするように撫で上げられて、それだけで腰の抵抗と、抗おうとする意識すらも蕩けて落ちる。

「大丈夫よ、気持ちよく、してあげるわぁ♥　あぁはぁ♥」

「っひっ♥　っひっ♥　っぐひぃぃいんっ♥♥」

フルフルと震える事以外できない腰。

その中心にあてがわれた触手が、まるでそうするのが当然とでもいうように、実になんでもない程の気軽さで、
じゅぶっ。

「……あっ!?　……っがぁあっ……!?」

(っは、っはっ、挿入《はい》っ……っ、いいぃっ……!?)

衆目の中、少女の意思の一切を無視して、一つしかない鏑木優菜の純潔を奪い去った。

「あ、あっ……あぁぁ……！」

世の女性がそうであるように、自分もいつかは好きな人ができて、その人に捧げるものだと思っていた純潔が、無残にも奪われて。

最初に感じたのは、脳が蕩ける程の、

「……おっ♥」

法悦だった。

「……んっひいぉおおぉおぉおぉおおぉっっ⁉♥♥♥」

一秒を耐えられず目の前が真っ白に染まり、扱いきれない電撃がお腹から脳までに注がれた。背骨を限界まで反らし、頤《おとがい》が上がり、腰が跳ね、その動きに合わせて潮が地面に撒き散らされる。コスチューム越しに浮かぶお腹の起伏が痙攣する腹筋に合わせて見え隠れし、大きなお尻のエクボがその影を大きくしたまま痙攣して快楽の大きさを訴えた。

「っひーっ♥　っひーっ♥　イグっ♥　んおぉぉっ、おおっほぉぉぉっ♥♥　イグっ、いぎっ、いいっぎっ♥　イグぅぅうぅっ♥♥　あっおおおぉオオォォっ♥♥」

がくガクガクっ、ガクンっ！

自分の中心に、女の子の最奥に、メスとしての弱点に。

グラトニーの気持ちよすぎる粘膜が侵入し、血管の隆起すらはっきりと感じ取れるそれが、圧倒的な存在感でお腹を埋め尽くす。

「っと、溶けるっ、とげっ、とげるぅっ♥　っへおおぉっ♥　お腹ドロドロにしゃれへっ♥　っへぉぉおぉぉんっ♥♥　イグっ♥　イグっうぅぅっ♥　いんっぐうぅうぅぅっ♥

♥」

破瓜の痛みは、きっとあったのだろう。

しかしそれよりも尚正気を失わせる感覚が、熱湯の中に氷の欠片を投げ入れたように、それを容易く飲み込んだ。

ただただ気持ちいいだけの肉の接合が、インヘリートの魔力の根源に、鏑木優菜の一番大切な所に押し付けられる。

「ああっぐっ♥　っぐひっ♥　イグっ♥　イイ、ッグぅうぅぅっ♥　っぐうぅっ♥」

野太く低い、まさにケモノの声を吐き、インヘリートは絶頂へと駆けのぼらされた。

がくっ、っぎゅくんっ、ぎゅくっ、ビクビクビクぅぅっ！

電極を取り付けられたかのように跳ねる腰。大きなお尻にはデタラメに緊張して筋肉の影が浮き、余裕のなさを物語っていた。

「おおっっっ、っほおぉおぉぉぉんっっ♥　イグっ、触手でイグぅっ♥　あぁぁっひぃいいいっ♥　入れられたらけへっ♥　っへひっ♥　っへぇっひぃぃいぃっイグうぅうぅぅうぅぅっ♥♥」

スマタでトロトロに蕩けた膣肉に感じる、女の粘膜と相性の良すぎる肉が、感じた事のない幸福感をお腹で爆発させ続ける。本能を刺激してしまうような、あふれ出る幸福感が身体の中心を通って脳を焦がし、目を限界にまで裏返らせた。

「……ああっ、あぁっへぇっ……♥　っへおっ、おっ、おおぉぉぉ……♥　おおっほぉぉおぉ……♥」

膣の中、その細胞全てが幸せを伝え、喜びを叫ぶ。自分がどんな存在で、相手がどんな存在で、今はどんな状況であるのかすらを忘れさせられる。そんな抗いがたい幸福だった。

「……あ、っ、っがっひっ……♥　っひ、っひっ……♥　っぐひぃいいぃい……♥」

やっと収まった絶頂に頭を垂らし、地面に涎と涙と引き攣った声を垂らした。

「……あらあらぁ……、まだ入れただけよぉ？」

嘲るような声が後頭部に吐きつけられても、言い返す余力などはどこにもない。お腹を埋め尽くす圧迫感と、その大きさを等しくする快楽とに身じろぎ一つも許されなかった。

「っはっぐっ♥　っふぐっ、ッッううぅうぅっ……♥　んんっひっ♥　……っひぃぃっ♥」

「……皆が見てるのに、こんなに乱れちゃって」

その言葉に、火が出るような羞恥が毛羽立たせられ、膣肉がキュンとグラトニーを食いしばって引き攣った声を漏らさせた。

「～～ッッ♥　っひぃいいぃいっ♥　っそ、っそんらこと言われて、ッっもおぉぉっ♥　あっひっ♥　っひっ♥　うひいいぃいっ♥　っき、気持ちよすぎるっ、ううぅうっぅっ♥」

アパタイトのそんな言葉が呼び起こす、羞恥が、その味が、膣を可愛がられる快楽と結びついて脳へと到達し、マゾヒスティックな感情を育ててしまう。

「ううっひっ♥　イグっ♥　あおっ♥　おっ♥　オマンコイグっっ♥　っひいっぐうぅぅっ♥♥」

「だらしない子ねぇ♥　……あぁはぁ、ここ、とかどうかしらっ♥」

じゅぶっ、にゅぶぶっ、っぐりいいぃいぃっ！

「っぐひっ⁉　っそ、っそそそっ、そごらべっ♥　らべっ♥　らべっへぇえぇっ♥♥」

膣の中、膀胱側の部分にグラトニーがその身体を強く擦り付けると、腰が蕩けるような電撃が全身を走った。

「っそ、そごっ♥　おおっ♥　なにっ、なにそこっおおぉっ？♥　っだ、だめっ♥　そこダメなっ、所っ、っほぉぉぉんっ♥♥　っや、やめっ、やべっ、っへぇぇぇぇ♥」

そんな懇願虚しく、一度自覚してしまった優菜の「ダメな所」に、目敏い触手は焦点を定めてその身を擦り付けた。

人間の粘膜と相性の良すぎる肉が、その先端で力強く押し、その身に生えたイボでこそぎ立てる。

「んにににぃいぃっっ♥　あっ、おっ〜〜♥　……ッ♥　っっ〜〜ッッ♥♥　ッッ♥♥」

声すら出せない連続絶頂に、彼女は言葉ではなく跳ねる腰と噴き出す潮で絶頂を訴えた。

(な、なにもっ考えらんなひっ♥　あた、頭っ、おかしくなうっ♥　気持ちいい所グリグリされへっ♥　あああ、アタシっ、全部蕩けちゃっ、あおおぉっ♥♥)

電極を取り付けられているかのような速さで上下する腰が、連続で到来する絶頂を訴える。

そんな優菜に触手は責めの手を緩める事はなく、ピストンに捻りを加えて膣ヒダを探るように動かした。

じゅぶっ、にゅぐるっ、じゅぶぶっ、にゅぶぅっ。

「あいっ⁉♥　っひっ、っひっ♥　んにひぃぃぃっ♥　イグっ、それ、それへぇっ♥　それもらべっ、らべっ♥　あ、あおおぉっ♥」

高く張ったエラの形を覚え込ませるようなその動きにも、媚毒で狂った身体は絶頂で返答してしまう。締め付けを強めた膣がギチギチと触手を食い締めて、鋭敏になりすぎた優菜のヒダに血管の形すらも知覚させた。

ずにゅぶっ、にゅぶっ、じゅぶぶっ、にゅぶぅぅっ。

「あいっ♥　いいっひっ♥　っひっ♥　ひーっ♥　っも、っもやめっ、やべっ♥　っへひいいぃいぃっ♥♥」

そんな懇願は当然のように無視されて、

「ここなんかどうかしら？」

アパタイトがそう問いかけると触手の動きが変じて、膣の中ほどの壁、Ｇスポットと呼ばれる箇所に先端が押し当てられると。

「んぎっ⁉♥　んにひいいぃいぃいっ⁉♥♥　イぐっ、っそ、そこすぐいっちゃうぅうぅっ♥　っはっひいぃいぃいっ♥♥」

ぶしっ、じょろろろっ！

驚愕に目を見開き、腰を上下に痙攣させて尿を撒き散らした。

「っへっひっ♥　えぇっひっ♥　っひっ♥　っひっ♥　あ、っも、漏れるっ♥　漏れちゃってるっぅぅっ♥　あ、あああぁあぁっ♥」

衆目の前で晒す失禁。

女の子として、戦士として、人間としての尊厳が汚されていく行い。

その事実すら、今の彼女には快楽のスパイスとして機能した。

「っは、恥ずかしっ、っひぃぃっ♥　と、止まっへっ♥　止まっへぇぇぇん♥　おっ♥　っそ、そこされたらもっと出うっ♥　だひちゃっ♥　あおおぉぉっ♥♥」

前後に腰が跳ねて躍り、絶頂潮を地面に撒き散らす。

「あおっ♥　イグっ♥　イグっ♥　っす、スケベオマンコされへイグっ♥　おおっほっ♥　おっ、おしっこでもイぐっ♥　あぁぁっはぁぁぁぁ♥　おしっこの穴、あにゃっ、までエッチな所にされへぇぇぇっ♥」

膣を埋め尽くす幸福感が肉を伝い侵食して、下腹部に感じる全ての刺激を性的なものへと変換してしまう。

出来立ての尿を絞り出す度に腰が跳ね、目は裏返り口から野太い声を吐き出していた。

「…………ふぅん、まぁ大体把握できたかしら、ねぇ……」

アパタイトがそう呟いたかと思うと。

「ああひっ♥　うっひっ♥　っひーっ♥　うひぃぃぃんんっ♥♥」

膣に入り込んでいた触手がその形状を変えていく。

「んんひぃぃっ!?♥　っひっ♥　っぐっひっ!?　ムジュムジュっへ動いてっ♥　っひぃぃいいんっ♥♥　なに、なにこれっ♥」

ドクンドクンと蠢く度に太さが変わり、段が形成され、かと思えば乳首めいたイボが隆起して、食い締められた膣肉に押し付けられていく。

「っひーっ!?♥♥　っこ、っこれっ、っへおぉっ♥　気持ちよすぎるように変わっっ……

あおおぉっ!?♥♥」

　ただでさえ正体をなくさんばかりだった気持ちよさが、その純度を上げてお腹を幸福感で満たしていく。自分で知るはずのない膣のヒダの形。それに最適化されていくように成長した触手が、人間では、そして道具でも掘り起こせない量の幸福感を、乙女の秘すべき肉から掘り起こしていく。

「……これはねぇ、今、アナタ用のチンポにしているのよぉ♥　貴女のお腹をもぉっとドロッドロにしてあげられるようにねぇ♥」

「つぐっひっ!?♥♥　っそ、っしょんら、しょんらのっ、ッホォォおおぉんっ♥♥」

　頭も心も絶望しているのに、身体だけは快楽で燃え盛り、優菜の精神を追い詰めた。

「あ、あおぉっ♥　おおっほっ♥　っほおぅっ♥　っぜ、全部、当たってるっ♥　当たってるのっ♥　おおぉっ♥　気持ちいい所、全部ぅうぅっ♥　っへっひっ♥　っへひぃっ♥」

　前後動すらしていない触手が、それでも脳を煮やすような幸福感を発生させていた。

　相性が良すぎる、優菜の肉を蕩かすために最適化された触手。それが、優菜の締まる肉に抗うように、もっと彼女を鳴かせるために、動き始めた。

　にゅぶっ……つじゅっぶっ、にゅぶっ……にゅぶぅうぅ……。

「うひっ!?♥　あ、あっ♥　っま、っ待っへっ……♥　っへおっ♥　いいっぐっ♥　イグっ♥　あっ、ああぁぁおおぉっ♥　まらイグぅっ、うううぅうっ♥　っと、止めへっ♥　止めっ、んおおおぉおぉっ♥」

　秒をすら耐えられない。気持ちよすぎる肉が突き込まれればイキ、引き抜かれればイク。

そしてイけばイく程に膣肉はその感覚の甘さを記憶して、先ほどよりも高い地点へと意識を押し上げた。

にゅぶっ、じゅぶぶっ、にゅっぶっ、にゅぼぼぼっ、にゅぶぅうっ……。

「いい、イギっ、イッギイぃいぃいっ♥♥　イグっ、イグぅうぅっぅっ♥　イってない時間がないひぃぃっ⁉♥　あ、あああぁ、お腹蕩けっ、っへおおぉぉおっ♥♥」

重く、深く、甘い絶頂。

絶頂の只中にあり、乱高下する意識には言葉も届かずに、恥ずかしい声を返す事しかできない。

「あらあら余裕なさそうねぇ♥」

「イグっ♥　イグぅうっ♥　イってるっ♥　いっぐっ、……っぐぅうぅぅんんっ♥♥」

絶頂に飛び続ける戦士の姿を眺めながら、アパタイトは腕を組んで妖艶に自分の頬を人差し指で撫でつけながら、「素直になってもらおうかしら」そう呟くと、指を鳴らす。

ぶちゅるっ、じゅぶぶっ、にゅっぶっ、じゅぶぶっ、にゅぶぅうっ！

「あぁっ、あっっ♥　あおおぉっ♥　おおっほおぉぉっ♥　い、イイ、いってる、まらイってるっ♥　っろにひぃぃいっ♥　んにひいぃぃっ♥　あ、あああぁあぁまらイグっっ♥　ううぅうぅんんっ♥♥　んっほおぉおッッ♥♥」

ピストンの度、媚薬に狂わされた身体がその味を覚え、人間を鳴かせるための触手が弱点を記憶していく。

「イグっ♥　イギっ、いぎすぎてっ♥　っへひっ♥　へっひっ♥　っが、我慢無理ひぃっ

♥　っす、すぐイっちゃっ、あっへぇぇえぇっ♥♥」

イケばイクほどに快楽への耐性を失っていく身体。

イケばイクほどにその味を覚えてしまう精神。

イかせればイかせるほどに絶頂のさせ方を学んでいく化け物。

状況を構成する全ての要素が優菜を追い詰めていく。

「っぐひぃいぃいっ⁉♥♥　いいっぐっ♥　イグっ♥　いいっぎっ♥　イグイグイグっ♥　オマンコイってでっへぇえぇえぇっ♥　おおッホオォオぉおぉんっ♥♥」

（あ、頭壊れる、壊されっ、グチャグチャにされるぅっ♥　あ、あ、あぁあぁあっ、イギ終わってないのに重ねられへぇぇっ♥　っも、っもっ、訳わかんないよおぉっ♥♥）

その三つに挟まれた戦士は、存在しない助けを求め、あるはずのない容赦を希《こいねが》う。

そんな言葉が、恥ずかしい女の子だという自覚を生み、膣を締め付けさせてペニスの味をしっかりと噛みしめさせた。

いやらしい触手に媚薬粘液を塗り込まれて蕩けさせられ、何度もスマタでほぐされた膣肉は、人類の、そして杖の使徒の仇敵《きゅうてき》を容易く受け入れてしまう。

人間を性の快楽で溶かし、魔力を吸い取るために最適化された形状は、生娘である優菜の膣肉のどこまでもを容易く攻略し、その性感をヒダの隅々までをも見逃さずに掘り返す。

子宮での絶頂が訪れると同時に、触手がガッチリと優菜の身体を固定して、快楽を押し付け続けた。

「っら、らべっ♥　お尻っ、っ腰ひぃいぃいっ♥　うご、動かせなっ、あおおぉおぉっ♥」

（っき、気持ちいいのが、弾けてるのにっ、ガッチリつかまれてっ、っき、きちゅっ、きちゅいひいぃぃいっ♥　すっごくイグぅうぅっ♥♥）

逃げ場を失った快楽が胎内で乱反射を繰り返し、惨めな痙攣を演じさせた。身体の中心、女としての機能全てが、幸福感に埋め尽くされる。痛みなら耐えられたかもしれない。抵抗もできたかもしれない。

けれど、この幸福感は、どうしようもできなかった。

「あおっ♥　おおっ♥　んっほおぉぉおんっ♥　っりゃ、りゃべっ♥　りゃべへぇぇぇぇ♥　っま、魔力、吸われるのオッっ♥　っぎ、ぎぼぢいひいぃぃいぃいっ♥♥」

抵抗する、その気持ちが芯から蕩かされていく。

戦うための力を化け物の滋養にされる事にすらマゾヒスティックな悦びを喚起させられながら、ガニ股の形を変え、腰をグネグネとうねらせて快楽を訴えた。

じゅぶっ、にゅぶっ、じゅぶぶっ、ずぶうっ、にゅっぽっ、にゅぶうぅうぅっ！

「あおっ♥　おおっ♥　おおおんっ♥　っま、マンコっ♥　オマンコらべっ、らべっ♥っへほおぉおぉっ♥　オマンコ許ひっ、っひいおぉおぉぉおっっ♥　イグイグっ、イグっ♥　イッ、……っぐうぅうぅ〜〜〜ッッ♥♥」

衆目に突き出された腰。その中心を貫く触手が、まるで見せつけるようにピストン運動を行う度に、膣のヒダ、その隅々までから幸福感を掘り起こし、耐えがたい電撃を背筋から頭頂部まで走らせる。

「いぐっ♥　あおっ♥　いいっぐっ♥　イグのっ♥　おおぉっ♥　っや、やらっ♥　こん

なのやらのぉぉっ♥　おおっほぉっ♥　止めらんないっ♥　マンコいぐっ♥　イグっ♥
いっぐぅぅぅぅっ♥♥」
　酸欠になった頭が、覚えたての言葉を吐き出させる。それがどんなに惨めな行いである
のか、極限状況の只中にいる彼女の思考の中にはない。ただ快楽の逃げ道に卑猥な言葉を
乗せるだけ。
「っひっ♥　うひっ♥　オマンコっ、奥っ、奥らめっ♥　らめなのっ♥　おおっ♥　っそ、
そこ、あらひの魔力、沢山詰まってるからぁぁ♥　あおっ♥　おおぉっ♥　おおんっ♥
奥イジメっ、っへぇぇっ、ないでよぉおっ♥　あおぉおっ♥♥」
　そして悶絶する優菜の奥底から、今一番されてはならない行いが押し付けられた。
　っちゅっ、っちゅぶぶっ、ちゅううぅっ、ぢうぅぅぅ……！
　ズクンっ、ズクンっ、ズクンっ！！
「っま、まりょくっ、あらひのっ、まりょくぅっ♥　食べらいれぇぇっ♥　っへおぉぉっ
♥　おおんっ♥　おおぉおっ♥♥　った、っ戦えなくなうっ♥　あおっ♥　おかしくっ、
なうぅっ♥♥　っへひぃっ♥　狂っちゃうよぉぉっ♥　っへおぉおっ♥」
「そう？　なら返してあげるわぁ、たっぷりと、ねっ♥」
　その声を合図に、ピストンを続けていた触手がその身を深く沈め、子宮口に先端を強か
に押し付けた。
「っへおっ♥　おおぉっ？♥　おおっぁあぁ～～♥♥　チンポっ♥　んおぉおぉっ♥
グリグリらべっ♥　っへっ♥　っへおぉぉぉっ♥」

女性として一番大事な場所が、人類の仇敵にひしゃげさせられ、重たく鋭い快楽を注がれた。

つぐりっ、ぐりゅっ、ぐりぃぃぃいっ……！

「へっひっ⁉♥ んにひぃぃぃぃいっ♥♥」

（お、奥、奥ッ♥♥ 押され、っへぇっ♥ 触手チンポぉっ♥ 痙攣してっ、きぼちっ、いひぃぃっ⁉♥ な、なにこれっ、えぇぇぇっ♥ あ、あ、あ――っ♥ あおぉぉっ♥）

それがなんの意味を持って、何をするための予備動作なのか。そんな事を考えられる余裕は、今の彼女には欠片も存在しなかった。

……ぶくっ、ドクンっ、ドクンっ、ドクンっ……！

「あおっ⁉♥ おっ？♥ んおおぉっ⁉♥ っふ、っ膨らんでイグっ♥ っへひっ♥ っへぇっひぃいぃっ♥ っしょ、触手チンポぉおっ、おお、おっきくなって……い、イグっ♥ っひーッ♥♥ いっぐうぅぅっ♥♥」

鋭敏な膣肉が、触手の体積が増した事を感じ取って絶頂を迎え、止まらない触手の脈動がそれを長引かせた。

そして、次の瞬間に。

どぶっ、どぶゅっ、どっぶっ、ぼぶっ、ぼびゅるっ、ぶびゅるるっ！

「おっ⁉♥ おっ、おおぉっ♥ お～～～っっ♥♥」

（あおっ……おなかっ、溶かされ……⁉ ……っへっぉおおぉぉオォォxtぅっ♥♥）

触手が脈動し、肉から伝わる水音と共に、粘着質で熱い液体がお腹に注がれる。お腹の中、魔力の根源を、その一番奥を、甘い灼熱が焼いていく。

赤子を生す優菜の大切な部分に、その魔力の根源に、触手の体温そのままの濁液が詰め込まれて、限界だと思っていた絶頂のレベルが更に高くまで引っ張り上げられた。

「っひっ♥　っひおっ♥　んぐぃぃっひぃぃっ♥♥　イグっ♥　イグっ♥　ひょくひゅっ、チンポれへっ、どぶどぶっされへぇっ♥　あぁぉぉっ♥　子宮いぐうぅぅぅぅぅっ♥♥」

野太い声ではしたないセリフを吐き出して、インへリートは絶頂に達した。

「んにひっ♥　っひっ♥　ひおおぉっ!?♥♥　お～～っっ♥　イグっ♥　イグっ♥　おにゃかイグっ♥♥　っひ――っ♥　んひっ♥　んひっ♥　ふんっぐぅぅぅぅ――っ♥♥　いんぐうぅぅぅっ♥♥　あぁおおおぉぉおぉっ♥♥」

今までの人生で味わってきた幸福感。それら全てを圧縮してもこの一瞬には敵わないであろう程の、脳を焦がす幸福感がお腹で何度も爆発を続けていた。

どぶぅ、どぼびゅっ、ぶびゅっ、びゅるるっ、ぶびゅっ、びゅ――っ！

「出てるっ♥　出てる出てるっ♥　お腹に出されてっ、うぅぅっぅっ♥♥　んっはおぉっ♥　溶けるっ、溶けるよぉっ♥　あぁ、お腹溶けへぇぇえっっ♥♥　っへっひぃぃっ♥♥」

比喩でなく、本当にドロドロに溶かされているのだと感じていた。抵抗も戦意も、お腹に注がれる幸福の液体に溶かされているのだと。

ぼっびゅっ、ぶびゅるっ、ぶびゅるるるっ、どぶっ、どぼぶっ、ぶびゅるるるるっ！

「っへぇっひっ♥　いいひっ、っひっ♥　っひーっ♥　っふんぉおおぉおぉッッ……♥」

未だ吐き出され続ける化け物の灼熱に、突き出された尻が断末魔の痙攣で上下させられる。

　止まる事を知らないグラトニーの液体。吐き出され続けるお腹は早々に逃げ場をなくし、優菜のなだらかな腹部に膨らみを作り上げて、余ったものが接合部からピストンの度に勢いよく噴き出した。

　ぼびゅっ、ぼぼっびゅっ！　ぶびゅるっ、どぶっ、どっぶっ、どぷぅぅっ……！

「おっ♥　おっ♥　おおごっおおぉっ♥　っも、っもっ入らなひっ♥　溢れるっ、溢れひゃっ♥　っはおおぉっ♥　オマンコもういっぱいらよぉおぉっ♥　っへおぉおぉんっ♥」

　自身の分泌した液体と、化け物の液体が混ざったものが地面を汚し性臭を立ち昇らせた。そんな事を気にかける余裕などあるはずもない戦士。その瞳はどこにも焦点を結ばずに、その口も意味のある言葉を吐き出せず。

「っだ、出しながらピストンぅぅぅ♥♥　やめっ、ヤメへっ♥　っへっ、へひっ♥　いっイっ、イギから降りれなっ、あおっ♥　おおっほおぉぉんっ♥♥　イってるっ、のにひっ♥　まらイグっ♥　っぐうぅぅぅぅんっ♥♥」

　情けない蕩け声で容赦を希う。ガニ股に開かれた脚を、生理的な反射でガクガクと形を変えて不様を演じ、細かくしかし大きい絶頂の度に筋肉の影を浮かせて。

　目は見開いたまま、舌はだらしなく伸ばされて、全身からは力が抜けて。

「いぐっ♥　いんっぐっ♥　イグぅうぅっ♥　ッッあぁぁっはあぁあぁぁッッ♥♥　あおっ♥　おおおおんっ♥　おんっ♥　オマンコ、オマンコイッでるっ♥　っはぁっへっ♥　触手チンポしゅごしゅぎひぃぃっ♥　っひっぐっ♥　いぐぅうぅぅんっ♥♥」

触手の動きが緩くなったにもかかわらず、収まる事のない絶頂に、戦士は飛び続けていた。

その様子を眺めたアパタイトが、自分の頬を指で擦りながら満足げに呟いた。

「あぁはぁ……♥　これで、準備はできたかしら、ねぇ？」

絶頂の波が引き、しかし身体は発情したままの優菜に、アパタイトは値踏みするような視線を向ける。

「……死んだほうがマシなくらい、気持ちよぉくしてあげるからねぇ♥　あぁはぁ♥」

その言葉に反応して、優菜を縛める触手が動きを見せた。

もぐっ、むぐむぐっ、もちゅっ、むぐぅっ……。

「っひっ♥　っひぃぃっ♥　んひっ♥　あ、ああ、足いぐっ♥　ムチュムチュされるのイグっ♥　イグっぅぅっ♥　おおほおぉぉおっ♥♥」

足を拘束していた触手がその身体を伸長させて、モグモグと咀嚼を繰り返し、ふくらはぎを超え、膝を超え、腿にまで到達した。

子宮での絶頂に全身が性器と化した少女は、その感触だけで、

「っひっ、っひぃぃぃっ♥♥　足、もちゅもちゅイグぅぅぅっ♥　っはぁっぇぇぇっ♥」

顎を跳ね上げ、秘裂と窄まりをヒクヒクと引き攣らせて絶頂を訴えた。

身体の中心で発生した幸福感は容易く身体を駆け巡り、ニブニブと飲み込まれる足の快楽を増幅させた。

所々に穴の開いたブーツが触手の侵入を許し、優菜のふくらはぎを直接舐り上げると、

「っへひっ♥　イグっ♥　いっぐっ♥　足なんかえイグぅうぅぅっ♥」

　はしたない戸惑い交じりの声を上げ、腰を上下に痙攣させた。

　その絶頂に浸る間もなく、優菜の全身を包み込まんと上へ上へと成長していくグラトニー。両腕を食む触手もその面積を広げ、肩口までを飲み込んで、魔力を、ではなく、肉体を食べられるという本能的な恐怖が喚起された。

「っや、やらっ♥　っやっ、っやらあぁあぁぁぁ♥　っほ、ホントに食べられうっ♥　っぐ、ぐらとにぃにぃっ、った、たべ、食べられるぅうぅぅっ♥　あ、イグっ♥」

　反射か、それとも矜持《きょうじ》によるものか。優菜の腰が暴れてグラトニーの行動を阻害した。

「あぁぁっひっ♥　っひっ♥　っひおぉおぉおっ♥　った、食べられるのやら、っやぁらぁぁぁ♥　あ、あおおっ♥」

　快楽に脳を煮やされながらも、口からは色に濡れた声を吐き出しながらも、最後の抵抗をせんと身体を暴れさせた。

　そしてそれを制するように、子宮に押し付けられた触手が、
　ズチュゥウウゥウゥっ！

「あおっ♥　おおおぉっ♥　ふんぉおおぉ～～～ッッ♥♥♥」

　魔力を吸い立てて全身の自由を奪い取った。

　蕩けさせられた子宮が、すっかり覚えてしまった悪魔の快楽に屈服して喜びに煮立つ。

「イイッグっ♥　イグっ♥　イグっ♥　いっぐっ♥　おおっ、っほおぉおぉんっ♥　オマンコイグっ♥　アグメさせられゆうぅぅっ♥　っも、っもぉ奥イジメるのっ、魔力吸うのや

らぁぁっ♥♥　っへっひぃぃぃぃんっ♥♥　あ、ああぁ、まらイグっ♥　イってるのにイグっ♥♥　まら気持ちよくされゆっ♥　ううぅぅぅんんっっっ♥♥」

突き出したお尻を上下に振り乱し、慎ましい胸からは母乳を垂らし、舌を伸ばして濃厚な涎を肉の床にボタボタと垂らしながら、はしたない言葉で絶頂を叫ぶその姿は、彼女の勝利の目がない事が誰にも明らかな有様だった。

見世物と化した戦士。その跳ね続ける腰に優しく手を当てたアパタイトが、慈愛にも似た表情を向けながら口を開いた。

「あぁはぁ……♥　これから、女に生まれてよかったって事を、沢山教えてあげるから……後悔するほどにね♥　くふ、くふふふふふふふっ」

嬉しそうなその酷薄な言葉が、優菜の耳には届いていても意味を理解はさせなかった。

「つも、っもぉ無理ひっ♥　おっ、おうっ♥　おおっほっ♥　オマンコ、オマンコ無理ひぃぃぃいっ♥♥　魔力、まりょくっ、食べちゃあぁっ、イグっ♥　おぐっ、いぐっ、いいっぐうぅぅぅうぅっ♥　死ぬ、死んらうぅっ♥　っはおおぉぉおっ♥　おおっへぇぇぇぇっ♥」

化け物は捻りを加え、うねる腰に追いすがり、子宮へのピストンを執拗に続ける。

少女は、膣を突かれる快楽と、魔力を食べられる快楽によって絶頂から降りてこられずに、淫らで惨めなセリフを叫び続けていた。

グラトニーの変異は止まらずに。

ぐちゅっ、ぬぐちゅっ、ぶちゅるっ、ぐちゅうぅっ。

腟を飲み込んでいたものがその面積を広げ腿を包み、お腹に伸び、肋骨までを飲み込んで。

「あおっ♥　おおぉっ♥　っわ、わらひっ、わらひぃぃっ♥　食べられるっ、食べられうぅうっ!?♥♥　っへっひぃいいぃいっ♥♥　ぐらとにーに食べられはうぅぅうっ♥♥　んおぉっイグっ、イグのぉぉっ♥　こ、こんらのでイグっ♥　んっひぃいぃいっぃっ♥♥」

身体を覆う触手の感触は、膣を襲う肉の塊と寸分も違わずに優菜の全身を蕩かしていく。

肉は最早首元までを覆い、股間の谷間、そして顔だけがインへリート本来の形と色を保つのみだった。

「イグっ♥　全部にゅちにゅちイグっ♥　んおぉおぉっ♥♥　っへひっ♥　っぜ、全部オマンコぉぉおっ♥♥　あらひっ、身体オマンコになうぅぅうっ♥♥　んっひぃぃっ♥♥

お臍でもイぐっ♥　んひっ♥　んひひひっ♥♥」

子宮からだけでなく、全身を包み込む肉の音が、脇腹を、お臍を、腋を、指を、うなじを、背骨を、膝の裏を、手の指を、鎖骨を。

全身から注がれる捕食される地獄の悦びが、優菜の顔に狂喜の笑みを溢れさせ、正気を欠片も残さず吹き飛ばした。

「……あぁはぁ♥」

それを満足そうに眺めたアパタイトが指をパチリと鳴らす。

ずぶっ、じぶっ、ずぶぶっ、じゅぶぅっ……。

石畳を覆っていたはずの肉の地面に、インへリートの足が沈み、飲み込まれていく。

「……あっ、あおっ？♥　……った、食べられひゃっ……♥　……おおっほっ、……っほおぉぉんっ♥　んうおおぉぉぉんっ♥　……あ、あぁぁあ、ぐらとにぃに食べられっ……、……っへォオォおぉぉイグうぅうぅっ……♥♥」

喜びの極致に飛び続けている優菜は恥ずかしい格好のまま喘ぎ散らすのみで、自分が何をされているのかすら理解の外だろう。

「……のおおっほっ♥　……おおっほおぉぉんっ♥　……きもちひっ……♥　……きぼちいひぃいぃいっ♥　あぁぁあぁ♥　……んっあぁぁぁ♥　たしゅ、……たしゅけっっへぇえぇえっ……♥♥」

皆を守る。そんな決意を持っていた少女から出てはいけない言葉を吐き出して。

ずぶっ、ずぶぶっ、じゅぶぅぅつぅ……。

インヘリートは、そのものがかせた指先すらも地面に飲み込まれて。

「……あぁっつはぁぁあぁぁぁ……♥　つやっと、やっとこの時が来たのねぇ♥　……たっぷりと可愛がってあげるわぁ♥　インヘリートぉ……♥」

そして残ったのは、怯えた表情を浮かべた通行人たちと、邪悪な笑みを張り付けた化け物だけだった。

○

「さて……と……」

インヘリートが飲み込まれた地面に背を向けて、アパタイトが周囲に視線をやると、身動きの取れない聴衆からは「ヒっ」と小さな悲鳴が漏れた。

「そうねぇ、あの子にはやる事があるし、……おやつでも見繕っていこうかしら」

アパタイトは腕を組んで値踏みするような視線で聴衆を眺め、魔力の多い「食いでのある」人間を選別していく。

その視線を受けた人間の反応はそれぞれで、へたり込む者、失禁してしまう者、悲鳴を上げる者など、異なる反応を示し、化け物の嗜虐欲を殊更に煽り立てた。

「うーん、数が多いのはいいんだけどぉ、おやつとしてはロクなのがいないわねぇ……」

嗜虐欲を掻き立てはしたが、アパタイトが感じ取る魔力の量はやはり「人並み」で、食料としては今一つだと判断せざるを得ないようだった。

「インヘリートの後だからかしら……？　私も贅沢になっちゃったわぁ……♥」

まぁ仕方ない。そう言葉を結び指を鳴らすと同時、聴衆の足元がその柔らかさを増して、インヘリートにそうしたように、次々に飲み込んでいった。

じゅぶっ、にゅぶぶっ、じゅぶうぅぅっ……。

「あっ!?　いやっ、いやっ！　っやだあぁぁぁっ！！」

「うわっ!?　あ、あああぁぁっ！　助けてっ！　助けてえぇぇぇっっ！！」

「ううっ！　っひぐっ、っひっぐっ……！　あ、あぁぁぁ！！」

それぞれがそれぞれの絶望の声を上げ、成すすべなく肉に飲み込まれていく。

「……んふっ、んふはぁぁっ♥　あぁぁっはぁぁぁぁ……♥」

その光景を、邪悪な眼差しと恍惚とを織り交ぜた顔を張り付けて眺めるアパタイト。

と。

アパタイトの側方から、ドサリ、と何かが落ちる音が響いた。

「……んー……？」

気まぐれに振り返ったそこには、

「あっ……あぁぁ……、……っゆ、……ゆう、な……がっ……お化けに食べられ……！」

日に焼けた褐色の顔を青ざめさせた、胸の大きな少女が立ち尽くしていた。

足を震わせふるふると全身を細かく震わせて、犯され尽くす戦士に信じられないとでも言うような視線をぶつけて。

鏑木優菜の親友である少女に、アパタイトがしばらく視線をぶつけたかと思うと、

「……、……ぁはぁぁっ……♥」

面白い事を思いついた。そう言わんばかりに口が邪悪な半月を描く。

その指を鳴らし、その褐色の肌に触手を巻き付けた。

第五話　杖の使徒

「……………んっ、んうぅぅぅ……」

真っ暗な意識の中、優菜が最初に感じたのは尋常じゃない程の蒸し暑さだった。

真夏にびしょびしょに濡れた布団をかけて眠ったかの如き不快感が、定かでない意識の戦士の眉間に影を作り上げる。

それが呼び水となったように、意識が少しずつ正常な回転を始め、瞼をピクリと動かさせる。頼りなかった意識の糸が本来の太さを取り戻し、上下の感覚が正常に働き始め、覚醒した意識を後押しするかのように全身に流れる血流がその量を増した。

（アタシ、あれ、何をして……、駅前で、グラトニーと……戦って、それで……、っ！！）

自分がグラトニーに、その変異体に敗北した事を思い出し、ガバリと顔を上げ、身構えようと身体に力を籠める。

ぐいっ！　ガクンッ！

「あぐっ、痛ぁっ!?」

動かそうとした腕が上方に引っ張られて肩が悲鳴を上げた。

慌てて見上げると、そこには、

「っひっ!?」

低い天井に固定された自分の腕と、そして天井全てを埋め尽くす、肉の色があった。

「あ、あぁぁ……っそ、そんっ、な……！」

見回した優菜の瞳に映ったのは、天井に張り付いていた肉が壁にも地面にも、空間全てを埋め尽くす地獄の光景だった。

「……っあ、うぁぁぁ……!?」

短く声を上げ、身体を震わせれば身を縛める触手がブチュリと鳴って、上げられた両腕を伝うドロドロの粘液が腋に流れ込んで耐えようもない不快感を感じさせた。

３６０度の視界を埋め尽くす赤黒い肉の壁と床。内臓の色をした壁面と床と天井は、内臓がそうであるようにドクンドクンと拍動を打ち、あちらこちらに浮き上がる腫瘍めいた隆起が収縮を繰り返す度に、それに走った太い血管がうねめいていた。

地面にはそこかしこに白濁の水たまりが作られ、蠢く触手がそれをビチャビチャと鳴らして撹拌する。

「……アタシ、グラトニーに食べられっ、た、のっ……!?」

その懸念を肯定するかのように、眼前の光景は宛《さなが》ら巨大な生物の胃にいるかのよう。強烈な蒸し暑さと不快な匂いが充満する空間。いるだけで正気が目減りしていくような、そんな場所だった。蒸し暑さが身体を炙り、気温でできた蒸気の雫か、自分の肌から出た汗なのかがわからなくなる。

「んぶっ……っこ、この、匂、ぃ……！」

グラトニー特有の、甘臭い匂いが充満し、呼吸の度に優菜の鼻腔を擽った。

「んぐっ……っふっ、っふっ……む、ぐぅぅ……！」

慌てて呼吸を止めながら、その状況に絶望を感じてしまう。

考えたくない事だったが、視界いっぱいに広がる光景がその証明を突きつける。

（っこ、これっ、全部グラトニー……なんてっ、あぁぁぁ……）

「っぐっ、っぐぅっ！　っこ、このっ……！」

逃げ出すために身体に渾身の力を籠めてもガッチリと縛められた両腕は小動もせずに、インヘリートに万歳の形を強制させていた。身じろぎする身体が、拘束されていない足をもどかしく動かさせ、地面を幾度も踏ませてブチャブチャと音を立てさせた。

「……っだ、だめっ……、動けないっ……！」

肩が外れんばかりに力を籠めても、腕を拘束する触手は動かずに焦燥を更に煽り立てた。

ムワリと音を立てそうな程に充満する媚毒が、呼吸の度に身体に取り入れられ、優菜の全身に熱を貯めさせて、身体を内部から侵食していく。

（つぐ、っぐぅぅ……魔力が、足りなくて中和しきれない……！）

状況を把握すればするほどに積み上げられる悪材料に、流れる汗のその量を増させた。

（エスペランサーさえあれば、……だけど……今の状況じゃ……）

頼みの綱のエスペランサーは光を失って地面に無造作に転がっていた。彼我の距離は五メートルはあるだろう。腕を縛められている現状では決して届かない距離だった。

すると。

ぶちゅっ、ぶちゅっ、ぐちゅっ。

一定のリズムで不快な音が優菜の背後から鳴り、そちらに首を巡らせる。

「……あぁはぁ♥　ご機嫌はいかが、かしらぁ？」

アパタイト、グラトニーの変異体が、やはり奇態な笑みを浮かべて佇んでいた。

「つぐっ……っ！　アパタイト……！！」

その邪悪な笑顔に、気絶する前の行いが思い返され絶望と羞恥、そして快楽の記憶が呼び起こされて身が竦んだ。

「っは、放しなさいっ……！　っこんなことしたって無駄なんだから……！」

気を抜けばいやらしい声を漏らそうとする肺の腑に力を籠めて、蕩けそうになる眦を上げて睨みつける。

「無駄かどうかは、これからわかる事じゃない。焦っちゃイヤよぉ♥」

「……っぐっ！」

精いっぱいの虚勢を、しかし見透かして柳のように受け流すアパタイトが、値踏みするような視線を投げかける。

「………っみ、見ないで……！」

獲物を前にした蛇を思わせる視線に身じろぎして、精いっぱいの虚勢を張った。

「あらぁ、とても素敵よ、インヘリートぉ……♥」

「つぐっ！」

その表情に、気絶する前の記憶が蘇り、屈辱と、そして伴う羞恥が精神を圧迫した。

「……っっ！　っこ、こんなっ……なんでこんな事っ……！」

スズメの涙程度であっても、魔力を回復する時間を稼ぐために、会話を持ちかけた。

「食欲」

アパタイトは抑揚の欠如した声で、短くそう答え、感情の欠落した顔が優菜を射貫いた。

「私たちの行動原理は、いつの時代でも、どんな国でも、どんな状況でも、たった一つ。それだけよ」

「……っぐっ……、ううぅっ……！」

時間稼ぎのための会話で得た情報は、彼女が決してわかり合えない存在であるという事だった。

「……っぐっ、……あそこにいた人たちはっ⁉　あそこにいた人たちはどうしたのっ⁉」

自分が敗北し飲み込まれる直前の駅前広場。数十人は下らない人数がいたはずだと。

「あぁはぁ♥　見逃す訳なんてないじゃない♥」

奇態な笑いを漏らして言うと、指をパチンと鳴らした。

ず、ずずずっ……。

その合図によって、アパタイトの足元の肉が盛り上がって裂け、その内部から、かろうじてスカートを巻いただけの女性のお尻が吐き出された。

「あっ、あぁぁ……⁉」

大きくまくり上げられた優菜と同じ学園の指定スカートは白濁でその色を変え、隠すものなど何もない陰唇をヒクヒクと震わせて、白濁を滴らせる。

そのお尻に視線を注ぎながらアパタイトが口を開いた。

「……もう少し熟成させないと、おやつにもならないんだけど……」

物としか見ていないような、その行いを直視していられずに、

「……っくっ、な、なんて、事をっ……！！」

目を逸らし、怒りに滾《たぎ》った声を喉の奥から吐き散らす。吐き気を催しそうな程の怒りが、義憤が、優菜が持つ正義の心に闘志を燃やさせた。

「なんて事ないわよぉ♥　７０億もいるんだからぁ♥」

優菜の怒りを、その眼差しと気迫を柳のように受け流し、笑みを浮かべて化け物は答えた。

「……っぐうぅぅぅぅっぅ……！　許さない……！」

歯噛みして睨みつけながら、もう一つの頭で冷静に、その思いを果たすための算段を付けていく。

アパタイトの足元に転がる杖、エスペランサー。あれにさえ触れられれば、あの英知の錫杖に身体の一部でも触れられれば、勝機がない訳ではないのだ。

（チャンスを……タイミングを待って……、なんとかエスペランサーを掴めれば……！）

であれば、今為すべき事は悲嘆に暮れる事ではなく、チャンスを窺い、目の前の化け物を倒し、ここから捕らえられた人間を助け出す、そのために気をしっかりと持つ事だ。

そんな決意を固め直した優菜のもとへ、ぶちゅぶちゅと肉の床で音を鳴らしながらアパタイトが近づいて視線を真っすぐに絡め合わせた。

「ああ、そうそう。茉莉ちゃん、だっけぇ？」

その言葉に。

「……っっ！！」

ドクンと、心臓が張り裂けんばかりに拍を打った。

「……なん、って……その、名前を……!?」

思考が完全にストップしてしまう。

それは。その名前は。

今一番出てはいけない相手から出た言葉だった。

「……駅前にいたみたいでねぇ、一緒に連れて来ちゃった。まぁ？　どのみち探しに行くつもりだったんだけど……」

アパタイトは奇態な笑い声を上げ、覗き込むように腰を曲げ、カタカタと震える優菜の視線を笑顔で受け止めていた。

「…………………うっ……！」

親友の存在が。優菜にとって何より大切な存在が。頭に血を上らせて、冷静な思考を吹き飛ばした。

「……ううっ、あああぁあぁぁあぁっ！！」

チャンスが来るまで温存するはずの体力を、優菜の胸から湧き上がる義憤が使用させる。

吊り下げられた両腕をむしろ支点にして、引っ張り上げた身体の反動を利用して足を振り上げた。なけなしの魔力の補助を受けたその爪先は残像だけをその場に残し、爪先についてきた白濁を撒き散らしてアパタイトの側頭部に吸い込まれる。

「つぎっ!?」

爪先に感じる肉と骨の感触。確かな手応えを感じそのまま振り抜こうと更に力を籠めた。と。次の瞬間に。

「……あっ⁉」

ドロォ……ぐちゅるっ、ずぶっ、ズブズブズブっ……！

優菜の足の先、目の前の女の体表が、その全てが内臓の色へと変わりドロリと蕩けて女の形を失い、爪先が飲み込まれていく。

「なっ⁉　なっ……うぁあぁっ⁉」

その蕩けた肉は優菜の足を飲み込んだままに固まって、一本の柱と変じて固定された。

「あっ、あぁぁっ……う、嘘っ……⁉」

優菜の脚が固定され、右脚を高く掲げたY字バランスが形作られた。

驚愕の表情を顔面に貼り付けた優菜の後ろ、壁しかなかったはずの場所から声が聞こえた。

「……酷いじゃない。いきなり蹴るだなんて」

「ッッ⁉」

自由にならない身体、その首を巡らせて視界に入ったそれは、

「……まぁ痛みは感じないんだけどね」

無傷すぎるアパタイトそのものだった。

杖で切り伏せた時と同様に、モデルが見得を切るように妖艶に足先を一直線に揃え、組んだ腕で豊満すぎる乳房を押し上げて、その顔には余裕の笑みが張り付けられていた。

「……ひっ⁉　っあ、いやっ……いやだっ……！」

攻撃が多少なりとも通じていない事に、状況のどうしようもなさに、インヘリートの顔から血の気が引いていく。後ろに立つ化け物。その顔にも身体にも、傷一つ見当たらない。最初からそこにいたかのように、正常な状態を保っていた。

「まぁでも、脚を上げてもらう手間が省けたわ」

無傷の化け物は固定された脚の間、処女を失った性器に無遠慮な視線を注ぎ、ニタリと音がしそうな程に笑みを浮かべて、

「……ここをたぁっぷりかわいがってあげるぅ♥」

「……あっ、うあっ……あ、あぁぁぁ……！」

笑いながら股間を覗き込むアパタイトに、堪らず優菜から嗚咽が漏れた。

アパタイトが出来の悪いカラクリ人形のように首だけを傾けて告げる。

「……私たちはね、進化しかできないの。適応じゃなくて」

それはまるで、健康な身体を蝕む菌を思わせる言質だった。

「人間がいなくなるぅっ？　食べ物がなくなるぅっ？　知った事じゃないわよそんな事っ！　今ッ！　この私たちのっ！　食欲に比べればぁぁっ！！」

語気が荒らげられる度に壁や地面に生えた女の尻に対する触手のピストンが強め、秘部を刺し貫いて痙攣を演じさせ、そして。

どぶっ、どぼぶっ、ぶびゅるっ、ぼびゅうぅぅっ！

行き止まりまでを到達した触手が汚らしい水音を立てて内部の液体を注ぎ、入りきらな

い分を溢れさせて地面に白濁を足した。

「……っぐっ……っひ、酷いっ……！」

優菜はその、恐怖か、絶望か、それとも快楽のいずれかに震えるお尻から目を逸らした。

助けられない悔しさが戦士の心と優菜自身の優しい心に傷を与えていく。

アパタイトはそんな優菜の意思も、お尻だけを出した人間にも興味を向けずに、ゆらりと首を巡らせて幽鬼のようにインヘリートと視線を絡ませた。

「さぁ、私の生まれた意味を、果たさせてもらうわねぇ……インヘリートぉ……♥」

その全てが、敗北した少女に向けられた。

「……っひぃぃぃっ……!?」

本能的な恐怖が、今身体を蝕む発情を上回り引き攣った声を上げさせた。

骨の髄まで理解した。目の前の女は、人間の言葉を聞き取り人間の言葉を喋るだけで、理解し合える事などできない程に異質の生物なのだと。

ぶちゅっ、ぐちゅるっ、ぶちゅるるるっ……！

「ああっぐっ!?　っひっ、いやっ、やだっ！　いやだっ！」

目の前で太く育った柱が、隆起し、熱を放つ肉の壁が、優菜に迫って押し付けられた。

肉の柱に両手両足で抱き着くような格好に縛められた優菜はなんとか逃げ出そうと身体を暴れさせるが、柔らかいくせに強靭なグラトニーの触手が身動きを封じてそれを阻んだ。

べちゃりっ、ぶちゅるっ、ぐちゅるっ！

「んにひぃぃっ!?♥♥　あ、ああおおぉおぉっ♥」

抱き着かされた腰が幹に押し付けられて、一瞬で性の炎が燃え上がって野太い声を吐き出させた。

自分の身体が、この肉にどんな幸福感を与えられたのかを覚えているかのように、クパクパと開閉を繰り返してヒクつき、柱にネバついた液体を垂らしていく。

「うあぁぁ♥　あ、ああぁぁっはぁぁぁ♥　っこ、こんにゃっ、簡単にひぃっ……♥　っへっほぉぉぉ……かんじさせられひゃうっ、なんへっ♥　っへっ、っへおぉぉっ……♥」

滂沱の表情に発情の色をぶちまけた相を顔面で表す優菜のその視界を埋め尽くす柱にも、優菜を鳴かせるための変化が現れた。

むちゅっ、みちちちっ……っぐばぁぁぁ……！

「あ、あああおっ……？　っひぃぃぃぃ……!?」

肉の隆起の陰から溝が刻まれ、口を模した窪みがガバリと開かれ、中から分厚い舌と、熱い吐息が吐き出された。

「っあ、あああおっ？　おおぉおぉっ♥　っこ、これっ、これへぇぇっ？♥」

触手に刻まれた洞から覗く平たいそれ。ネロネロ、ベロベロと動く度に蜂蜜めいた粘度の液体を撒き散らし、何かを強請《ねだ》るようだった。

「んっあ、あっ、ううぁあぁぁっ……♥♥　うっはぁあぁぁ♥♥」

色まで見えて来そうなその匂いが鼻から吸い込まれ、脳までを打ち抜く。

「あっ、うあぁぁぁ……♥　っはぁぁぁぁ〜〜ッッ……♥　っら、らめっ♥　っこ、これ、っらめへぇぇっ♥　ううあぁぁぁっ♥」

目の前でネロネロとうねるその触手から目が離せない。

（あ、あああぁぁっ♥　っすごっ、すごぉおぉっ♥　っこ、こんなのでキスされたら♥　っべ、ベロチュー、されちゃったらぁぁっ、つま、また、アタシドロドロにされるっ、サレ、っちゃううぅぅ♥）

発情に煮えた頭が、この触手がもたらす行いはどれだけ気持ちいいのか、そんな想像を走らせる。ドキっ、ドキっ、と胸を打つ拍は、恐怖にだけではないだろう。

（あ、あぁぁこんな唇で、チュー、なんへぇっ♥　逃げられなくされてっ、っきっと、キスだけで何度もイかされてぇっ♥　っま、魔力も食べられちゃうっ、んだぁ……♥　あ、あぁぁ、そんなのっ、そんなのぉぉっ♥♥）

そんな絶望的で、同じ大きさの甘さを予感させる想像に背筋が震えてしまう。

廃ビルで味わわされた、人生で初めての性的絶頂。その予感に、腰が疼き、吐息が熱く、荒く変じ、眉根がキツく寄せられた。

「ああっぐっ♥　っぐっふううぅっ♥　ッッふ――っ、っふ――っ♥♥」

（あ、あぁぁっ♥　だめっ、らめなのにひぃっ♥　嫌がらなきゃ、だめなのにぃぃぃっ♥　っど、ドキドキしちゃっ、あぁ……♥♥　なんで、なんでぇぇっ……♥）

媚薬粘液にお腹を疼かされ、今まさに体表にも塗り込められている身体。その身体の発情が、優菜の意識を淫らに傾けさせる。意思とは裏腹に屈服をしてしまったかのような身体。その事実が優菜の精神を混乱させ、思考を空転させていく。

にゅぶるっ、むにゅるっ、にゅじゅるるるっ……！

身体を縛める触手が縮んで、優菜の身体を引き寄せる。戦士の年相応な薄い乳房が、肉に押し付けられてムニュリと潰れた。目の前、３センチも離れていない箇所に突きつけられた化け物の口が、獲物を味わわんと蠢いた。

「あ、あぁぁ……っや、やらっ……！　い、いやっ、いやらぁぁ……！」

そんなか細い否定の声も誰にも届く事はなく、ベロベロと動く化け物の舌がからめとって飲み込んで。

ぐちゅっ、ぶちゅっ、……ぶちゅうぅぅぅぅっっ！

「いいや、やっ、んっむぉおぉぉぉっ!?」

唇と唇が、深く結合を迎えた。

ぶちゅっ、っはぶちゅっ、っむちゅるっ、ぶちゅうぅっ！

「っぷちゅっ、っはぶちゅっ♥　んっもっ♥　おおっもおぉっ♥　っほぉおぉんっ♥♥

ぶちゅるっ、ずじゅっ、じゅるるるっ♥」

ビクッ、ビクビクっ、ビクンっ！

覚えさせられた唇粘膜の快楽が脳を貫き、背筋を痙攣させる。大きな瞳と整った眉が緊張と弛緩を繰り返して、襲い来る快楽の波の大きさを表す。

ぶちゅるっ、べろべろっ、れるるっ、にゅろるっ、にゅるぅっ。

「んはぶっ♥　っはぁっぷぅっっ♥　んむちゅっ、ぶちゅぅっ♥　っはぶぁあぁっ♥　いいや、いや、っひあぁぁむぅぅぅっ♥　んんむぅぅぅっ♥♥」

はしたない水音に紛れて吐き出される自分の淫らな声。止めようとしてもこすれ合う舌の感触が、無理やりに「女」の声を引っ張り上げて、優菜を恥ずかしい女の子にしていく。

「んっまうっ♥　っはおっ♥　おっ♥　んちゅっ♥　んぶちゅるっ♥　っはべぇぇっ♥　っへぇぇっ♥　んむっ、んんぅぅっつむぅぅっ♥　んぅむうぅぅぅんっ♥♥」

ビクっ、ビクっ、ビクビクっ！

目を裏返らせて、吸い付かれるままに唇を伸ばす戦士。その頬はどちらのものかわからない液体に濡れ、淫らがましい光沢を放つ。

快楽の大きさに全身が暴れ、腰がうねって撒き散らされた愛液が触手を汚していく。

それが合図だったかのように優菜由来の光沢に汚れた触手が鎌首をもたげ、そうする事が当然とでも言うように、ヒクヒクと震える戦士の秘肉を割り開いて侵入した。

ちゅくっ、にゅぶぶぶっ……！　じゅぶっ、にゅっぶっ、じゅぶぶっ
「んおぶっ♥!?　っはぶっ♥　んっむっ♥　んっむぉぉぉおぉおっ♥♥」

（つぐ、グラトニーがっ、入っ、入ってきらっ♥　あ、あぁぁっ♥）

高く発達したエラが膣のヒダをひっかき、ゾリっ、ゾリっ、っと体内で音がする度に、膣から脳までを打ち抜く幸福感が注がれる。

「んぶちゅっ♥　んおむっ♥　っほぉぉっ♥　っほひっ♥　んむぅぇぇぁあぁっ♥　それらべっ♥　らっべっ♥　オマンコ、もっ、もぉっ♥　きもちいいのらべへぇっ♥　んぶちゅっ♥　っはっぶっ♥　んぅっふうぅぅんんっ♥♥」

開発され、覚え、定着させられたその場所を重点的に擦られると、

「んぶちゅっ♥　っはぁっぶっ♥　っじゅるるるっ♥　んぶりゅっ♥　んぶちゅぅっ♥

んっもっ♥　っほぉぉっ♥　おぉぉっぅっもおぉぉうぅぅっ♥♥♥」

自分の中心から発生する幸福感が背骨を伝い、肺を震わせて、つむじまでを貫いて。全身を痙攣させた。

縋り付くように、縮まろうとした足が結合を深め、膨らんだ乳房を歪ませ、キスをより深いものへと変えて、絶頂をより重たく長い物へと変えてしまう。

「っへおっ♥　おっ♥　おおっむっ♥　んちゅぅう♥　んちゅぶっ♥　ぶちゅっ♥　つぶえぇはあぁぁ♥　イグっ♥　イイッグっ♥　オマンコ、マンコいっっで、っへえぇぇっ♥　つぶつき、気持ちいい、気持ちいいよおぉぉっ♥　んおむっ♥　ッホオォォむっ♥　んむふぅぅうんっ♥♥　っぶちゅるっ♥」

絶頂を叫んだ口から垂れた涎が肉と自分の間に垂れていやらしい水音を鳴らす。

いやらしい言葉を吐き出すその口に、肉の柱は再び口を差し向けて塞ぎ、喘ぎ声も吐息も自分のモノだと教育するかのように口内を蹂躙した。

「んちゅっ♥　っはぶちゅっ♥　じゅるるるっ♥　じゅずっ、じゅるるるっ♥　んぶちゅっ、ちゅぶっ♥　ぶちゅうぅっ♥♥」

（あ、ああぁぁ、イキながら、おっ、オマンコされながらキスされたらぁっ♥　頭おかひくなるっ♥　気持ちいいのもっと深くなるぅっ♥　らめっ、らめぇへえぇっ♥）

勝手に動く舌が粘膜の接合を深めて、煮えようとしている優菜の頭の温度を更に上昇させ、拒否しなければならない幸福感に溺れさせる。

「んっちゅっ♥　っぶちゅっるっ♥　じゅるるるっ♥　んむうぅぅっ♥　んっちゅっ♥

ぶちゅぅつ、っっぶっちゅっ♥　ちゅぶぶっ♥　んもぉぁあぁぁ♥♥」

四つん這いの形で柱に抱き着かされたまま、膣を貫かれ、キスを強要される戦士の顔は蕩けきり、恋人にしか、いや、恋人にこそ見せてはいけない程のいやらしさを放っていた。

（あ、あぁぁぁっ♥　らめっ、らめっ、なのにひぃぃっ……♥　キス、キスっ、気持ちよすぎてへぇぇ♥　あ、あっ♥　歯茎まで舐められてへぇぇ♥　オクチも、オマンコもぉっ♥　全部幸せにされちゃってるよぉぉぉぉ……♥　あ、あぁぁおかしくなっ、なうぅぅっ♥♥）

処女を失って幾らも経っていない肉にもかかわらず、化け物のそれはどこまでも心地よく、幸福感しか伝えない。

（エラ、エラがっ、全部、いいとこ全部擦るっ♥　っへおぉっ♥　おおっ？　っそ、そこらべっらべへぇぇっ♥　っし、舌動いちゃうかりゃぁぁあっっ♥　っはおぉぉぉっ♥♥）

知識ですら知らないGスポットと呼ばれる箇所に幹を擦られる度に、女の子がしてはいけない腰の動きを演じてしまう。

「んぶちゅっ♥　ぶちゅるっ♥　んっ、んっぐっ♥　べろべろっ♥　れるちゅっ♥　っはぶちゅっっ♥　っぶちゅるうぅっ♥♥」

（っはおっ♥　あおぉっ♥♥　っまたわけわかんなくされちゃうっ♥　っそ、そこされるとっ♥　なんもわかんなくなるうぅぅっ♥♥）

腰から湧き上がる幸福感が、舌をうねめかせ。舌をうねめかせる恥ずかしさが、腰をうねらせる。音叉が響き合うように連動する肉体的反射が、自らを追い込んでいった。

「んむちゅっ、っはぁっぶっ♥　んぶちゅっ♥　んおっ♥　おっ♥　おおっほぉっ♥　んっむうぅぅぅんっ♥♥」

（あ、あおおぉっ♥　おおっひっ♥　っひぃいぃんっ♥　ベロチューも腰もっ、勝手にしちゃ、しちゃううぅぅ♥♥　っと止めなきゃだめなのにっ♥　あおっ♥　おおっほっ♥　っど、どっちも気持ちよすぎてっ、っへおぉぉっ♥♥）

ゾリゾリ、ヌルヌルと膣が擦られる度に。びちゃびちゃ、ぶちゅぶちゅと口で鳴る度に。

廃ビルで覚えさせられ、駅前の広場で定着させられた快楽の味が炸裂して、廃ビルで仕込まれた舌の動きを披露してしまう。

「んれるっ♥　っへぶっ♥　んぶちゅるっ♥　っべろっ♥　っれろっっ♥　っべるっ♥　んっへぶっ♥　んむぁあぁぁっ♥♥」

（あ、ああぁぁっ♥　え、エッチに舌、動かしちゃってるっ、っよおぉおっぉっ♥　あぁっはぁあぁぁ♥♥　っだ、だめ、だめっ、なのにひぃぃっ♥　オマンコもキスもぉっ♥　っき、気持ちよすぎっ、っるうぅぅうっ♥　あぁおおぉおぉっ♥♥）

上下から襲い掛かる種類の違う快楽が精神を追い詰める。

「ああっぶっ♥　っぶちゅっ♥　っはべぁっ♥　っべぇっはあぁぁぁ♥　んあっ♥　あおっ♥　おおぉおぉっ♥♥」

背筋を限界まで弓なりに反らし、勢いよく逃げ出した唇が涎のアーチを形作る。

「っと、溶けるっ♥　お腹っ、ああおおっ♥　とけひゃうっ♥　ううぅっ♥　っも、っもおっ♥　おにゃかっ、イグっ♥　いいっぐっ♥　っひぐうぅぅっ♥♥　おおぉっへぇぇっ♥♥」

　腰を上下に振りたてるその股間に、触手のピストンは止まらない。

「おおぅ!?♥　おおっほおぉっ♥　おっ♥　っへおぉおっ♥　お、おおっ、オマンコぉっ♥　おお、オマンコイグぅぅっ♥♥　オマンコの奥っ、押しちゃはっ、らっべへぇえぇっ♥♥　っへぇっひいぃいぃっ♥♥」

　子宮を人質に取られ、戦士の口から放たれる卑猥な咆哮《ほうこう》が空気を震わせた。

「イグッ、っひいっぐっ♥　オマンコっ、オマンコ奥っ♥　おおぉっ♥　赤ちゃんの所ぉほぉっ♥　っひ、っひいっぐっ♥　いいっ、イっ、イキ続けへぇぇっ♥♥　っと、止まらないよほおぉぉっ♥　んぅおおおぉっ♥♥」

　駅前広場で強要された時のように、首を仰け反らせ、目を裏返らせ、舌を伸ばし、お腹を痙攣させ、腰を上下に振りたてながら。

「おうっ♥　おおうっ♥　っほぉおううんっ♥♥　あ、オマンコっ♥　おおっ♥　オマンコ、イグっ♥　連続でイグっ♥　っひっ、ぐひっ♥　んぅっひぃいぃっ♥♥」

　赤子を生し、魔力を生み出す器官から訪れる絶頂感に飛ばされ続ける。

「っぐっひっ♥　いぐっ♥　イグっ♥　んひぃいっ♥　おおぉう♥　子宮、子宮グリグリらべっ♥　っそ、それらべっ♥　っへおおぉっ♥♥　あ、あああぁ、アグメひちゃぅ、からぁぁぁっ♥　あおおぉっ♥♥」

　そして、絶頂すればするほど魔力を吐き出すその根源から、
ずちゅうぅぅっ！　ちゅばっ、ちゅっぶっ、ぢゅぅううぅっ！

「にひぃいぃいぃいっ⁉♥♥　んおっ♥　おおっごおぉおぉおぉっ♥♥　狂う、狂うっ、うぅうぅうっ♥　あぁあぁおおおぉおぉおっ♥♥」

魔力をきつく吸い立てられる。口でも腋でも胸でも飛ばされた行いが、最大の急所に行われるともう堪らなかった。

「イグっ♥　いいいぐっ♥　あおっ♥　おおぉっ♥　オマンコイグっ♥　いいっぐっ♥　っひぐうぅうぅうっ♥　っぐおっ♥　おっ♥　お〜〜ッッ♥♥　あおおぉおんっ♥♥」

人間が感じられる快楽の、その極点を、最大の泣き所で感じ続ける。意識のスイッチがオンオフを高速で繰り返し、目の前は真っ白に染まりきったままに肉の色をすら映さない。

「……あっ、っがっ♥　……っへっひっ♥　へひっ♥　……っひっ、っいぃいぃいぃ……♥」

抽挿と、それに付随する魔力の吸引が止まり、顎と一緒に身体ががっくりとうなだれた。

キスを押し付けていた洞は追いかける事もなく、また、股間をイジメていた触手はゆっくりと抜けて。

「っかひゅっ、っひゅーっ、っひゅっー……♥　……えほっ、っげふっ、……はひゅーっ、っっひゅーっ……♥」

激しすぎる絶頂の後に突如訪れた休息に、かすれた音を発しながら呼吸を食んだ。

すると。

抱きしめる格好だった肉の柱が中央から左右に裂け、優菜の身体を空中に磔にするように固定した。

ぐばぁあぁあぁあっ……！

至近距離にあった肉がなくなった事に、数秒を経って気付いた優菜が見たものは、

「……あぁはぁ♥」

舌なめずりをしたアパタイトだった。

「つぜひゅっ……っひゅーっ……っこほっ、……えほっ……！　……おっ♥　、おおぉぉぅ……♥　んっほぉぉぉ……♥」

「すごく美味しかったわよぉ、インヘリートぉ♥」

恍惚とした、艶の籠もった顔と声でそう告げると、化け物の唇が優菜の唇に重ねられた。

「んちゅっ♥　ぶちゅっ♥　るちゅうぅっ♥　んむっ♥　っはぁぶっ♥　むちゅっぅっ♥」

「んおむっ♥　っむぅぉおっ♥　んうっ♥　んっ♥　んっ♥　んぅううふぅぅぅんっ♥♥」

（あ、ああぁあっ♥　またキスっ、きしゅぅっ♥　ああぁッ、さっきよりも甘いっ、っひいぃんっ……♥　っほおぉおっ♥♥）

「んちゅっ、っちゅうっ、っはぶっ……♥　……っはぁあぁぁぁ……♥」

優しく離れた互いの舌に、粘っこい橋が架かって千切れた。

「どーお？　気持ちいい、かしらぁ？」

「いっ♥　んひっ♥　っひっ♥　っき、気持ちいいっ、よおぉっ♥　おおぉっほぉっ♥♥」

まともに思考を紡げない頭が、素直な感情をそのまま応えさせた。

「貴女が望むなら、ずっとしてあげてもいいのだけれど……」

突かれ続ける膣の奥、子宮の辺りを撫でながら、毒を囁《ささや》いた。

「あ、あぁっ♥　っそ、それっ、っそんなのっ、っそれへぇぇ……♥　ああぁっはぁぁ♥」

（っこ、これ、ずっと、されちゃう、のぉっ？♥♥　おっ、おおぉっ♥　一生、これ、アクメっ♥　させられ、続けっ、っへおおぉぉっ……♥）

アパタイトの囁いた毒が、その想像が止められない。

この気持ちよさをずっと味わってしまう。そんな甘美な毒が、驚くほどに容易く脳に浸透していく。

が。

「ッッッ！！　……んおっ♥　おっ♥　わらひっ、わらひっはぁぁ♥　っみ、みんにゃを、たしゅけるっ、んぅうぅっぅ♥♥」

自分のそんな想像すらも振り払うように首を振り、隠しきれない喘ぎと共に、自分の使命を吐きつけた。

「あらぁ？　ほんとにいらないのぉ？　……ここをぉ、沢山してあげるわよぉ？」

アパタイトの指が、どこまでも妖艶に、どこまでも優しく、どこまでも淫らに、優菜のお腹を撫でさすり、優菜の意識を子宮から離れる事を許さない。

「んに、ににぃいいっ⁉♥♥　おっ♥　んおっ♥　っそ、そこほっ、撫でない、っれぇぇっ♥　おおっ♥　オマンコもっと疼いちゃうぅっッ♥♥　っはぁぁっへぇぇぇっ♥」

乱れながら、狂いながらも、戦士としての防壁が、堕落を許さない。

「っどお？　イキたい？」

「いやっ♥　っやっはぁぁぁっ♥　っも、っもっ♥　イカせないっへぇぇぇ♥　おがひくっ、おがひくなるっ♥　なるっ♥　なっへるるぅうぅうぅっ♥♥　んおおぉおぉおっ♥　イグっ、イグっ♥　魔力漏らしちゃううぅうぅっ♥　んっおおおぉおぉんっ♥」

絶頂する度に、折れないはずの心がそのヒビを大きくしていく。

「いいっぐっ♥　イグっ♥　っひ――――っ♥　いっぐぅぅっ……♥　あっ♥　……っはぁぁっへぇぇぇ♥♥」

今までで一番大きな絶頂に嘶《いななき》き、その余韻を楽しませるかのように触手の動きがごく緩やかなものへと変わった。

「っはぁっへぇぇぇ♥　あ、あっ♥　イグのっ♥　っつ、続いちゃううぅうっ♥♥　あぁぁ、ずっとイき続けちゃうによぉおおっ……♥　おおぉっほぉ～～♥♥　はへぇっ♥　アグメ長っ、あおぉっ、長いぃいぃんっ♥♥」

自分の中の何かが目減りしていくのを確かに感じながら、それすらに悦びを感じ取り、連続する絶頂に意識を明滅させた。

すると。

「……ねぇ、インヘリートぉ……？」

お腹を撫でるアパタイトの指が、細い意識すらを子宮に向けさせて、激しい快楽の裏にゾクゾクとした妖しい電撃を走らせる。

「……あ、あぁあぁっ……っや、っや、やらぁぁっ……、っさ、さわらなひっ♥　っれよぉおっ……♥」

その言葉にも構わずに、絡み付くような情欲を灯した瞳を真っすぐに優菜に向けながら、指を妖しく躍らせる。

「杖なんか手放しちゃえばいいじゃない……？　すぐに楽にしてあげるわよぉ？」

それは、優菜にとって、継承した記憶たちにとって、どれほど侮辱的な事なのか。

命乞いをするに等しい行いを勧告されているに等しいのだ。

「っはっぐっ、っふっぐぅぅっ！！　っふ、ふじゃけっ、っへぇぇっ……♥　ふざけないっ、っれぇぇっ！　あ、あんたにゃっ、なんかぁっ……った、たおしてみせるんだからっ……あ、あっ、あぉぉっ♥」

快楽で蕩けきった瞳の奥に、杖の使徒としての、鏑木優菜としての意思を再び灯らせて、快楽に蕩けた甘い声音で言い返した。

「……ふーん」

「っみ、皆をっ、おっ♥　っま、茉莉をたしゅけるっ、っらからぁぁ……！」

未だ続く緩いピストンが幸福感を爆発させ続け、胨の腑をひっくり返させながら、自分の決意を言葉にして吐き出すその姿は、何より自分に言い聞かせているかのようだった。

「あらぁ？　どうやってぇ？」

さわさわとアパタイトの指が、嗜虐と余裕とを感じさせる手つきで優菜の腹部を撫でまわして挑発する。

「っぐっ、っぐふっっ、っふっぐうぅぅぅっ……！　っえ、ッエスペランサーっさえ、さえあればっ……あ、あぁっ……！」

触手が内部を占めているせいで膨らんだお腹を震わせて、自身の勝ち筋を言葉にして叩きつける。そんな反応すらも楽しくて仕方ないというように口角を上げた化け物が、

「あらそう？　じゃあ、仕方ないわね。また今度聞くわ」

そう薄く笑うと指をパチリと鳴らし、

「えっ？　あっ……うぁあぁっ……!?」

……ちゅくっ、ちゅぶ…………じゅぶぶっ、にゅぶっ！　じゅっぼぉぉっ！

「うっ、うあぁっはあぁ――っっ!?♥♥♥」

先ほどよりも激しい、膣内へのピストンが始まった。

何をされているのかすらも知覚ができないままに、自分の身体を苛む激感にはしたない言葉を叫ばせた。

「んにゃぁあぁっ……♥　っも、っもっ♥　いぎたく、なひっ♥　なひっ、のおぉっ♥　おおおっ!?♥　子宮舐めるのっ、やらっ♥　あぁぁぁ、魔力、ペロペロ舐めとるのっ、おおおっほぉっ♥　まらイグっ♥　イッグぅぅうっ♥♥」

強がる事もできない程に疲弊した精神は、容易く、そして大きく懇願を吐き出させた。

「いぎっ、イギたく、らひぃぃっ♥　っも、っもっ、イぐの、やらぁぁっ♥　あぁぁっ♥」

何回も味わった、何もかもを流し去る絶頂の予感を子宮が感じ取り、恐怖をそのまま舌に乗せて迸らせる。

その懇願をアパタイトは受け取ると、

「あらそぉ？　じゃぁ」

空中に磔にされたままに震えるなだらかなお腹、子宮の上を指で触れた。

そして下腹部を撫でるアパタイトの指が淡く光り、優菜のお腹で妖しく躍り、アパタイトの肌に似た薄紫を優菜のお腹、子宮の位置に書き加えていく。

その間もピストンは止まらずに、優菜のお腹を外側からわかるほどに隆起させて容赦なく絶頂へと押し上げた。

「イグっ、イッグウっ♥　っひ――――っ♥　んひっ♥　オマンコ壊れうっ♥　壊れうっ♥♥　グラトニーにオマンコズボズボされへっ♥　イッグぅうううぅぅぅっ♥♥」

ビクビクと痙攣を繰り返す優菜のお腹に、グラトニーの指がなおも走り、幾何学的な模様を刻んでいった。

「あおっ♥　おっ♥　来るっ♥　来ちゃうっ♥　おおっほおぉっ♥　オマンコまら、まらっぁあぁぁ♥　すっごいの来るっ♥　っ来るぅぅっ♥　っへっほぉおぉんっ♥♥」

何度も何度も味わって覚えさせられた、折り重なる絶頂の波が重なってしまうあの感覚が、「本イキ」と呼ばれるあの予感が、優菜の奥から湧いた。

「あぐっ♥　っはっぐっ♥　イグっ♥　イッグっ♥　っひ――――っ♥♥　おっきいのがっ、凄いのがはぁっ♥　き、っきいひぃっ、来ひゃ、ううぅっぅ♥　ああ、ああぁぁっ♥　助け、止めへっ、あれやら、やら、いやらのぉおぉっ♥　おおっほおぉおっ♥♥」

恐怖を叫んでも、むしろそれに触発されたかのように触手はそのピストンを速め、膣肉をエラでひっかいた。

アパタイトの指は妖しく躍り続け、毒々しいハートマークにも似た紋様が、その完成を間近にした。

「……ああっ、っごおぉおっ……♥♥　いッッ……いいっ……っぐッッッ……♥♥」

身体をギュウゥっと引き締め、本イキの、伴う魔力の解放に、しっかりと自分を保っていられるように身構えた。

次の瞬間。

フッ……。

「……ぁえっ……!?♥　……あぐっ、っはぐぅぅっ……!?♥♥　んうぅぅっふぅぅうぅんっ♥　なん、なんっ……っれっ……？」

来ると思っていた絶頂に伴う魔力の解放。それが来なかった。

沸騰する直前のお湯。発火点ギリギリの温度の火薬。

そんな状態に強制的に留め置かれ、破裂しようとしていた快楽が行き場を求めて脳までを駆け上がって、焦燥を燃え上がらせた。

「ああっぐっ♥　っぐひっ♥　っひぃいいっ♥　んうぅぅうぅんっ♥♥」

絶頂への階段の最後の段が突如として消えて失せ、足場を踏み外した腰がグネグネと揺らされた。

「……今、貴女の魔力はこのお腹の模様が全てせき止めているわ」

「っはっぐっ!?♥　っぐっひっ、にひぃいっ……!?♥♥　っそ、っそ、そっほぉっ♥　そんなのぉおっ……おっ、おおぉおっ……♥」

「つまり、どれだけ気持ちよくなっても、魔力の解放は行われないって事♥」

笑いながら言うその言葉の意味が、優菜の頭には遅れて伝わった。

「あっ、あぁぁっ……っそ、っそほっ♥　っそ、それっへっ……、っへっ、っへひっ♥　っそんな、そんな、そんなのぉぉっ……♥　おおっほっ、っほおぉぉんっ♥」

優菜が知っている絶頂。その全てはグラトニーの食事に伴う魔力の吸引がセットだった。グラトニーに覚えさせられた、普通の人間が味わうべきでない絶頂が、基準として刻みつけられてしまったそれが、今彼女を苛んでいた。

「……っま、魔力、……ふんっぐぅぅ……っはおっ♥　で、出ないっ♥　んおぉぉっ♥　お腹に溜まっへっ♥　っへっ♥　イ、イゲなっ、っへっおおぉおぉんっ♥♥」

解放されなかった魔力が、丹田を、子宮に滞留して内側から熱した。

「魔力、出したくないんでしょう？」

「……んっひっ♥　っひっ♥　っひーっ♥　っっだ、出したく、出したく、なひっ♥　っでも、でもこんにゃっ♥　ああっ、ううんあぁぁぁっっ♥♥」

インヘリートの懇願を、もっとも悪辣な形で叶えた化け物は、薄く笑いながら続けた。

「私だって辛いのよ？　貴女みたいな極上の獲物を前にして我慢だなんて……♥」

白々しい言葉を吐きつけながら、優菜の汗が付着した指を舐めとった。

解放され、発散されるはずの性の熱が、その場で滞留を始めた。あれほど拒んでいた魔力の解放が止められ、行き場を失った魔力が、お腹の中で暴れ回っていた。

「っひっ、ぐひっ♥　っひっ♥　っひぃぃっ♥」

歯がカチカチと鳴らされ、唾液を吹きこぼしながら、視線は自分のお腹、淡く光るまがまがしい入れ墨に向けられて。

「つぐうつふぅぅぅっ♥　っふぐっ♥　っぐっ♥　うんっぐうぅぅぅぅッッ……♥♥」

（つこ、こんなのっ♥　っつ、付けられへぇぇっ♥　あっ、お腹、すっごく熱くなってぇぇっ♥♥　っこ、腰、腰っ、跳ねるっ♥　え、エッチに動いちゃううううぅぅっ♥♥）

上下にビコンビコンと跳ねる腰の中心から、ムズがるように愛液がトピュトピュと放物線を描いて肉の幹にぶつけられて弾け、床に染み込んでいった。

「……あぁはぁ♥　なんて可愛いのかしらぁ……♥」

熱い吐息と酷薄な言葉を吐きながら、化け物の指が優菜の乳首を摘まみ引っ張り上げた。

「ッッ!?♥♥　っぐひっ、っひっ、ういひいぃぃっ!?♥♥」

（あ、あぁぁ、痛っ、痛くてへぇっ、あ、あ、イグっ♥　あぁぁぁっ、オッパイアクメへぇっ♥♥　さ、させられっ、っへおおぉぉおっっ♥♥）

鋭い痛みを同じ大きさの快楽に変換して、絶頂へと飛ぼうとした、瞬間に。

「イグッ、いぐっ……〜〜ッッ♥♥　……、っへぇぇっ……？♥　……っがっ、っはぁっ、……んっはあぁぁぁぁ〜〜……♥」

その解放は行われずに、同じ大きさの熱をお腹に逆流させた。

「ああひっ♥　っひぎっ♥　んっひいぃいいぃんっ♥♥　い、イケ、イゲなひっ……っひいいんっ♥　っはあぁぁぁっ♥　っこ、これキツ、きちゅいいぃいっ……んいいぃぃ♥」

イキ損ねた腰が絶頂を強請ってグネグネと踊り、アパタイトの目を楽しませた。

汗に塗れテラテラと光るお腹に、触手の影が浮き、お臍の下までを膨らませる度にお腹の紋が輝いて、魔力を吸い取っていく。

「っこ、っこれへっ♥　つ、辛いひいぃっ♥♥　きちゅ、きちゅいいひいぃぃっ♥♥　あぁ、あぁぁぁっ♥♥」

性知識の薄かった優菜が強制的に覚え込まされた絶頂。

その頂の味は、魔力を解放するものとセットであると、脳の深くに刻まれてしまっていた。

人間の手では味わえない、到達できないあの強烈な快楽。

それを与えられるではなく、与えられない煩悶が、戦士の意識を圧迫していた。

「それじゃぁ、気が変わったら言って頂戴ねぇ♥」

口角を上げて笑い、どこまでも軽く言うアパタイトに、優菜は反応する余裕もない。

「いっ、イッ、いってるっ、のにぃぃっ……！♥　あおっ、おっ、おおぉっ♥♥」

絶頂には到達している。なのにそれでも、本当の到達には程遠い。

「つはおっ♥　おぅ♥　おおぉぉっ♥　つごおぉぉぉっ♥♥　つきひゅっ、きひゅぃぃいんっ♥　なに、なにこれへぇえぇっ♥♥　っへおぉおぉっ♥」

折り重なって襲う「半端な」絶頂に、優菜の目が左右相互いに上下した。

鏑木優菜の人生で味わった事のある性的絶頂は、その全てがグラトニーの手によって覚えさせられたものだ。それら全てが魔力の放出を伴って、果たして優菜の脳には、その甘美な味が強固に記憶されていた。

知ってしまうと変わってしまうものがある。

房中術の究極の到達点。魔力の放出を伴う絶頂という強烈な味わいが、優菜の精神に物足りなさを覚えさせていた。

じゅぶっ、にゅぶっ、じゅぶぶっ、じゅぶうぅっ！

「ああぐっ♥　っぐっひっ♥　っひっぎぃっ♥　イグっ♥　いんっぐっ♥　つぐぅうぅうぅっ♥　……うあぁ、いい、いいげっ、イゲなっひいいっ♥　あぁぁっはぁぁ♥♥」

どれだけ激しく突き込まれても、どれだけ最奥を可愛がられても。

最後の一押し、一番の到達点には届かない。

「あいっ♥　っひっぐっ♥　ひぐっ♥　イグっ、……うぅぅうぅぅっ♥♥」

腰を振り、お腹の中に収められた触手を締め付けて、身体が勝手にあの暴力的な絶頂を強請っても、お腹に刻まれた刻印が、魔力の破裂を防いでみせた。

「あっ……っ、んうぅっ、にぃいぃいっ!?♥♥」

（い、イけっ、中途半端にしか、イげなひぃいっ♥　んあぁあぁあっっ♥♥）

イキ損ねた身体が痙攣して、非難を訴えるように尿をしぶかせて。

ぎゅくっ、ギュクンっ、ガクガクっ、ガクガクゥッ！

「んひぉおっ、おっ♥　おおおっ!?♥　おおっほおぉっ♥♥」

腿に、腹に、鎖骨に。全身のありとあらゆる筋肉がデタラメに締まり、影を作って浮き上がらせても、決してその先には到達できない。

そんな彼女の煩悶を嬉しそうに眺めたアパタイトが言葉を投げかける。

「その紋は、貴女の魔力の放出を絶対に許さないわぁ。……嫌だったんでしょ？　魔力を食べられちゃうの」

「っそ、そんっ、んおおぉぉっ♥　っそ、っそんにゃのっ♥　い、イっ、いぃっイケにゃひっ、なんっへぇぇっ♥　あっ、あおぉおぅ♥」

（ずっと、このままっ、なんへっ♥　っそ、っそんなのっ、おっ、おかひぐっ、なっひゃ……♥　っで、でも、魔力食べられちゃうの、も、もっと、ダメ、らめへぇっ……♥）

アパタイトの嘲るようなその言葉に、むしろ精神の背骨に力が戻った。

何をすべきで、何をすべきでないのか。それを思い出し、みっともない喘ぎをかみ殺そうと歯を食いしばって、自分の決意を言葉に乗せた。

「っぐうひっ♥　っふひぃっっ♥　んっぐっ♥　っぐぅぅぅっ……♥♥　った、たへっ♥耐えっ、るんぅぅぅぅっ♥♥　っわ、わらひっ、っはぁっ……い、いんへりぃと、なんらか、らぁぁ……♥　あっ、あおぉっ♥　おおぉっ♥」

睨みつけたつもりでも、勝手に蕩けようとする瞳に眉では、目の前の化け物を睨み返せなかった。

「……そうこなくっちゃぁ♥」

笑うと同時、優菜の真上の部分が盛り上がって伸び、先端には穴が形成されて、極太の触手が形成されて白濁の粘液で優菜の頭頂部を汚した。

「ううっひっ♥　いいひっ♥　っひっ♥」

何が起きているのかを、イキ損ねた煩悶の只中にある優菜は気付けないまま、引き攣った喘ぎを漏らすばかりだった。

「それじゃぁ、本格的に、イジメちゃおうかしらぁ♥　あぁはぁ♥」

ドロォ……べちゃっ、べちゃっ！

「あうひっ⁉　いいっひいぃぃっ♥」

頭頂部から首筋にかけて走った粘液の感触に、それですら優菜は甘い悲鳴を上げた。

「……あ、うあっ、な、なにっ、う、上ぇ……？」

見上げたそこには、

「……あ、あぁぁ……」

自分の頭を飲み込むのに容易い程の肉の筒が、大口を開けて涎を垂らしていた。

「……あ、っ、うううぅぁあぁぁッ……っま、まひゃっ、まひゃかっ、あぁぁぁ……」

蠕動する幹に合わせて、内部の壁面にびっしりと生えた繊毛がワサワサと蠢いて、生理的な嫌悪を喚起させた。今この触手が何を獲物として見ているのかを明白にしたそれが、欠片の逡巡も見せずに、

「いいっ、いいっやあぁっっ」

バクッっ、もちゅっ、もちゅっ、もちゅぅうっ！

「んっむうぉぉおぉおんっっっ！！」

優菜の恐怖の顔を、その悲鳴ごと収めていく。

「んっむうぐぅうぅっ⁉　っはぶっ、っはぶっぁぁあっ♥　っへっひっ♥　ううぃぃぃっ⁉」

（つき、気持ちいい、臭い、気持ちいい臭いぁあぁぁっ♥　頭、食べられっ♥）

頭を飲み込む筒の内部は、部屋よりも尚濃厚なグラトニーの匂いが充満して、頭部全てに押し付けられる肉の感触と、嗅がされる強烈な匂いで優菜の精神を破壊していく。

「んっむぐっ、んっぶうぅぅっ、んむぉっ、っへっぽっ、んっべへぇぇあぁぁぁっ、っひやっ、ひいやあぁあぁっ♥♥　あぁぁっはぁぁぁ♥♥」

（ああ、あぁぁぁっ、アタシ、頭っ、食べられてっ、っるうぅぅっ!?　なのにっ、なんで、なんでこんにゃぁっ♥）

突如頭部全てに訪れた肉の感触に、身体が痙攣し、空中に固定された身体がビクビクと揺れた。首筋までに押し付けられる内臓の感触。今の彼女にはそれですら性感を感じさせる。

生物的な恐怖に、そして気持ちよさに股間が緩んでコスチュームから尿が吹き出して地面を汚した。

もちゅっ、もちゅっ、もちゅもちゅっ、もっちゅっ！

「んっぶぁっ♥　ああっぶっ♥　っはぶっ、んむぅうぅおおあおおっ♥♥」

蛇が獲物を咀嚼をするように蠕動して、戦士の意識を更に追い詰める。

破裂せず、吸引もしない。快楽と魔力を熟成するかのような、地獄の焦らし責めが始まった。到達をしているのに、魔力を吸われる時のあの頂点には届かない。

何度も何度も強制的に味わわされたあの境地には届かない。

「おおっほおぉぉおぉっ♥　つぎ、ぎもぢっ、いぃっひぃぃいっ♥　んむおっ♥　おおっもっ♥　んあ、なの、なのにひいぃぃっ♥　っこっ、こんにゃっ、中途半端にゃ、にゃのっ♥

おおぉおんっ♥　おがひくなうっ♥」

　飲み込まれていない部分を不様に振りたてて煩悶を逃がそうとしても、なんの意味もなく、自身の枯渇しかかっている体力をいたずらに消耗し、恥ずかしい液体を振りまくだけ。

　その彼女の耳に、肉越しに声が響いた。

『辛いだろうから、気が紛れるようにしてあげるわねぇ、インへリートぉ♥』

　触手の壁から聞こえる、そんなアパタイトの声が響いた次の瞬間に。

『……おっ♥　んおおぉぉっ♥　っほおぉおぉぉんっ♥♥』

『っはっひっ♥　っひっ♥　っひーっ♥　ううっひいぃいぃいんっ♥♥』

『えおっ♥　おっ♥　んおおっ♥　おっ♥　おおっほおぉおぉっ♥♥』

「あ、うあっ!?♥　っは、っはぁあぁあっ……♥♥　あ、っこ、っこれっ、っへぇえぇっ……!?　っ女のひと、たちのっこ、っ声っ……あぁあぁっはぁぁ……!?♥」

　何人もの女たちのあられもない獣の声が、頭をしゃぶる触手の奥底から響いて反響した。

『っや、やらっ♥　あおっ♥　おおっほぉおぉっ♥　おっぱい、おっぱいやらぁあぁぁ♥　乳首ペロペロしちゃ、あ、あぁあぁ』

『っはっひっ♥　腋、腋ヒィィっ♥　吸うのりゃめっ♥　あ、あぁあぁあっ♥　ベロベロもらべへぇえっ腋で、腋っ、あおおぉおぉっ♥　腋イギするうぅうぅっ』

『んっひいぃいぃいぃんっ♥♥　痛、痛いよぉおっ♥　おおっほっ♥　っほおぉおんっ♥　お尻叩くの、もっ、っもっ♥　やらのぉおぉっ♥　っへおおぉおっ♥♥』

　年齢も声質もバラバラな、しかし声音は一様に正体をなくした浅ましい声たちが、逃げ場のない優菜の耳朶を震わせ続ける。エコーのかかったそれらはまるで脳を揺さぶるように、逃げ場のない優菜の意識を追い詰めてゆく。

「んむぅぁっ♥　あ、あぁぁぁ、らべっ♥　らべへぇぇえっ♥　った、助け、助けなきゃ、なのにひぃぃいぃっ♥　んむちゅっ♥　イ、イギっぱなひっ、っれへぇっ♥　うう、動けないよぉおっ♥　っはぶっ♥　んぅっ、んうっ、っむぉぉおんっ♥♥」

内部で繋がっているのか。跳ね上がった顎、その視界の先の空間を通して聞こえてくる浅ましい声たち。声質も声音もバラバラな、絶頂を叫ぶ声が幾重にもなって優菜の鼓膜と心を揺さぶった。

視界を埋め尽くす肉の壁に頭全てをしゃぶられ、気持ちよくされながら聞かされる女たちの嬌声が、優菜の頭に何をされ、どんな絶頂を味わっているのかを想像させる。疑似体験をさせられたかのような錯覚。

女性たちがされている事を想像する事しかできず、また、想像する事を強制されて。

「ああっぶっ♥　あぶっ♥　んむうぅっ♥　んむぉぉおぉぉおっ♥」

逃げ場を封じられ、他人の絶頂を耳に注ぎ込まれ、絶頂を強請るように外部に露出した腰を揺さぶり立てる。

ネチネチと股間を舐めしゃぶる触手はその動きに合わせて引き、また押し、もどかしいばかりの刺激だけを与え続ける。

ブチョブチョ、グチョグチョと耳障りな音と、くぐもった女たちの嬌声だけが響く。

『オマンコっ♥　おおぉっ♥　マンコやばいひぃぃいっ♥　イグっ♥　イッグっ♥　おおっ

ほっ♥　っほぉぉんっ♥♥　子宮いってでっ、イッでるうぅぅぅっ♥　イっだらまら吸われるのにひっ♥　イっぐうぅぅぅぅっ♥♥』

『たしゅけっ、たしゅけへぇぇっ♥　アクメしゅるっ♥　吸われでっ、何か吸われでへぇっガニ股でアクメさせられゆぅぅっ♥』

『んにひぃぃぃっ♥　お尻クチョクチョやらっ♥　おっ♥　おおっほっ♥　恥ずかし、恥ずかしっ、かりゃあぁぁんっ♥　お尻のヒダ、全部エッチに変えられちゃっ、あおぉぉっ♥　っす、吸うのらめへぇっ♥　で、出るっ♥　出しながらイったうぅぅっ♥』

地獄のような肉の空間。その別の場所で今まさに凌辱させられ、貪られている女たちの声が、優菜の頭を包む触手の内部を震わせる。

それはまさに空腹の人間の前でステーキを頬張られたように、渇望が、焦燥が、浅ましい感情がその質量を増していく。

(あ、あぁぁっ♥　エッチな声に包まれてへぇっ♥　他の事考えられなく、……♥　あ、っ違っ、助け、助けなきゃっ……♥　助け、っへぇぇぇ♥♥)

優菜の頭部を含んだグラトニーに恍惚の表情で舌を這わせ、肉越しに話しかけた。

『簡単な事よぉ？　インヘリートを辞めたくなったら、言って頂戴ねぇ♥』

グチョグチョというグラトニーの音と、女性たちの獣の吼え声に混じって、そんな悪辣な提案が肉越しに響いた。

頭にガブリとかみつかれ、視界の全てが、意識の全てが肉に染まる。

「んむぉおっっ♥　おっむっ♥　んふぉおぉぉぉっ♥♥」

快楽を与えられ、しかし破裂を許さない、地獄の時間が始まった。

それから、一時間が経過した。

むぐっ……ぬっばぁぁぁ……。

「……あっ♥　あぁおおっ？　おっ、イグっ♥　イグっ♥　あぁぁぁ、んっ、っぐうぅぅうっぅうっ!?　……っあっ、あおおぉっ……♥　い、いいっ、イゲ、なひいぃいっ♥♥んっひいいぃいいっ♥♥」

「……言いたい事はあるかしらぁ？」

「んひっ？　……っぱ、ばかにひっ、ひないっ、れぇえっ……！　っこ、こんにゃのっ、おおっ♥　い、いくらしたっへぇえっ、な、なんにも、ならにゃひ、んっ♥　らからはぁぁ……♥　あ!?　あおっ♥　おおぉっ♥　乳首、っ優しくペロペロっ、っほおぉっ♥　らめっ、それらめへぇえっ♥　おっぱい、変にっ、なうぅうぅっ♥」

「……ふーん？　なら、まだまだねぇ♥」

ぬばっ、がぶっ、もぐっ、むぐむぐっ、もちゅうぅ……。

「つや、っやらぁっ♥　ああ、あああぁあっ♥　んぶっ!?　んぅうっぅつ♥♥　ッッ～～～～～っっ♥♥　っっ♥♥　……ッッッ♥♥♥」

プシっ、プジュジュっ、ピジュジュっ！

○

それから、一時間。

「っや、やらっ、キス、キスされたらっ、イげたっ、ろにひぃっ♥　んえろっ♥　れるっ♥　れっるるるっ♥　んえへぇぇっ♥　キス、キスでいいからっ、いかせっ、いかせへっ♥　っへぇぇぉぉっ♥」

「何か言う事はあるかしらぁ？」

「い、いいいっ、っは、放しっ、放してぇぇっ、ぇぇっ♥　んれるっ♥　れるっ♥　んちゅっ、んちゅるるっ、っはぶっ、んちゅっ♥」

「それだけ？　…………それじゃまた、行ってらっしゃい♥」

「あ、やらっ♥　やらぁっ♥　あ、あぁぁっ……ぁあぁぁ……んぶっ♥　……――――ッッ♥♥」

バクッ、むぐっ、むぐりゅっ、むちゅっ、むちゅぅっ♥

「……ッッッ♥♥　……ッッ～～ッ♥♥　……ッッ――……♥♥♥」

○

一時間が経ち。

むぐっ……ぬっぱぁぁぁ……。

「つむぽっ、んぽっ♥　じゅるるっ、んっぽっ、りゅぽっ♥　んふーっ、んふーっ♥　……んぇぇぇっはぁぁ♥♥　っや、っやぁぁ♥　離れちゃっ、っへぇべぇぇっ♥♥　チンポ離れちゃやらぁぁ♥♥　れろっ、んれろっ♥　しゃぶらせへぇ♥　っしょ、触手チンポぉ♥　おしゃぶりでイキそうらのぉぅ♥　しゃ、しゃぶらせっ、っへぇぇんっ……♥」

「…………何か、言いたい事は？」

「んれへぇ……♥　っへ、っへっ……♥　……あ？　♥　ああ、あぁぁっ♥　んっぐっ♥　んふっ♥　んふーっ♥　なにも、なにもない、つらからっ……♥　っはおっ♥　おおぉっ♥　んれへぇぇ……れろっ、れるるっ♥」

「あらそう。それじゃ、またね♥」

○

三時間が経過して。

じゅぶっ、にゅぶっ、にゅぶぶっ、にゅぶっ、じゅぼぶっ、じゅぶぅぅっ！

「〜〜〜〜ッッッ♥♥♥　ッッ♥♥　っっ――――ッッッ♥♥♥」

「あらイケない。すごく時間が経ってたわぁ……ま、いっか」

むぐっ、もちゅっ、もっぼぶっ、にゅっぱぁぁぁぁ……。

「んぅぅっむぅぅぅぅぁあぁ♥♥　ああっへぇぇぇっっ♥♥　オマンコぉっ♥　おおっ♥　おひりっ♥　んっおおぉぉぉっ♥　ピストンしゅごっ♥　しゅごっ♥　おおおぉぉっ♥　しゅっごおぉぉぉっ♥　グラトニーチンポ気持ちよすぎっ、つるうぅぅぅっ♥♥　あ、ああぁぁ、っも、もうちょっとなのっ♥　もうちょっとでイケ、イケるっ♥　アクメ来ゆのぉぉぉっ来て、きてっ♥　来へぇぇッッ♥♥」

「そうよぉっ♥　インヘリートを辞めれば、すっごいアクメが来ちゃうわよぉっ♥」

「んっひっ⁉♥♥　んんにににいいぃいぃいっ⁉♥♥　あおぉぉぉっ♥♥　おおっほっ♥　らめっ、らめへっ♥　らめなのっ♥　いんへりぃと、やめないけどアクメっ♥　アクメほひっ♥　ほっひっ♥　ほひいぃいぃいんっ♥♥」

「……うーん、それじゃあ、気が変わったら言って頂戴な♥」

ばくっ、もっちゅっ、もちゅっ、むちゅぅぅっ。

「んんぅぅむッうぅぅぅぅっ♥♥　～～～っっ♥♥　っっ♥　ッッッッ♥♥」

ビクビクっ、ギュクンっ！　ビククっ、ビクンっ！

○

それから丸一日と九時間の間、肉の空間に響く嬌声と、今では三時間に一回吐き出す事の許される意味のある言葉が、その部屋を埋め尽くす全てだった。

「……ッッ……～～～♥♥　……ッっ、ッッ～～～♥♥」

肉が埋め尽くす空間で、敗北した女戦士は吊り下げられたまま。

絶頂を希って腰をくねらせ、限界を示すように失禁を繰り返し、くぐもった悲鳴を頭に取り付いた触手に吸い取らせて。

「……おおっ……～～～ッッ♥♥　……っぐぃぃぃっ……ッッ♥♥」

ビクビクっ、ビクぅぅっ！　……ップシっ、ショロロロッ……！

腰を跳ねさせ、放っておかれたままの女性器の上から透明な尿をしぶかせた。

「……っっ……おおっごぉぉぉ……♥　……」

発声を許されれば、覚えたての淫らな言葉を発し、しかしギリギリで踏みとどまり続け、また頭を咀嚼され続ける時間が始まる。

飽きずに何度、それが繰り返されたろう。

ただの一度も絶頂を許される事はなく、しかし性の炎を絶やされる事もなく。

常人ならば数度の発狂をして余りある責め苦。どんな価値観も塗りつぶす程の虐悦とも呼ぶべき行いに、しかし未だ優菜は正気を保ったままだった。

インヘリートとしての、そして鏑木優菜としての高潔な魂が、最後のあと一歩を躊躇わせ続けていた。

「んひっ♥　っふ、っひぃっ♥　んふーっ♥　んふぅぅぅっ♥」

自分がこの力を手放せば、勝ちの目は完全に消失し、食欲のみに動かされる化け物に貪られるのを待つのみなのだ。

親友を助け出す事。そしてそれだけが、彼女を正気の縁に立たせる唯一の糸だった。

ぶちゅるっ、ぐちゅるるっ、にちゅるるるるるっ……！

「んっむっ♥　んふひ――っ♥　っひっ♥　っふっひっ♥　んぅうふうぅぅうぅうんっ♥」

触手が再び蠢いて、沸騰したままの優菜の身体に熱を注ぎ込んでいく。

絶頂への欲求が頭を埋め尽くし、高潔な精神の土台を揺るがしても。

（……あ、あぁぁ……まつり、まつり、じぇったひっ、……助け、るぅっ……。……まつり、まつりいぃぃぃいぃッッ……）

親友への思い。その思いの強さは、病的と評してよいだろう程の強さを以て。

自分の戦う理由のその背骨だけは揺るがずに、そしてそれだけを頼りに、鏑木優菜はインヘリートとしての資格は手放さないままに。何百回、何千回をもイキ損ね、その度に精神を圧迫され、なだらかなお腹に刻まれた紋を育てながら。グラトニーに頭そのものをしゃぶり立てられ、優菜の知覚できる世界全てを肉の色に染めながら。

「んおっ……おおぉっ♥　おおっほぉぉ……♥　っま、まちゅりひぃっ……っまちゅりひいぃいぃ……♥　んひいぃっ♥♥　あおっ♥　おおっほっ♥　あ、ああっ、まらっ、まらっ、イキそうにひぃぃっ♥　んぅっひいぃいいぃいっ♥♥」

親友を助ける。

そんな思いを、そしてそれだけを最後のよすがに意識を繋ぎ。どこにも届かない声を肉に飲み込ませながら、地獄のような煩悶を味わい続けるのだった。

最終話　inheritance

肉だけが埋め尽くす空間の中央。その中空に磔にされた戦士は力なく身体を痙攣させていた。

頭には肉の筒が被さり、きつく窄められてがっちりと固定され、両腕と両脚は肉の柱にそれぞれ飲み込まれて固定され、腰を震わせる以外の身動きを取る事を許さない。

汗と白濁に塗れたコスチュームは所々が破れて裂け、敗北した戦士の不様さ、そして女の子の柔らかさを見せつけるようだった。

「……っっ♥♥　……ッッッ～～～♥♥♥」

ガクガクガクっ！　ガクンっ！　へこっ、へこへこっ
苦悶の声を全て触手に飲み込ませて、インへリートと名乗り続ける少女の腰が、何百回も、何千回も繰り返された動きを、見る者がいない空間で披露し続ける。

煩悶に突き動かされたその腰の痙攣とウネリは、誰しもに下卑た劣情を催させるような、酷く卑猥で惨めで下品な動きだった。

頭をスッポリと飲み込んだ肉の筒が、幾度も繰り返した蠕動を行い、内部に含んだ戦士を刺激した。

「っっっ♥♥　～～～っっ……♥♥」

ビクッ、ビクっっ、ビクビクビクッっ！

腰が大きく突き出され、絶頂をし損ねた膣は非難を示すように開閉を繰り返す。動きが収まり、戦士の身体から絶頂への熱が引くと同時、その頭から肉の筒が離れていく。

「……あぉっ……おっ……♥　……おおおぉっ……っほぉぉぉんっ……♥♥」

粘っこい白濁の糸を引き、戦士の頭が触手の口から吐き出される。

丁寧に染められたシルクのようだった赤い髪の毛はその毛先に至るまでグラトニーの粘液に塗れ、幼さと凛々しさを備えていたはずの顔はだらしなく蕩け、戦士のそれとはとても呼べない有様だった。

あれから一度も解放を許されない魔力はお腹に蓄積を続け、マグマのような焦燥となって胎内を焦がし、それを証明するかのように大きく育った紋が腹部で妖しく光を放った。

「……えぉっ……♥　っぜへっ、っへっ、っへぇぇぇ……♥　……おっ、おおぉっ……♥　っほぉおっぉっ……♥　ふんぉおぉぉぉ……♥」

正気を失ったような表情から野太い声を放ちながらも、しかし最後の一歩を踏み出す事はなかった。病的とすら形容できる意思の強さが、彼女を杖の使徒であり続けさせた。

「……い、いいぃっ……♥　……イが、イがへっ、っひっ、っへぇっひぃぃっ♥」

絶頂を希いながら、しかし杖の使徒の資格だけは手放してはいない。

どこにも焦点の合っていない瞳で、呂律の回らない口で絶頂を希っても、その全てが肉の壁に吸収されるだけ。時間の感覚も、上下の感覚も失われる程にイジメ尽くされた身体は白濁に塗れていない所などない程に汚し尽くされて、肉が埋め尽くす空間の中央に配置されていた。

「……あっ、あぇぇ……♥　はっへっ、っへっ、んぐっ、……っへぇぇ〜〜〜……♥♥」

部屋の中央に吊り下げられた格好のインヘリートは、限界などとうに過ぎている事を、その表情で示していた。

美しい赤い髪の毛はグラトニーの唾液に塗れて鈍く輝き、身じろぎする度に糸を引いた。閉じる事を忘れたかのように口は半開きになり、その内部からは犬のように舌が伸ばされて、濃厚な唾液が重たく雫を纏わせていた。

戦意を表すべき瞳は淫猥に蕩けきって、その瞳は瞼の裏を見つめ続けていた。

絶頂へと到達させられず、しかし甘くイジめられ続けた胸は充血しきり、コスチュームの上からでも見て取れるほどに勃起して、乳輪と乳首で更に段を形成して立ち上がり、パフィーニップルと呼ばれる恥ずかしい形を晒していた。

女の子らしい脂肪と、戦士の筋肉が同居したお腹は、グラトニーが乳首に舌を這わせる度、指を舐めしゃぶる度、キスを押し付けられる度、そしてその全てでイキ損ねる度にグネグネと揺らされて、股間の溢れる愛蜜を地面に飲み込ませていった。

「……おおっ……♥　……おんっ、んおぉっ……♥　……っぜひっ、っひっ……っひゅーっ……♥　……っひゅーっ……♥」

受ける刺激全てが快楽になってしまったようで、呼吸もろくにできずに、喉が耳障りな音を立てた。

「……っくひゅっ、っひゅーっ……♥　んおっ、おおぉっ……♥　い、いいっ、いがへっ、……いがへぇぇ……♥」

焦点の合わない瞳で誰に言ったかもわからない懇願を蚊の鳴くような小さな声で吐き出した。

誰の目にも敗北した事が窺える彼女の姿は、まさに卑猥なオブジェとして、この地獄の空間を彩っていた。

「おおぉっ♥　おうっ♥　っほぉぉうぅぅっ♥　んふーっ♥　んふーっ♥」

大きく面積を広げたお腹の紋は、その光を放ち続け、優菜が断続的にイキ損なっている事を訴えかけて、敗北を教え続けていた。

そんな哀れな戦士に、今まで何度もしたように、中空を泳ぐ触手がその紋をなぞるように舌を這わせた。

「あぐっ？　♥　おほっ♥　おおっほっ♥　っほおぉぉんっ♥♥」

それだけでだらしなく縦に開けられた口からは野太い獣の声が漏れ、顎に作られた唾液の雫を地面に落とす。

ねろっ、れるるっ、れろっ、べろれるっ、れるぅっ……。

「んっひっ♥　っひっ♥　っひおぉぉっ♥　おっイグっ、イグっ♥　おにゃか舐められへっ♥　っそ、っそれだけでへぇっ♥　……あっ、あぁぁっ♥♥」

魔力の詰まった子宮を、魔力の解放を許さない仕掛けが施された箇所を舐られる。

絶頂を迎えようとしていたインヘリートが、

「……あっ、あきゅっ⁉♥　……んぅぅうぅぅんっ……⁉♥♥　あ、っがはっ……♥

……イっ、イイいぃっ、イゲ、イケっ、なひぃぃぃっ♥　あおっ♥　おおぉっ♥　っへおおぉぉっ♥♥　イケないよっ、ぉぉぉぉ♥　っぐっひぃぃぃぃぃぃっ♥♥」

〝イキ損ねる〟煩悶の味に、瞳を相互いに上下させ、歯を食いしばって腰を踊らせる。

「つぐいっ♥　いぃぃっ……♥　っや、っやぁっ♥　あっ、あおおっ♥　いっ、イイっ、いがせっ、いがせぇぇ……♥　っへおぉぉっ♥」

（イギっ、イき、たひっ♥　あっ、あぁぁ♥　イキたい、イキたいっ♥　イキたいひぃぃいぃぃっ♥♥）

頭の中は発情に染まり、絶頂への焦燥と渇望が頭の隅々までを圧迫して。

何故自分はこんなにも我慢しているのか。その理由を考えさせた。

なんのために戦うのか。

誰を守りたかったのか。

それは、この焦燥に耐えうる程に価値があるものなのか。

そんな弱気が心を締め付け、優菜の、インヘリートの精神をゆっくりと、しかしどうしようもない程に強く締め付ける。インヘリートを辞めれば、グラトニーに屈服すれば。この苦しみからは解放される。

限界の縁に立つ優菜の意識には、それはどこまでも甘い誘惑だった。

「……っへひっ、っひっ♥　うっひぃっ♥　んぉおぉぉっ……♥」

（あ、あぁぁ……♥　イギ、いぎたひっ……♥　いんへり、と……やめれば、辞めればっ、いげ、いげるっ……♥　っほっ、っほおぉっ♥　イゲるっ、のほぉぉっ……♥）

全身を煮立たせる、しかし破裂を許さない快楽に炙られて、何度も考えた最後の選択肢を考える。

「おおっひっ♥　っひっ♥　っひいおおぉっ♥　いぐっ、イグっ、あっ、あぁぁっ♥　んっ、んぅうぅぅ♥　んっはぁぁ♥　あ、あぁ、イゲ、イゲなひっ♥　んひぎいぃっ♥」

インへリートを辞めれば、自分は死ぬまでこれの虜になるだろう。

魔力も吸い尽くされ、死ぬよりひどい目にあってしまうのだろう。

それを倒す者はおらず、捕まっている女性たちと同じ末路をたどる。

その想像が、絶望よりも甘いものとなって優菜の思考を埋め尽くす。

「あおっ♥　んっぎぃいぃっ♥　んひっっ♥　っひぃぃぃっ♥　っら、らめっ♥　らめへぇぇっ♥　っも、っもおぉっらめへぇえぇんっ♥♥」

（あ、あぁぁぁ♥　アタシ、も、もぉっ、無理、いぃぃぃ……♥　あ、あぁぁ、狂う、狂っちゃう、くらいっ、気持ちよくさせられへぇっ♥　っへおぉおぉっ♥♥）

折れろ、砕けろと、自分の弱気こそが自身の屈服を促してしまう。

それでも優菜は、

「……あおっ♥　おおっほっ♥　っほぉぉんっ♥　っま、まひゅりっ、まひゅっ、まひゅりぃひぃぃぃっ……♥♥　んっひいぃぃぃっ♥♥」

色に塗れながらも、劣情に身を焦がされながらも、鏑木優菜それ自身が持つ「優しい心」が踏みとどまらせていた。

「あ、あぁぐっ♥　っひぐっ♥　っぐっひいぃぃぃぃぃぃぃっ♥♥」

何百回目かもわからないそんな心の動きを終えた時、

そんな彼女に近づく粘着質な音があった。

「………あぁはぁ♥　どぉ？」

「あっ、あえぇっ……♥　っへぇ〜〜……♥　んぐっ……っへぇぇ♥」

背骨までも煮詰められたかのように力の入らない身体は、頭の回転すらも極端に落としてしまったかのように、投げかけられた意味のある言葉に反応すらできなかった。

「……うーん？　惚けてちゃぁダメよ。ほら、インへリート、しっかりなさい。茉莉ちゃんがどうなってもいいの？」

「……うあっ……？　……っま、まひゅっ、っりぃぃ……？」

その言葉に、自分が今耐え忍んでいられる理由の名前に、意識が正常な回転を始める。

「んひっ♥　っひっ、まひゅりっ、ったた、たしゅけるっ、んぅぅ……♥　っぐ、ぐらとにぃ倒しれっ、まひゅりをっ、おっ♥　おおぉぉっ♥」

親友を助ける。そんな決意を淫らな色で吐き出すその姿を、アパタイトは嬉しそうに眺めていた。

「いぃひっ♥　っひっ♥　っひぉぉっ♥　……はへっ、っへぇぇっ♥　……あ……？　……ああ、アパタっ、イトぉぉ……？♥　おおほっ♥」

優菜の目が意識に遅れてそこでようやく焦点を結び、アパタイトが眼前に迫っている事を認識できた。

「はぁい♥　おはよう、寝起きがあまりよくないのねぇ、インへリートは」

「ああぐっ、っはぐっ……っぐふっ、うぅぅぅ……♥」

焦らし責めを経た頭は、軽口に反論をすら紡げずに、熱い吐息を撒き散らすのみだ。

「イっ、いぃぃっ……♥　いがへっ、イガへれっ……♥　っも、っもぉっ、限界、らのぉおっ……♥」

「なら、言いなさい。『アパタイト様、インへリートを辞めます』ってぇ♥」

「あぐっ♥　っひっ♥　っぐっひぃっ♥　あ、あぁぁぁ、それ、それはぁぁ……♥　……それ、らけはぁぁ……♥」

先ほど固め直した決意。それを解く事を促す言葉に、即答ができなかった。

拒否すればまた頭を飲まれ、いつ終わるとも知れない地獄の時間が始まる。そんなトラウマが植え付けられた優菜の頭が、逆らう事を躊躇わせた。

どちらを選んでも地獄の選択を迫られた優菜は、しかし未だ戦士である事を選択し、触手に身体を愛撫され、震える声で返答を吐き出した。

「……んっぐっ♥　いんへりーと、辞めうのっ、おおっほっ♥　らっべっ、らべへぇぇ……♥　っへおおぉぉっ♥♥」

戦士にあるまじき蕩けた声で、どこをも見ていない瞳で言い返した。

「…………あぁはぁ♥」

その言葉に、アパタイトは嬉しそうに唇を歪め、自分の股間を弄ると、ずるぅぅぅっ……！

女性らしいなだらかな下腹部から、肉の幹を屹立させた。

「……すごいじゃない、鏑木優菜ぁ……♥　我慢できなくなっちゃいそぉ……♥」

女性の身体には不釣り合いな男性のシンボルが屹立させて笑うアパタイト、その指が艶めかしくその幹を慰める。

太く大きく長いそれは、アパタイトの引き締まったお腹に刻まれている臍を超えて立ち、その先端からは半透明の液体が幹に流れ、全体の隆起を強調するように流れていた。

「あっ、……あぁぁっ、っそ、それっ、それへぇっ……♥　あ、あぁぁぁ……♥」

磔にされた戦士は、目にハートマークすら浮かべながら、その異様な生殖器に視線を注いでしまう。アパタイトの柔らかそうな身体に不釣り合いな、そこだけをゴッゴッとさせたペニスが、自身の臍を超えて屹立するように、心が鷲掴みにされてしまう。

「んんっぐっ♥　んふーっ♥　んふーっ♥　んえへぇっ♥　っへっ、っへぇぇっ♥」

涎を垂らし、犬のような吐息を漏らして、見開いた目にはハートマークすらを浮かべながらペニスに熱い視線を注ぎ続ける。

ミミズのような血管が浮き、中太りの逞《たくま》しいアパタイトのペニス。先端のカリは大きく発達し、女の中をひっかいて泣かせ、屈服させるためのデザインを誇示していた。

（……んおっ、おっ、おぉぉおっぉ……♥　っすごっ、すごぉぉおっ……♥　っこ、これ、これでされたら、っされたらぁぁ……♥　っは、っはぁあぁあっ♥♥）

グラトニーとの交わりで覚えさせられた、膣を気持ちよくしてしまう形。

その威容から目が離せず、唾液が溢れて止まらない。

「あ、あぁぁ、っはっ、っはぁっ♥　んっぐっ♥　っへ、っへぇぇぇっ♥♥」

犬のように舌を出し、

「物欲しそうな目をしちゃってぇ……でもダメよ、おあずけぇ♥」

「あ、あぁあぁあぁぁ……」

優菜から漏れ出た絶望の声は、表情を言い立てられた事によるものか、お預けされた事によるものか。自分自身ですら判断はつかなかった。

「このチンポはぁ、つまみ食いするのに使うだけなんだからぁ♥」

状況に似つかわしくないウインクを一つ飛ばすと同時に、凶悪なペニスがユサリと揺れた。

手袋に包まれたしなやかな指が一つ扱《しご》くと、間欠泉のように先端からトプリと液体が湧き出して飛び、優菜の顎、そしてお腹を汚した。

「んひっ!?♥ っひっ♥ っひぃぃっ!?♥」

(あ、っこの、この匂いっ♥ あおっ♥ らべっ、らべっ♥ これ、これだけっ、っれぇっ♥♥)

その温度と、濃厚すぎる性臭が、イケない優菜の精神の中、焦燥を更に燃え上がらせた。

(っく、臭ぁっ、あぁぁぁっ♥♥ っへ、っ変、変になっちゃっ♥)

鼻に届くその匂いは、何度も肉筒で嗅がされた性臭よりも濃く優菜の脳を刺激して、発情の炎に燃料をくべてしまった。

変わらない嗜虐的な表情を浮かべたまま、アパタイトの腕から触手が伸びて、優菜のおぼろげな視界の外へと伸びて消える。

「それじゃ、おやつを食べましょうかねぇ♥ あぁはぁ♥」

触手が奥の空間から引っ張ってきたのは、年齢も容姿もバラバラな女性たちだった。

全員が肉でできた目隠しを嵌《は》められ、肉の紐で首とアパタイトの腕を繋げられ、はぁはぁと熱い息を撒き散らし、眉間は困ったように寄せられていた。

「つな、なにっ、っをぉおっ……？」

「ああ、この子たち？」

化け物は戦士の言葉に白々しく応じて、目を細めて言った。

「インヘリートの気分転換になるかなぁってぇ♥」

肉でできた首輪を嵌められ、それに繋がった触手を引っ張られる形は、中世の奴隷商を連想させる。

「……あっ、あうっ♥　っへっひっ♥　っへひっっ♥」

「あおっ♥　おっ♥　おおうっ♥　っほぉおんっ♥」

「うあっ、あっ♥　あぁぁぁ、っやら、やらぁぁ……♥　はぉおおっ♥」

その吐息に、喘ぎ声に聞き覚えがあった。

肉の空間に響き渡って聞かせ続けられた声の主たち。

「この子たち、貴女と一緒に連れてきたんだけど」

笑顔のままに女性たちに近づいて、

「貴女があんまり強情だからぁ、私もお腹ペコペコでねぇ♥　我慢できなくてちょっと摘まんじゃったぁ♥」

「あ、あぁぁぁ……な、なんへっ、事をっ、おぉおお……♥」

尊厳を辱めるような行いに憤っても、発情の極致にいる戦士の意識が睨みつける事を許さずに、切なげな表情を浮かべるのが精いっぱいだった。

「これでも見て、インヘリートの気が紛れてくれればいいんだけどぉ♥」

白々しいセリフを吐いた化け物が笑い、腕から生えた触手が蠢いた。

「やっぱり魔力の量が少ないとすぐダメになっちゃうみたいでぇ」

新しいコーヒーカップでも紹介するような気軽さで「手加減も大変なのよぉ？」と笑いながら指を鳴らし、触手をけしかけた。

触手をけしかけられたのはボブカットの綺麗な女性だった。その顔は恐怖に、しかし発情を隠せずに歪み、罪人のように両手首を括られた先、前に突き出す事を強制された自分の手を見つめていた。

「あっ、あぁぁあっ……！　また、またくるっ、またあれで気持ちよくされひゃう……♥ あぁぁっ……！」

長い幹を持つ先端にイソギンチャクのようなものを取り付け、粘液滴る粘膜舌を何十本と生やし、女性の指に纏わりついた。

「あおっ♥」

女性の目がグルリと裏返り、次いで顎が跳ね上がった。

「つゆ、指っ、っひぃぃっ!?♥　ゆ、指でイクっ♥　っひぃぃぃぃっ♥　指なんかれアグメひゅるうぅぅっ♥♥」

大きな乳房を寄せるように纏められた両腕の先、十本の指にニルニルと巻き付いた触手が扱きあげ、擦り付け、絶頂へと飛ばした。

内股に畳まれた細い脚の根元からはプシっと、言い訳の仕様もない絶頂の証が地面に零れて肉の床に染み込んでいく。

「っや、っやあぁっはぁぁっ♥♥　指っ、指でイグのっ♥　おおぉっ♥　っやらぁぁっ♥♥　あ、あぁぁ、また指でアグメさせられるぅっ♥」

眉間に深い皺を作り上げ、野太い声を優菜に浴びせ、彼女は指を舐られながら連続で絶頂に飛び続けた。

「……あっ、あああぁぁぁっ♥　んぐっ♥　ごくっ……♥」

「んっ♥　美味しぃ♥　……さて、と」

ぶちゅっ、ぶちゅっ。

アパタイトは未だ指でイキ続けるその女性から興味を失ったように肉の床にヒールを突き立てて次の獲物の後ろに回り、優菜の顔を覗き込みながら緩くその身体を抱いた。

「コイツもすっごいのよぉ♥」

その脇に立っていた女性は、成熟した身体の女性だった。

ウェーブのかかった暗い茶髪はシュシュで緩く纏められ、身体の前面に回されて色香を放つ。大きく、しかし垂れ気味の乳房、すこしたるんだお腹に大きなお尻と太腿は肉感に溢れ、成熟した女性の柔らかさを嫌みな程に伝えていた。触手に縛められ、上げる事を強要された腕の根元には濃い腋毛が萌え、彼女自身の汗でテカらせて濃い匂いを優菜の鼻腔にまで届けて、色まで見えてしまいそうな程。

「あおっ♥　おおっ♥　……っほぉぉおんっ♥」

鼻にかかる甘い声が、目隠し越しでもわかるほどに寄せられた眉を表しながら発せられた。

「んおっ、おっ、っほおぉぉっ♥　あ、あぁぁあぁっ、アナタっ……アナタぁ……♥　んっぐっ、んぐっ♥　ったぁ、助けてぇぇ……♥」

そんな届くはずのない助けを求める声も甘く濡れ、これから起こる何かに期待するように腰がモジつかされていた。

「あぁはぁ♥　貴女のお気に入り、してあげるわねぇ♥」

「あっ、うあっ⁉♥　っま、またっ、されっちゃうっ？♥　んふーっ、んっふーっ♥　っま、またアレされちゃ……♥　あ、アナタぁぁ♥　助け、助けっ、っへえぇぇ……♥」

言葉とは裏腹に、足をカクリカクリと頼りなげに揺らし、太腿に走る愛液の筋を太く育て、両脇に萌える腋毛には分泌を増やした汗が雫を作り垂れた。

「そらっ♥」

アパタイトが指を鳴らすと、地面から触手が二本現れ、露出させられた腋に、恥ずかしく体毛が茂る窪みに取り付いた。

ぶちゅっ、っはぶちゅっ！

「んひぃぃっ⁉♥　んおっほおおぉおぉぉんっっ♥♥」

びくっ、ぎゅくんっ、がくがくっ！

腋窩に感じる触手の感触が、妙齢の女性を容易く頂点に飛ばし、腰を前後に踊らせた。

「んへひっ⁉♥　っわ、腋ひいっ♥　腋らめぇぇぇぇっ♥♥　あおおぉっ♥♥　キクっ♥キクぅうぅっ♥♥　まら、あらひぃっ、腋アクメさせられっ♥　おおっほおぉおぉっ♥♥」

恥ずかしい言葉を肉の空間に響き渡らせて、背筋を仰け反らせて絶頂に達する。

毛の生えた腋を何枚もの舌が舐り上げ、ネチュネチュ、ネヂネヂと水飴を捏ねたような音を発生させていた。縛められた身体を、それでも肩を限界まで竦めてイヤイヤと首を振りながら、伴侶に助けを求めるその声も、肉の壁に吸い込まれてどこに届く事もなく、優菜の精神に負荷をかける以外の役割を果たしていない。

ビクっ、ビクビクっ！

「あ、あぁぁ、気持ちよさそ、おぉぉぉっ……♥」

優菜はその姿から目を離せずに、皿のようにした目で眺める。

まるで自分がされているかのように腋に疼きが溜まり、パンパンになっている焦燥感が更に強い圧力に成長した。

「んー？　……失神しちゃった……脆いわねぇ、普通の人間は……」

反応を示さなくなった女性から興味を外すと、ネヂネヂと腋を苛み続ける触手をそのままに、隣にいた女性に歩み寄った。

「あぁはぁぁぁ……♥　コイツはもぉっとすごいわよぉ……♥」

化け物が興奮交じりの声音と表情を浮かせて触手を手繰り、哀れな玩具に活を入れる。

「ああっぐっ♥　っふっひっ♥　っひぃぃぃっ……♥」

引っ張って目の前に引き立たせられたのは、薄い身体、低い身長の少女だった。薄い胸にお尻から、優菜よりももっと年若い少女であろう事が見て取れる。

愛液をしとどに垂れ流す無毛の股間を見せつけるように、足がはしたなく逆さのUの字を作り上げ、臨月のようなお腹を震わせていた。硬く引き結ばれた歯をガチガチと鳴らし、プルプルと全身を震わせるその姿は、苦しさ以外の何かも感じている事が見て取れた。

「っひっ、っひっ♥　っぐひぃぃっ♥♥　あおっ♥　っふっぐっ、ふんぐぅぅっ……♥」

食いしばった歯から、それでもかみ殺せない甘い声を吐き出して、何かがたっぷりと詰まっているお腹をユサリと上下させる。

「あ、あぁぁぁっ♥　あ、あれっ、あれっ、シテくらひゃいっ♥　っひぃっ♥♥　っも、っもぉっ、アタシっ、おっ♥　おおっ♥　っげ、限界ひぃぃっ♥♥」

苦しそうな、しかし甘い懇願が吐き出され、アパタイトの歓心を得ようと足が伸縮し、全裸の少女が秘部をさらけ出し、腰を突き出す不様なダンスを披露して見せた。

「ふぅん？　それだけ？　ならもう少しそのままねぇ」

目隠しをされても表情を窺えるだろう冷たい声音をぶつけられた少女は、お腹を震わせ、歯をカチカチと鳴らし、

「……ッヒっ♥　……っひぃっ♥　わ、わらひっ、はぁぁっ♥　っぐ、グラトニーしゃまの、っご、ご飯、れっひゅっ♥　あおっ♥　おおっ♥　っも、っもっ、った、沢山っ、できてまひゅっ、かりゃぁぁ♥♥　お尻のっ、沢山食べてくらはぁぁいいっ♥♥　んっひっ♥　いいひひっ♥♥　ケツマンコ気持ちよくしてへぇぇんっ♥♥」

眉根をきつく寄せ、突き出した腰を上下に揺らして、はしたない言葉で懇願し、更に濃

度を増した女の蜜に放物線を描かせた。

「あぁ、そうねぇ、そこまで言うなら、大好きな奴、してあげるわねぇッッ……♥」

その言葉と同時、お尻に入った触手が、卵を飲み込んだ蛇の腹を演じて、少女の中から内容物を吸い取って肉の床へと運んでいく。

何を吸われ、何を出して絶頂に身をくねらせているのか。想像する事も憚られる行い。

どぽぶっ、ぼぶっ、どぶぶぶっ。

少女の腹から触手の中へ内容物を下品な音と共に吐き出した。

肛門に口を付けた触手が波打つほどの勢いでその内容物を吐き出して、法悦の極致に飛び続ける少女。その目は見えなくとも、その表情が快楽一色で染まっている事が窺える、淫らな顔を浮かべていた。

「っだ、出すっ♥　出すのっ♥　った、食べられてへぇっ♥　っへおおぉっ♥　食べてもらうのっ、っき、きぼちよすっ、っぎいひぃぃぃっ♥♥　お尻、ケツアナはぁあぁっ♥♥つも、っもぉっ、グラトニーしゃまのものにひっ、なっへぇぇぇっ♥　イグっ、イグっ♥ケツ、ケツマンコ全部アグメさせられまひゅうぅぅっ♥♥　あぁっおおおぉぉっ♥♥」

へこんでいくお腹を突き出すように腰を振り、腸管全てで飛ぶ絶頂の凄まじさを口にする少女。少女の腹がへこんでいくのと同期して、支えを失ったホースのように触手が暴れ、どれだけの勢いで内容物が吐き出されているのかを雄弁に語った。

そしてその声と表情、そしてはしたない腰の痙攣《せいさん》が、どれだけの深い悦びを味わっているのかも優菜に訴えていた。目の前で行われる凄惨な光景に、しかし優菜は目を皿のようにして見つめ、吐息の熱を上昇させていく。

（あぁっ、あぁぁぁっはぁぁっ……♥　あの子、お、お尻っ、っす、吸われてっ、っだ、出しながらっ、イってへぇっ……♥　っき、気持ちよさそぉ……♥♥）

その姿に、まるで自分もそれをされているかのように、優菜のお尻の穴がキュンキュンと甘く鳴き、腰がムズがるように蠢かされた。

「あ……あぁ……♥　うあっ、あぁ、あぁぁぁぁ、お尻、吸われてッ、なんっへっ……♥」

（あ、あぁぁ、アタシ、あれされたら、っど、っどうなっちゃう、のかなぁぁ……♥♥　あ、あぁっ、きっと、おんなじ顔して、あ、アクメ、っしまくっちゃうよぉぉっ……♥）

守りたい、守れなかった、助けなくては。

杖から継承し、自身も備えていたはずのそんな感情を思い起こす隙間は、今のインヘリートには最早なく。

解放し損ねた魔力を示すように、お腹の紋が淡くピンクに輝いた。

「インヘリートぉ……貴女が望むなら、この子たちにした事、全部貴女にしてあげてもいいのよぉ？」

邪悪な笑顔を浮かべながら、アパタイトの顔が優菜に近づいて交差し、吐息が耳元に吹き付けられた。

「ほぉらぁ……♥　想像、してみて……？」

艶めかしく囁く毒婦の声が、耳から流れ込み、脳の皺に浸潤していくかのよう。

「あ、あぁぁ……♥」

見開いた目は未だなぶられる女から離せずに、半開きの口からは曖昧なうめき声を漏らす事しかできない。

「ふふふぅ……♥　指で、アクメさせてぇ♥」

「あ、あうぅっ……♥　あ、あぁぁぁ♥」

「腋をたっぷりしゃぶってあげてぇ♥」

「んいぃっぃ……♥　っひっ♥　っひぃぃぃ……♥」

「勃起をぜぇんぶイジメまくってぇ♥」

「あっ、あぁぁっ♥　あおっぉっぉ♥　っそ、それへぇっ♥」

「お腹からたっくさん吸い出してぇ♥　……あぁはぁ♥」

「んおぉぉぉっ♥♥　っそ、そんなのっ♥　そんなのぉぉ、おおっほぉぉっ♥♥」

その言葉は、限界を迎えそうになっていた優菜の頭に妖しく浸透し、先ほどよりもより鮮明に、自分がそれをされている想像を形作らされてしまう。

自分がそれをされてしまったら。されてしまいたい。

そんな観念に質量を持たせてしまう。

「つら、らめっへぇっ♥　指で、指でイグのっ♥　おおっほぉっ♥　らめへぇっ♥　腋も、腋もマンコにされうのっ♥　っほぉぉっ♥♥　りゃめへぇぇ♥♥」

自分の口でそれを言う度に、腰が踊り、腋の窪みがギュクンギュクンと痙攣した。

「勃起、勃起もぉぉっ♥♥　優菜のオマメっ、イジめられっ、られちゃうのっ、らめへぇぇ♥　っぜ、絶対、おかひぐっ、おがひくなうっ♥　狂っちゃうぅゥっ♥♥」

裏返った瞳、瞼の裏に映るのは、触手に貪られる自分の姿。

その想像に犯されていた。

「お尻、お尻の中身、食べられちゃうのなんへぇっ♥　っっそ、そんなのっ、恥ずかしすぎてっ、死んじゃうっ、っよおぉおっ♥♥　んおぉぉおぉんっ♥♥」

触手のチューブに腸の内容物を吸い取られるその想像に、恥ずかしいマングリ返しのポーズのまま腰をうねらせ、刺激を与えてもらえない二つの穴を開閉させた。

「っへおぉっ♥　っこ、腰動くっ♥　あぁぁぁ、っと、止めてっ♥　っこ、これへぇっ♥止めてへぇぇっ♥♥　っへおぉぉおんっ♥♥」

その様子を嬉しそうに眺めたアパタイトは、優菜のお腹で光る紋様を指で撫でつけながら問いかけた。

「どう？　杖の使徒さん？　何か、言う事はぁ？」

「あ、あぁぁぁ……♥　っそ、っそれっ、っはぁぁ……♥　っはおっ♥　おおぉおっ♥♥」

嗜虐的な笑み。

人間の、女性の尊厳を破壊する事が楽しくて仕方がないとでも言うような。

人間の顔のパーツを使って、ここまで邪悪を表現できてしまうのだと思い知らせるような、そんな顔が、優菜の顔を覗き込んでいた。

「……あぁはぁ……♥」

「……っぐっ、ぐふぅぅうぅぅっ……♥♥」

そんな表情が、むしろ正気を、残っていた正義の心を奮い立たせた。

「あぐっ、っふっ、っぐぅうぅぅっ……♥　っそ、っそほっ♥　ッその人たちっをぉッ、は、っはなしっ、ってぇぇ……♥」

裏返りそうになる瞳と声で、甘い声で、インヘリートとしての正しい要求を吐きつけた。
（っこ、っここでっ、負けたらっ、アタシが諦めたらぁ……、全部っ、ううぅぅっ♥　全部、終わっちゃう、んだからぁ……！）

優菜の頭を埋め尽くすピンク色の発情の靄。その奥から高潔な魂が光を放ち、表層にまで覗かせた。

インヘリートが見初めた高潔な魂、その輝きが瞳に灯り、歯を食いしばらせた。
「あっ、ああぁっはっ……♥　った、助けっ、っるぅっ……♥　あ、あらひっ、あらひがっ、皆をっ、茉莉をっ、おぉぉ……♥」

そしてそれまでだった。

うわ言のように自分の決意を吐き出す以外の事は、今の彼女には許されず、耐えがたいお腹の熱が腰をうねらせ、足をガクガクと震わせ。

それ以外に、インヘリートが、優菜が表せる抵抗の形は最早ない。

優菜のその言葉と態度でアパタイトの顔に驚嘆の色を浮かばせ、喉を鳴らさせた。
「……んぐっ……♥　………ッあぁぁっはぁっ……♥」

艶めかしい吐息を吐き出して、
「……やっぱりアナタ、最高の杖の使徒、よぉ、鏑木優菜ぁ♥」

恍惚と言っていい程の笑みを浮かべて、指をパチンと鳴らすと、天井に走った溝がグパリと開き、中から丸太のような触手が伸びた。

ぼっちゅっ、ぼちゅるっ、ぶろちゅっ、ぼちゅっ……。

幹は優菜が抱き着いていたそれより尚太く、人間程度なら丸呑みにできるだろう。それは他のグラトニーと同じ質感でヌメリを持ち、そして太いサイズに相応しく、一本一本が蛇のように太い血管を走らせて脈動していた。

天井から伸びた触手が、モグリとその身体腹を蠢かせ、内に詰まっている物を吐き出していく。ぞるりっ、ぞるりと粘液の破裂音を淫らがましく鳴らしながら、内部に収めていたのだろう日に焼けた女性のしなやかな脚が吐き出される。

「っや、やらっ……っも、っもぉっ、っっみ、みせないでっ……ぁあぁぁっ……!」

助けられない人間の姿は、インヘリートとしての正義の心と、鏑木優菜としての優しい心に同じだけのダメージを与えていく。

股間に生やしたペニスからはドロドロと先走りが溢れ、艶を宿す指が甘く扱く度にヌヂュヌヂュと粘ついた音を濃厚な匂いと共に放っていた。

「……あぁぁ、どんな顔を見せてくれるのかしらぁ♥　あぁぁぁっはぁあぁぁ……♥♥」

ペニスを扱く手と同期して、天井から伸びた触手の蠕動が起きる。

もちゅもちゅと、蛇が獲物を飲み込む動きの逆回しを演じる肉の柱。女性の形を浮き上がらせたそれは、やがて先端にまで到達し、開いた口から粘液に塗れた健康的な脚が吐き出された。

ぞるりっ、ぞるりっ、と耳障りな音を立てて吐き出される女性の身体は、吐き出される蠕動に快楽を感じているのだろう。蠕動の度にそのふくらはぎが電気を流されているかのように断続的に緊張と弛緩を繰り返す。

日焼け跡が艶めかしく白濁にテカる脚とお腹。まるで強調するかのようにそこだけ白いパンツラインが光り、否が応でも秘部に視線を集めてしまう。

M字開脚で広げられた脚と腰はビクビクと淫らがましく痙攣し、しゃぶり立てられている内部に注がれる快楽の大きさを何より伝えた。

「あぁぁ、ぁへぁぁ～～♥♥　っは、っはひっ♥　はひぃっ♥　っひっ、ひひひっ♥♥」

露出した口は快楽に耐えるように口元が引き結ばれて、引き攣ったような快楽の悲鳴が歯列から漏れ出していた。

もちゅっ、もちゅっ、むちゅぅぅぅ……。

内部に含んでいた女体を吐き出す触手の蠕動が、女性の目から上だけをしゃぶり立てるような位置で止まる。

それはまるで脳を吸い取られている瞬間を切り取ったかのような卑猥なオブジェ。そんなものが、戦士の眼前に作り上げられ、見せつけられる。

「あ……あぁぁぁ……！」

身体を苛んでいた発情が、うすら寒いものに変わっていく。

目の前の卑猥で下品で惨めな女性の声が、どこかで聞いたもので、どこかで見た事のあるものだったから。

「……っま、まさ、まさかぁ……！　っそ、っそんっ、っそんっ、なのっ……！」

そんなはずはない。ある訳ない。そんな願望で覆い隠すには強烈すぎる確信が、優菜の全身から血の気を引かせた。

「あぁあぁっはあぁぁ♥♥　んっはっ♥　んはあぁぁ〜〜〜っっ♥♥」

肉から半ば吐き出され、目の上からのみを飲み込まれている豊満な胸を持つ日焼けした少女が、舌を伸ばし、娼婦の吐息を吐き出して空気をまぜっかえす。

だらしなく広がった口ははぁはぁと息を荒らげて舌を動かして、日焼け跡が刻まれた胸をゆさゆさと揺らし、はしたなく広げた脚に力を籠めて腰を前後に振りたてて、

「あぁっはぁっ♥♥　っご、っごっ♥　ご主人ひゃまぁぁっ♥　っも、っもっろぉっ♥いっ、イガへれぇぇっ♥　っぽ、ボクのオッパイひぃっ、イジメへぇぇっ♥♥」

どこかで聞いた事のある、なのに決定的に聞いた事のない声が、優菜の耳を震わせた。

「っはへっ♥　っへっ♥　っへっぶっ♥　……っぶっ、っぶひっ、ぶぅっひぃぃんっ♥♥」

鼻に入れられた触手が引っ張り上げられて不様な形を作り上げ、そしてそれを望むかのような不様な音が鳴らされた。

「っぽ、ぼくっ♥　豚っ♥　豚れひゅっ♥　っぶひっ、ぶぅひぃぃぃんっ♥　オッパイのおっきい、ご主人様の豚はぁぁっ♥　あおっ♥　おおっ♥　んぶっひぃぃぃんっ♥♥」

目から上を飲み込まれているその姿が、まるで知性を吸い取られているかのように、下品な言葉で屈服を叫んでいた。

運動部でついたのだろう日焼け跡が、彼女の本来の肌の白さを際立たせ、流れる汗がそれを艶めかしく彩っていた。

短距離走で鍛えられた脚がビクビクと震え、しなやかな筋肉の筋に沿って粘液の筋を作り上げた。

「んねろっ♥　っへおぉぉっ♥　ち、チンポっ♥　豚女に、しゃぶらへっ♥　っへぇぇっ♥　んぇえろぉぉおっ♥　チンポモグモグさへれぇえぇっ♥♥　っへおおぉっ♥」

「あぁはぁ♥　そんなにしゃぶりたいのぉ？　んぅ？」

「んえっへぇぇ♥　っは、はひっ♥　はひぃぃんっ♥　しゃぶりたいっ、れひゅっ♥　んねろっ♥　オクチ、おクチマンコぉ♥　にゅぽにゅぽしゃれ、しゃれたいひぃぃぃっ♥」

全身で媚を売る彼女の身体が動く度、うらやましいと常日頃感じていた乳房がゆさゆさと揺れ、汗の雫を飛ばしていた。

目、以外の全てをさらけ出した少女のその姿を、アパタイトは玩具を見つめる視線で眺めて腰を突き出し、言った。

「それじゃ、……んーっ…………ヨシっ♥」

犬にするような合図に、喜色を満面に浮かべて、奴隷の少女は顔をアパタイトの股間に埋めた。

「あっ♥　あっ？　あぁぁっはぁぁ♥　っんふーっ♥♥　おっ、んおぉぉっ♥」

濃厚な匂いを馬の鼻息で吸い込んだ彼女は、腰の動きを更に荒く、小刻みなものへと変化せしめて、

「あっ、あぁっ♥　イグっ♥　イグっ♥　ご主人様のチンポの匂いれへぇっ♥♥　っぽ、ボクっ、ボクイっぢゃっ♥　っへひっ、っひっ、っぶっひぃぃぃぃいんっ♥♥」

プシッ、ジュッ、ビジュウウゥゥゥ！

M字に開かれた脚の根元、ピンク色のそこから潮を撒き散らし、浅ましい女はペニスの匂いだけで絶頂を迎えた。

「っへっ、っへっ♥　っへひっ♥　ひっ♥　んおぉぉっ♥　っぷひっ、ぶっひぃぃいんっ♥」

余韻に浸る間もなく、媚びるように豚鼻を鳴らし、絶頂を迎えさせたペニスに日に焼けた頬を押し付ける。

「あぁはぁ♥　あんなに嫌がってたのに、今じゃただの可愛い豚ちゃんねぇ♥　あぁはぁ♥　……でも、まだマテ、マテよぉ？」

「んきゅうぅぅんっ……♥　っへっ、っへぇっ♥　っふごっ、ぶほぉぉぉんっ……♥♥」

頭を撫でられる喜びと、しゃぶらせてもらえないもどかしさを同居させた声で媚びてみせた。

その姿に知性は見当たらず、不様で下品な愛玩用の家畜の相を全身で振りまいて。

「……そん、な……っそんなっ………！」

アパタイトが首だけを振り返らせて優菜を眺め、口を嬉しそうに歪ませて、

「あぁはぁ♥　……貴女が負けちゃったからよ、鏑木優菜ぁぁ……♥」

どこか現実感のない声で呟いた。

「……豚ぁ♥　その頭の奴を取ってあげるわねぇ♥　あぁはぁ♥」

「っはっひっ♥　はひっ♥　っぷひぃっ♥　んっぷひぃぃぃっ♥　取って、取ってへぇぇ♥　っへおぉぉっ♥　んぶひぃぃぃっ♥」

　アパタイトの股間から伸びたペニスに、鼻息を漏らしながら舌を伸ばして強請る様は中毒者のそれと形容できた。

「んえるっ♥　れっろっ♥　れるるるっ♥　んべぇへぇぇ♥　っち、チンポぉおっ♥　ひんぽぉおッ♥♥　んれへぇえぇぇんっ♥♥」

　隠すものなど何一つ身に着けていない様々な女性の下半身。そのどれもが一様に女の蜜を秘部から溢れさせ、快楽をせがむようにヒクヒクと性器を痙攣させていた。

「っあ、ううあぁ……あぁぁぁぁ……！！」

　わかっていた。誰あろう自分が見間違うはずがないのだから。一緒にお風呂に入った時にドキリとさせられたあの身体。うらやましい、そして自由に触ってみたいと密かに思っていた豊満な乳房。何度も何度も元気をくれて、勇気づけられた親友の声。自分の、何より大好きな、愛していると言ってもいい存在。それを見間違うなんて事は、あるはずがなかったのだ。

「…………」

　アパタイトの視線が、茫然《ぼうぜん》とした優菜の顔を捉えたのを合図として、ひざまずいた「豚女」の頭から触手が離れ、隠されていた部分が露出していく。

　それでも、もしかしたら、とも思っていた。

　その、自らペニスをしゃぶり、恥ずかしい格好に恥ずかしい言葉を叫んでいた、まさに豚女の顔は、

「んえれぇえっへぇぇえ♥♥　ごおっ、ご主人様ぁぁんっ♥♥　っち、チンポぉっ♥　ポ

クにチンポしゃぶらせっへぇぇぇん♥♥」

「…………茉……莉…………」

見開いた目に映るそれは、親友のそれだった。

長い付き合いの親友が、見た事もない顔を晒し、はしたない言葉を叫び連ね、見た事もない程の艶を含んだ瞳で化け物を見上げて口淫を強請る。

「ほらぁ……おともだちが見てるわよぉ？　あぁはぁ♥」

頭を撫でながら、親友の意識を自分に誘導させ、胡乱《うろん》げな瞳が敗北した少女に向けられた。

「んれへぇぇっ？　……つゆ、ゆっ、なぁぁ……？♥」

「つま、まつ、っり……ッッ……！」

目が合い、互いを認識したにもかかわらず、親友の目には情欲の炎が灯ったまま。

犬のように舌を出し、犬のように浅い呼吸を繰り返したまま、アパタイトの身体に身を寄せていた。

「ほら、優菜ちゃんにぃ、何をされたか言いなさいっ♥」

「んおっ♥　おっ♥　おおっほおぉぉっ♥♥　っは、はひっ♥　いい、言いますっ、言っちゃいますぅぅっ♥♥」

親友の色にボケた顔が優菜を貫き、視線が絡み合うと、欠片も躊躇う事なく茉莉は恥ずかしい言葉を舌に乗せた。

「ゆ、ゆうなぁぁ♥♥　つぼ、ボクっ、あ、アパタイトしゃまにひぃっ♥♥　全部っ、全部オマンコにひぃっっ♥　エッチにされひゃっ、されはぁぁ♥♥　あおっ♥　おおぉっ♥♥　ッスンスンっ、んはっ♥　んっはぁあぁ♥　チンポの匂い大好きひいぃぃっ♥♥　あぁっはぁぁ♥♥」

「もう、しょうがない豚ねぇ♥　あぁはぁ♥　それじゃあぁ、ヨシっ♥」

その言葉を待っていたかのように、首が伸ばされてアパタイトの股間に顔面を押し付ける。

「っっ♥♥　んぼぶっ♥　んにゅぶっ♥　じゅぼっ、じゅぞぞろっ♥　じゅるるるっ、じゅぶうぅっ♥♥」

「あ、あァアァぅ♥　がっつく、んじゃないぃぃっ♥♥　あぁっはぁぁ♥♥」

アパタイトが合図を出した瞬間に、スポーツ少女の口が、豚でも出さない音を出してペニスに吸い付き、熱烈すぎる奉仕を始めた。

「んにゅぼっ♥　おおっぼぅっ♥　んっぽっ♥　んんぼっ♥　むっぽっ♥　むぽぷっ♥　にゅぼぼっ♥　ぶっぼおっ♥」

頭を前後に動かし、下品な破裂音を鳴らして、化け物のペニスに口内粘膜を叩きつける。

「っはぼぶっ♥　っほぉっぶっ♥　んっもっ♥　っもっ♥　っもっ♥　んおぉっもおぉぉんっ♥♥」

自らが行ったピストンの度に腰を震わせ、出来立ての尿を地面に短く吐き出して、喉を責め立てられる快楽を言外に表していた。

「んっ♥　んっ♥　あぁぁ、少しっ、仕込みすぎた、かもぉっ♥　コイツぅ、豚すぎっ、つるぅぅっ♥♥」

アパタイトが恍惚とした表情を浮かべ、肉の幹に感じる少女の粘膜を酷薄な言葉で評した。

「っち、ッチンポぉっ♥　っはっぷっ♥　んねるっ、ねじゅっ、れちゅぅっっ♥　んふーっ、んふーっ♥　っだ、大好きにされひゃっらぁん♥　っはぷぅ♥　れるっ♥」

甘えきった声に表情で、アパタイトの大きすぎるペニスに奉仕をしながら、はしたない言葉と吐息を吐き出して。

その姿が、優菜の精神の亀裂を大きく広げ、育てていく。

「……まつ、まつり……ッゥぃいいぃ……」

絶望の声が少女から漏れ、大粒の涙が零れて頬を幾度も流れていく。

「んおっ♥　おおっ♥　っほおぉおんっ♥♥　っこ、これなのぉおっ♥♥　っこれれぇっ、オマンコぉっ、奥のきもちー所をねっ♥　なっ、何度も何度も、ジュボジュボってされへっ、頭ジュルルルッってされへぇぇっ♥　っご、ご主人様の事ぉ、大好きにされひゃっらのぉっ♥　おおぉっ♥♥」

汚されきり、壊されきった親友の表情が。

限界の縁に立っていた優菜の意識を刈り取って。

その、汚れきり、壊れきって、溺れきった親友の姿を脳が認識した次の瞬間に。

「……あ、あぁあぁぁ、あぁぁ……あっ」

プツリ、と。

「……あはっ、あははっ……」

精神の何かが切れる音を、確かに聞いた。

「あはっ……あははっ……ははははっ……」

壊れたような笑みは、一つ音を放つ度に知性や戦意や大事な何かを吐き出すかのよう。

戦うべき理由がなくなった少女には、

「さぁ……何か、言う事はあるかしらぁ……？」

その言葉に、杖の使徒は目から光を失い、薄く笑んで、

「いっ、いいっ、……いんへりぃとぉ……っや、っやっ、辞めうっ……」

自らのよって立つ資格を、か細い反撃のたった一つの糸口を放棄する言葉を吐き出した。

「…………」

その言葉を聞いたアパタイトの口が、大きく邪悪に上がった。と同時に、肉の床に放置されたままの英知の錫杖が、

……ポウゥ……、トシュッ……！

淡く光り、そしてそのまま消えて失せる。

杖の使徒、その資格を失った時に、次の所有者を探しに行く。その機能が働いた。

今の鏑木優菜の絶望と、性への渇望と、快楽の記憶がびっしりと刻みつけられて。

次の所有者へとそれを渡すために、どこかへと消えていった。

杖が収められていた、最早何もない空間を見つめていたアパタイトが、

「あっ、っはっ……あはははっ、あぁぁあっはぁあぁぁ♥♥」

自分の頬に手を当てて、狂喜の笑みをこの空間に撒き散らした。

「これで、これでっ！　私の生まれた意味を達成できたっ！　ああっはぁっ♥　あはっ、はっはっはははははっ♥♥」

嬉しくて嬉しくて堪らない、そんな感情に任せた笑みが地獄の空間に響き渡る。

コスチュームはそのままに、その戦闘力を支えた武器が失われた。

何より、一番致命的なのはその精神だろう。

「あはっ、あぁっはあぁぁぁあぁぁ♥♥」

抵抗をやめた精神を何より表すだらしない表情を浮かべ、壊れた笑いを晒すその顔に、戦士としての誇りなど一切見られない。

絶頂を希い、折れた心がそのままに収められた杖。

それは自律的に、魔力が多く高潔な魂を持つ者のもとへと飛んでいき、その感情を継承してしまう。

強靭すぎた優菜の心を折るほどの感情を、煩悶を、そのまま渡せばどうなるか。

それは最早考えるまでもない事だった。

「つぐふっ、つぐふふふふっ♥　ぐはあぁっはははははははぁぁっ♥♥」

人間のもっとも強く、もっとも恐ろしく、もっとも厄介な部分を、どうしようもなく蕩かす毒。

人類を救うはずのその機能が、人類の勝ち目を摘み取っていく。

継承ではなく汚染を果たす最悪の毒となって。

こうして、グラトニーの変異体、アパタイトの満願の成就が為された。

「……あはっ、っはぁっはははははぁっ！　やった、やったやったっ！　やったやったやったっ！」

下品な歓喜の声を響かせると、ピタリとその喜びの声を止め、優菜に向き直る。

「…………ありがとう、インヘリート、いいえ、鏑木優菜ぁ♥」

落ち着いたアパタイトの柔らかい笑みが、ただの少女になってしまった優菜に向けられた。慈しむように頬に手を当てられ、溢れた涙を親指で拭われて、

「あっ、あああぁぁっ♥　あああぁっはぁぁ……♥」

だらしない顔を晒し、熱い息を吐いた。

「……ご褒美をあげようと思うのだけれど、何がいいかしらねぇ♥」

親友の蜜に塗れ、先端からトプトプとネバついたものを扱き立てながら問いかけた。

その問いに、優菜の出す答えは、最早一つだった。

「…………おっ、おおぉっ♥　っち、チンポぉ……♥　アパタイトひゃまの、チンポれへえっ♥　い、いいぃ、イかへれ、くらひゃぁいいぃっ♥♥」

堰《せき》を切った淫らな欲求が、口をついて止まらない。

頭を飲み込まれ、散々に「されたい」と願っていた事をかき集めて、懸命に舌に乗せる。

「んいっ♥　にひぃっ♥　オマンコ、っゆ、ゆーなのオマンコぉ♥　い、虐めてへぇっ、っひ、酷くしてへぇぇ♥　わ、わらひのまりょくっ、じぇんぶ食べへぇぇっ♥♥　っへおぉおっ♥　オマンコアクメさせられたひんれひゅうぅうっぅっ♥♥」

腰を上下に、左右に、円を描くように、自分ができる可動範囲いっぱいに振りたてて、耐える理由を失った少女は媚を売り続ける。

「きしゅもっ、オッパイもぉっ♥ っけ、ケツ、ケツアナもほぉっ♥ っぐ、グラトニーしゃまの食べたいところぉっ♥ 全部食べへぇぇっ♥♥」

中毒者の表情を満面に浮かべ、快楽と引き換えの破滅を強請った。

それは、グラトニーを殲滅《せんめつ》する戦士から、ただの上質な餌へと変わった瞬間と言えた。

「……あっ、あぁぁ……あ〜〜……♥」

杖と一緒に知性までも失ったように、だらしない声と表情でアパタイトを見つめ返した。

その姿を見るアパタイトの顔には、慈愛の相すら浮かび、視線を艶めかしくからませながら告げた。

「……貴女にはまだまだ役に立ってもらうわ、死ねるなんて思っちゃぁだめだから♥」

「んっひっ♥ っひっ♥ っはひっ♥ はひぃっ♥ ゆーなの魔力ぅっ、食べ、食べへぇぇっ♥ んおぉっ♥ 全部、全部食べてくらはぁぁいいぃっ♥♥ んぉおぉっ♥」

だらしない声で、はしたないセリフで、心の底からの言葉を吐き出した。

「…………ありがとう、鏑木優菜ぁ♥ 貴女のおかげで、私たちはもっと増える事ができる……なんにも邪魔されずに、この食欲を満たす事ができる……」

静かに告げるアパタイトの顔には、確かな感謝と、それ以上の暗い欲望が灯り、はしたない言葉を繰り返す、もう戦士ではなくなった少女を見つめていた。

「……んひっ♥ っひっ♥ お、オマンコっ、オマンコおぉぉ♥ っして、してくらひゃいっ♥　っし、してへぇぇんっ♥♥　っも、っもっ♥　っがまん、っむりっひいぃぃぃっ♥♥　あおぉぉっ♥♥」

無毛の割れ目を見せつけるように腰を振り、魔力の量が多いだけの少女がアパタイトを誘い立てる。

「あぁはぁ♥　可愛いわねぇ♥　すぐあげるわよっ♥」

ドチャッ！

四肢の拘束が緩み、白濁でぬめる床に身体が投げ出された。

ブリッジのような体勢で自分の一番大切な所を見せつけて、優菜は懇願する。

「っへひっ♥　っへひっ♥　いっ、いいっ、イがへっ、れえぇぇっ♥　っゆ、ゆうなのオマンコっ、おぉぉっ♥　っひ、酷くしてっ♥　子宮の魔力っ、食べ尽くしてへぇぇっ♥」

腰をうねらせて、媚をふんだんに振りまいた下品な口上を吐きつける。

そのはしたなすぎる懇願に、食べてと強請る餌の艶姿に、

「っが、っがぁっ、我慢なんてっ、手加減なんてっ、っし、じゅるっ、しないんだからぁぁ♥♥」

アパタイトが舌なめずりを一つして、

ぐちゅるっ、ぶちゅるるるっ、ちゅくっ！

「あっ♥　あっ♥　あぁぁっはぁあぁっ♥　っき、来たっ♥　来たっ♥　あぁあぁぁ♥♥」

無数の触手が優菜に襲い掛かり群がる。

そしてガニ股に開かれた脚、その中心で蜜を垂らす女の子の一番大切な部分。その部分

に、ひと際太い触手がその身を沈め、
じゅぶっ、じゅぶぅぅぅぅぅぅ……！

「あっ♥　あおっ⁉♥　おっ？　おおおぉぉっ♥♥」

その圧力に。焦らされきった身体へ流し込まれる絶頂の予感に。

優菜の細い喉から野太い声が絞り出された。

そして、甘えるようにひくつく膣肉をかき分けて、子宮口に到達した触手が、その本懐を果たす。

つぐっりぃぃいっぃ……！　……っちゅぶっ、ちゅぶぶぶぶっ！

ズクンっ！　ズクンっ！　ズクンっ！

「あっ、っがっ！　⁉　……うえひぃぃいぃいいいぅっっっっ⁉⁉♥♥♥」

溜め込んだ絶頂が、その分の大きさを伴って優菜の価値観を書き換えて。

溜め込んだ魔力が、その分の勢いを伴って優菜の意識を高い所に押し上げる。

「いっぐっ♥　イグっ♥　いんっぐぅぅうぅぅっ♥♥　つはぁぁぁあぁおおぉおぉぉっ♥♥　おまんこっ♥　オマンコいぐっ♥　いんぐぅうううぅぅっ♥　っふんっぐおぉおおぉおおおんっ♥♥」

イキ損ねた分が、その時から勢いを失わずに溜め込んだものが、全身を襲った。

膣を、子宮を、体中をイジメる触手の触れる全てが悦びに溶かされていくような幸福感。

指でイキ、腋でイキ、クリトリスでイキ、首筋でイキ、お尻の穴でイキ、尻の房でイキ、肩口でイキ、喉でイキ、血の一滴が、細胞の全てが、絶頂に達していく。

「あおっ♥　おおっへっ♥　っへっひっ♥　死ぬっ、っしにゅっ、っひにゅうぅうぅうぅうっ♥♥　っへおおぉおっ♥♥」

精液そっくりの液体が舌に乗せられればその味と熱とでイき、

「んべぁ♥　っへっべっ♥　美味し、美味しくてイグっ♥　っへおおぉおっ♥　精子の味れイグっ♥　っひ――――っ♥♥」

耳を撫でる触手の水音と感触で絶頂に飛んで、

「あおっ？♥　おっ♥　っく、くちゅくちゅっりゃめへぇっ♥　っへひっ♥　耳まれっ、オマンコににゃうっ♥　っへおおぉおっ♥　脳みそ犯さえへイグぅうっ♥　んっぐぉおおおっ♥♥　っほぉっへぇえぇ♥♥」

自らの痙攣する筋肉ですら法悦を味わわせ、

「んっひぃおおぉおっ♥　んおっ♥　おっ♥　おおっほぉおぉおっ♥　お腹溶けるっ、蕩けるっ♥　んにひぃい〜〜〜ッッ♥♥　オマンコっ♥　オマンコアグメらいしゅきひぃいぃいっ♥　んおぐっ♥　っほおぉおっごぉおぉおっ♥♥♥」

膣へのピストンは筆舌に尽くしがたい程の悦びだった。

多幸感の原液が血液に、肉に、骨に、細胞の隅々までに注がれているように感じられ、一切の思考を許さない。

気持ちいい、気持ちいい、気持ちいい。

それ以外の何物など思考の中に入り込む余地などありはしなかった。

「っし、っ子宮っ♥　子宮しゅきひぃぃっ♥　あおっ♥　おぉっ♥　っそ、っそこらのっ

♥　そごっ、ゆうならいしゅきひいぃいぃいっ♥　んおっ♥　おっ♥　食べて、食べへぇっ♥っそ、っそこからまりょくぅっ、沢山食べへぇえぇえんっ♥♥　おッィグっ♥　いいんっぐっ♥♥　いぐうぅぅうっ♥♥」

性感帯として鋭敏すぎ、そして魔力を生産器官として優秀すぎるそこに、グラトニーの触手が口を付け、貪っていくと、一瞬ごとに何度も何度も折り重なって絶頂が全身を差し貫いて意識のブレーカーを落とさせて、同じ快楽で上げさせた。

常人の一生分の幸福感を煮詰めてもここまでの味わいを出せはしない。そう断言できる程の、地獄の快楽だった。

ズクン、ズクン、ズクンっ！

蕩けた秘肉の最奥から、出来立ての魔力が吸い取られ、脳が、精神が、細胞の一片までもが沸騰していく。

肉で染まっていた視界が真っ白に染まり、明滅を繰り返して。

バチバチと何かが眉間で弾け、プツプツと脳の中で何かが千切れ。

「あおっ♥　おおっごっ♥　おおおぉぉぉぉんんっ♥♥」

人間が味わえる最大の幸福を噛みしめて、人間の放つべきではない咆哮で肉の部屋全体を震わせた。

「いいっぐっ♥　イグイグっ♥　っぐひっ♥　んぉぉおぉおぉおぉっっイグぅうぅぅうぅうっっ♥♥」

その一つ一つですら精神を破壊するのに容易い絶頂が、戦士の資格を失った少女をぐちゃぐちゃに破壊した。

魔力を放出する喜びと、魔力を食べられる絶望が混ざり合って、マゾヒスティックな快感として脳に刻まれる。

「あおっ、おおっごおぉおっ♥　おおんっ♥　っほおぉおっ♥♥　いき、イキまぐっへっ♥っへおおぉおっ♥♥　おにゃかっ、おにゃか蕩けてへぇえっ♥♥　んおおぉおっ♥　イキ終わってないのにっ、もっと強いアクメが来ッ、るぅうぅっ!?♥♥」

お腹の中心。魔力を生産し溜め込んでおくための命の揺り篭。

快楽に飢えきったそこに、人間が感じられる最大級の快楽が無遠慮に押し付けられる、その喜びが、意識を何度もデタラメに明滅させた。

「助け、助けへぇっ♥♥　っへおっ♥　っへぇっひっ♥　っゆうなのオマンコ、誰か助けぇえっ♥♥　あっ、あおっ♥　おおおイぐぅうぅぅっぅつ♥♥　っひ――――っ♥♥」

全身に電気を流されたかのように不規則に痙攣させ、涙、涎、汗、小便、出せる体液は全てを吐き出して。

戦士だった少女は生命の維持に必要な活力すらを絶頂に差し向けて、法悦に飛び続ける。

「あああおおぉおぉおっ♥　おおっごおぉおっっ♥　っほおぉおんっ♥　んっぉおおおぉおっ♥♥♥」

ビクン、ビックンっ！　ガクガクガクガクっ！　ビクンっ！

背骨が折れんばかりに反らされ、全身は電極を取り付けられたかのように跳ね回る。

今まで覚え込まされた絶頂が、更に濃厚な幸せの味で上書きされ続ける。

「んっごっ♥　おおおぉぉおっ♥　っほっひぃぃぃいっ♥　っしにゅ、しにゅっ♥　んっぎいっひぃぃぃぃいっっぃぃいっ♥♥」

喉が裂けんばかりに獣の声を迸らせて、オアズケされた分を取り戻すように、深く、重たく、甘すぎて、辛すぎる悦びの頂に上り続ける優菜。

溜め込んだ魔力が吸い取られる根源的な喜びに、脳の容量を大きく超えたその衝撃に、脳の血管が切れる音が聞こえ、視界が真っ白に染まって弾ける。

じゅぶっ、にゅぶっ、じゅぶぶっ、にゅぶうぅっ！

ずちゅぅ、ちうぅぅうぅっ、ちゅぶぶっ、ちゅぶうぅぅぅっ！

「あおっ♥　おっ♥　お——っ♥♥　イグっ♥　オマンコ溶けるっ♥　っひっ、っぐひっ♥　っこ、腰ッ、なくなううぅぅぅっ♥♥　いんっぐうぅぅううぅぅっ♥♥♥」

「あぁっ、っゆ、ゆっ、なぁっぁ♥　っき、気持ちよさそぉっ、っだよぉぉっ♥♥　あ、あぁぁぁ、ボクも、ボクもしゃれたひぃぃぃぃん……♥　んっはぁあぁぁ♥」

抽挿と吸引。そのどちらもを行い、肉体も魂も絶頂に押し上げられ続けて終わらない。

頂点だったものが地面になり、更なる高い地点へと強制的に押し上げられる。

終わりの見えない絶頂の更新。その繰り返しが鏑木優菜の精神を漂白し上書きしていく。

「つも、っもぉっ♥　チンポがあればっ、いいっひぃぃっ♥♥　っぐ、グラトニーしゃまのっ、ものになれへっ、っし、っしひっ、幸へぇぇぇっ♥　おおんっ♥　んっおおぉっ♥　アグメ、オマンコぉ、アグメくりゅっ♥　んひぃっ♥　っひぃぃぃぃんっ♥♥」

心の底からの言葉を肉の空間に響かせて、絶頂を貪るその顔は知性を感じさせないセックス狂いのようだった。

「あ、あぁぁぁっ♥　アパタイトひゃまっ♥　っも、っもっろっ♥　ゆうなの事ぉっ、っき、気持ちよくしてくらひゃっ、ああおぉぉぅ♥♥　んおっ♥　おおっほおぉぉっ♥♥」

「ご主人様、よ？　インへリートぉ？　ああ、もう違うかしらねぇ♥　あぁはぁ♥」

「っご、ごごっ、ご主人しゃまっ♥　ご主人ひゃまぁっ♥　あっへっ♥　っへっ♥　へっひぃっ♥　っも、もっとゆーなのオマンコぉおっ♥　っひ、酷くしへぇぇん♥　っき、気持ちよくしてくらひゃっっひぃぃっ♥　あぁぁ、ゆーなの全部ぅっ、ったた、食べてくらひゃぁぁいいいぃぃっ♥　イグっ♥　いぐぅぅぅぅっ♥♥」

自分の全てを投げ出すカタルシスが性感と結びつき、自分を気持ちよくする相手の糧となる悦び。そんな破滅的な思考が脳を埋め尽くし、はしたない言葉を吐き出させた。

口から価値観や人間性までをも吐き尽くして、優菜は化け物に思いの丈をぶちまける。

「……あっ、あおっ♥　おおぉっ♥　……っご、ごしゅじんひゃまぁぁ……っも、もっろ、オマンコ、してくらひゃぁいぃ……♥　っゆ、ゆうなぁ、っもっと魔力作り、まふからぁぁ♥　っゆ、ゆうなを気持ちよくして、魔力ぅ、ったた、食べへぇぇんっ♥♥」

「あぁっ♥　んなぁあぁん♥　っぽ、ぼくもっ♥　ぼくももっと食べて貰いたいれひゅぅうん♥♥　んっひっ♥　っひっ♥　っぷっひぃいぃんっ♥♥」

くなくなと腰を揺らし、ピンクの秘裂とお尻の穴を見せつけながら訴える。

胸からはいつか見せたように母乳を漏らし、ミルク色の筋をお腹にまで垂らしながら。

「あぁ……っはぁぁぁ……♥」

「あ、でもその前にぃ♥　仲良く舐めてもらおうかしらぁ♥」

腰を突き出し、固く滾ったペニスを二頭のメスの間に割り込ませる。

我慢していたのは、喜びの頂を目の前でお預けされていたのは、優菜だけではないのだ。

この触手が、この肉の空間全てが、ようやくその獲物を貪れる喜びを表して、優菜の身体に群がっていく。我慢した分を取り戻すかのように、遠慮も容赦もなく、その食欲の命ずるままに優菜の全身を絶頂へと押し上げた。

と。

ぐちゅっ、ぐちゅるっ、ズっ、ズズズズッ……。

触手が蠢いて、壁が、天井が、空間が狭まっていく。

より近い距離になった肉に、しかし二人の瞳には恍惚と法悦の色しか灯らない。

「んっむうぅぅおおぉっ♥　おっ♥　った、食べられっ、食べられるのっ♥　おおぉっ♥

きぼぢいっ♥　いっひいぃぃぃいっんッ♥♥」

「つぶっひっ♥　ぶひぃんっ♥　っも、っもっろイカへれっ♥　っへおぉおっ♥　いつまでもアクメさせつづけてへぇえんっ♥♥」

知性も理性も感じさせない、まさしく中毒者の表情で、飲み込まれる事に悦びを訴えて。

これから魔力を生産するためだけの一生が待ち受けている事に、頭が喜びに沸き、なだらかなお腹が歓びに震え、膣の奥が悦びにキュンと締まった。

狭くなった空間、ひと際濃い匂いを放つアパタイトのペニスが目の前に突きつけられて、褐色肌の少女が親友に水を向けた。

「っゆ、ゆっ、なぁぁぁ♥　一緒に、ご主人さまのぉっ、ペロペロぉ♥　し、しよぉ？　♥んちゅっ♥　っはぶっ♥　んちゅるっ♥」

親友の見た事もない程に蕩けた顔が、蕩けた声が押し付けられて。

「んっ♥　んちゅっ♥　っはぶっ♥　ぶちゅるっ♥　っぺはぁぁあぁ♥　う、うんっ♥うんぅぅっ♥♥　っしゃ、しゃぶりゅっ♥　っご、ご主人様チンポぉっ♥　っしゃ、しゃぶりゅぅぅうんっ♥♥　っはぁぁっぶっ♥　んれるっ♥」

抵抗など一切なく、親友と抱き合うようにしてアパタイトの逞しい肉棒に舌を這わせた。

「あぁはぁ♥いい、いいわぁ……♥　っこ、ここも使ってみようかしら、ねぇっ♥」

アパタイトの腰が器用に動かされ、ぶつかり合い歪ませあるその四つの肉の膨らみの中心に、肉棒が割り開いて押し込まれた。

ずにゅうぅっ！

「んあぁあぁっ!?♥　熱いっ、っひぃぃぃんっ♥♥」

「あ、あぁっ♥　っま、またボクのオッパイっ、イジメてもらえるっ♥　うぅぅぅぅんっ♥」

汗の溜まった空間に突き込まれた生臭い肉棒に、二頭のメスは幸福感に鳴いて、そしてすぐ様その感謝を行動に表した。

「んっれるっ♥　れろっ♥　っっへぇあぁぁぁ♥　っへ、変な味っ♥　っらのにひぃぃっ♥　っつぐ、ぐらとにーのチンポらのにぃぃっ♥　んれるっ♥　っはぁぶっ♥　っへろっ、れろっ♥　っはぁあぁぁ♥　お、美味しひぃぃんっ♥　んあぁあぁぁ♥♥」

インヘリートと名乗っていた少女の目には最早戦意の欠片も映らずに、性への欲望だけが灯ってそそり立つ肉しか映していない。

「んぁむっ♥　っはぷっ♥　んれへぇぇっ♥　っこ、濃い匂いしゅきひぃっ♥　っご、ご主人様のチンポほぉぉっ♥　っぽ、ボクっ、らぁいしゅきひぃいぃっ♥　んにゃあぁぁっ♥　っはむっ、っんっ♥　んっ♥　んっおぉぉっ♥♥」

その親友も合わせ鏡のように蕩けた顔を浮かべて、匂いと味と熱とを楽しんでいた。

「あぁ♥　っさ、最ッ高に気持ちいいわよぉっ♥　ブタ共ぉぉ♥　あぁはぁぁぁ♥」

二匹のメスから奉仕を受ける支配者が腰を震わせ、次いで大きく突き込ませた。

谷間を潜り抜けたペニスが、潰れ合う四つの乳房の感触をその身体で楽しんで、先端を二人の口元に更に強く押し付けて二人の頬に粘液を擦り付ける。

「ぁあっはぁぁぁ♥　チンポ、チンポすっごぉぉ♥　んえるっ、れるっ、れちゅぅっ♥」

「熱いひぃいぃっ♥　あ、あぁぁぁ美味しそぉぉ♥　おおほぉおぉっ♥　おおむっ♥　んむぅっ♥　っはぶっ♥」

四つの乳房、二枚の舌による奉仕を、二人は目にハートマークすらを浮かべながら果たしていく。親友の味が混ざる快楽の粘液の味に瞳を蕩けさせ、犬のような呼吸をぶつけ合い、娼婦のように舌を忙しく蠢かせ。

「っはあぶっ♥　んえるっ♥　れるっ、れろっ♥　れちゅぅっ♥　っんべはぁぁぁ♥　おいひっ♥　おいひぃいぃっ♥　っべろっ、れるっ♥　ぶちゅうるるるっ♥♥」

「んめぇぁあぁ♥　っへぇっるっ♥　っれるっ♥　っゆ、ゆ、なの味ぃいっ♥　っしてへぇぇ♥　っぽ、ボクまらイグっ♥　んっべろっ、べろれるっ♥　いいぐっ♥　んむふぅぅうぅんっ♥♥」

認識を快楽で書き換えられた二人には、その行為がどこまでも幸せを催して、性感を高めさせてしまう。

目の前の存在は、何より大切な親友ではなく、快楽を与えてくれる肉以外の意味を持っていない。

〝ご主人様〟以外の味がするその肉に舌を伸ばし、貪るように絡め合わせる。

「まちゅりっ♥　んちゅっ♥　っぷちゅっ♥　っはぷちゅっ♥　まちゅりひぃぃんっ♥びちゃびちゃ、びちゅっ♥　ぶっちゅぅうぅぅっ♥♥」

心なんて通い合う事のない、気持ちよくなるためだけのキス。

「ゆぅなぁ♥　っはおっ♥　んじゅるっ、ぶちゅっ、べちゅっ♥　じゅぞぞぞっ、じゅるっ、ごくっ、ごっくんっ♥　ゆうなはぁぁんっ♥♥」

それを二人で交わし、四つの穴を触手に犯される歓びに溺れていく。

そうして、一つになろうとでもするかのように、触手に搦め捕られながら、その穴の全てを犯されながら、触手の味がする舌を絡み合わせて。

そんな二人の舌の感触を楽しみながら、慈愛すらを感じさせる手つきでアパタイトが二人の頭を撫でつけて、

「私が死ぬまで、可愛がってあげるわぁ♥　家畜として、餌として、寿命も操作して、ゆっくりゆっくり食べ続けてあげるぅっ♥」

　そんな酷薄な言葉を投げつけられても、戦士の少女は顔に喜色を浮かべて答えてしまう。

「あ、あぁぁっ♥　嬉しっ、嬉しっ、っれふぅぅっ♥　った、食べてぇ♥　つゆ、ゆうなの事ほぉっ……♥　ずっと、ずっと食べ続けてへぇぇ♥♥　ああっはぁぁぁ♥♥」

　蕩けた瞳は恋する乙女のそれで、声は娼婦のそれだった。

　食べ続けられる。

　その言葉は、今の優菜にとっては福音以外の何物でもなかった。

　求められる喜びが、欲される歓びが、食べ続けてもらえる悦びが、お腹に獣じみた幸福感を沸き立たせ、子宮をキュンと鳴かせて止まらない。

　つぱくっ、もちゅっ、むちゅっ！

　密着した二人を纏めるように飲み込んだ触手がその径を縮める。

「んっもぶっ♥　っはぁっぶっ♥　んむぅぅああぁぁあぁ♥♥　あおっ♥　おぉっ♥　っほぉおぉんっ♥♥」

（あ、ああた、頭がっ♥　の、の、脳がっ、アグメひでっ、っるうぅぅうっぅっ!?♥♥　あえっ、ええっ、っへぇぇおおぉぉっ♥♥）

　触手の内部には繊毛がびっしりと生えそろい、女を鳴かせるための感触を備えたそれが、

「んっひぃっ♥　んむぶっ♥　んおっ♥　おおっほおぉんっ♥　耳いっ!?♥　っみ、耳れイグっ♥　イグぅっ♥　っみ、耳までマンコにされっ♥　!?♥　んおおぉっほおぉっ♥」

　耳に入り込みクチクチと聴覚を犯し。

　かと思えば同じ細さの物が閉じる事を許されない形の良い鼻に伸びて、

「んっっほおっごおぉぉぉっ!?♥　おぉっへっ♥　おおべえっへえええぇぇっ♥♥　っは、ひゃなれイグっ♥　イグっうぅっ♥　ああぁぉおおぉぉんんっ♥♥」

鼻の穴ををつぽつぽとピストンして犯す。

快楽に伸ばされた舌は幾本もの触手が群がって、

「んべれぇぇぅ♥　ええうっ♥　んれへっぇええぇぇえんっ♥　っへっひいぃいいぃっ♥♥」

ペニスにそうするように捕まえて扱きあげて蕩かしにかかる。

「いうっ♥　んふぶっ♥　いうっ♥　いううううぅっ♥　いっうううぅうぅぅっ♥♥♥」

頭全てを愛撫した。

人体の中枢。

人間が人間であると規定するための器官を囲むように犯して回る触手は、そして次の瞬間に、その本懐を遂げた。

……ずちゅうううぅうぅっぅっ！！

「ッッッッ♥♥♥」

耳から、鼻から、舌から、頭の全てから。魔力が吸い立てられ、飛んだ事のない法悦へと優菜の意識を押し上げた。

ズクンっ、ズクンっ、ズクンっ、ズクンズクンっ！！

「……あっ、っがっ……っっ～～～ッッッ♥♥」

（……あ、頭、ぜんぶ……吸われ……っっ♥♥）

意識が、人間性や価値観と一緒に吸い取られていくかのようだった。

矜持も誇りも優しい心も、その何もかもが忘れ去られ、肉の悦びに、魔力を咀嚼される歓びに埋め尽くされる。

ガクガクガクっ！　ビクンっ！　ビックンっ！

抵抗をやめた精神はなんの抵抗もなく魔力を差し出し、その代わりに濃密すぎる快楽を受け入れた。

「いぐっ♥　いいっぐっ♥　イグっ♥　いぐううぅぅっ♥　っひ――――っっ♥♥　イギ続けてへぇぇっ♥　あおっ♥　おおっほっ♥　おうっ♥　おおうっ♥　すんごいのが来続けれへぇえぇぇっ♥　っへおおぉぉおっっ♥♥」

折り重なって連続する絶頂は、味わう度に高い所へと際限なく押し上げて、その快楽を更新し続ける。

そうして人間が耐えうるはずもない大きさの快楽で、優菜の頭の中、人間性や理性などが入っていた隙間を埋め、定着させていく。

そんな彼女に、グラトニーの動きがタイミングを合わせ、
ぐじゅっ、ぐじゅるっ、……ピタぁっ……。

「んおっ♥　おおおぉっ♥　っほおぉおぉっ？♥　あ、あおおぉっ♥」

突如収まりを見せた快楽に、戸惑いの声を上げ、腰を振ろうとした瞬間に、
ずちうううぅうぅぅぅうっっ！！

優菜に纏わりついていた全ての触手が、魔力の吸引を押し付けた。

ズクンっ、ズクンっ、ズクンズクンっ！　ズクンズクンズクンっ！！

胸に、腋に、耳に、首筋に、腰に、お尻の穴に、腕に、子宮口に、クリトリスに、口に。

その全てから魔力が同時に吸い取られ。

貪られる歓び。そんな破滅的なものを感じながら、

「つがっひいいぃいいぃいいぃいぃいっ！！！♥♥♥」

背骨が折れんばかりに身体を反らし、
そしてそれが、鏑木優菜が人間でいられた最後の瞬間だった。

「っ死うっ♥ っしんひゃうっ♥ っはおおっ♥ おおっへえぇえぇえぇっ♥♥」

この瞬間以上の幸せは、この世には存在しない。そう確信するほどの絶頂を全ての細胞で感じ取りながら、知性や理性や価値観を絶頂に変えていく。

魔力を生み出すために生かされ、魔力を吸い取られるために生き永らえ、成長したグラトニーに貪り尽くされるだけの人生が、そんな、幸せな一生を思い浮かべ、

「はへっ♥ っへっひぃっ♥ へひっ♥ っひぃっ、ひひひっ♥ うっひっ♥ っひひひいぃいぃっ♥♥」

壊れた笑みを浮かべながら鏑木優菜は、いつまでも、いつまでも腰を上下に痙攣させた。

「あ、あああぁあぁっ♥ っご、ご主人様ぁっ♥ っぼ、ボクもっ♥ ボクも一緒にしゃれたひぃっ♥ しゃれたひっ、っれひゅぅうっ♥ んあはぁあぁあぁ♥♥」

「あらあら、……あぁはぁ♥ いいわぁ、お前には役に立ってもらったから、お望み通りにシテあげるわよぉ♥」

その言葉と一緒に伸びる触手を押し付け、優菜にしていた責めを褐色肌の少女にも押し

付けていく。

　閉じる事もできなくなった股間に触手が殺到し、二つの穴へと容易く侵入してヒダの一枚一枚を蕩かしていく。

「んんっひっ♥　っひっ♥　おおっひいぃぃぃっ♥　イグっ♥　入れられただけれ、っへっひっ♥　っひ――――っっ♥♥　イグぅうぅぅぅっ♥♥」

　全身の筋肉を痙攣させて、汗と粘液の雫を飛ばし、瞬く間に絶頂へと駆けのぼった。

　容易く飛んだ絶頂の只中にある茉莉に、アパタイトがけしかけた触手は容赦も遠慮もなく、構わずに責め続けた。

　じゅぶっ、にゅぶっ、じゅぶぶっ、にゅっぶぅぅっ。

「んにひっ♥　いいっひっ♥　っひぉおぉおんっ♥♥　おっ♥　オマンコもっ、っけ、けひゅっ、けひゅまんこもっほおぉぉっ♥　いいぐっ♥　イグっ♥　っひーっ♥　イっでるろにひいぃぃんっ♥♥　あ、あぁぁ触手に意地悪されてうぅぅッぅ♥♥　あぁっはぁぁ♥っはっひぃぃっ♥」

　そこでやっと絶頂の波が収まった優菜が親友の上に倒れ込み、知性も何もかも失った粘液塗れの顔を親友と化け物に晒す。

「……はへっ♥　はぁっへぇ♥　っひっ♥　っひっ♥　オマンコ、オマンコいぐっ♥　腰、溶げへるぅぅッ♥♥　あおおぉっ♥」

「おっ♥　おうっ♥　っほぉぉっ♥　っつゆっ、ゆっ、なあぁぁっ♥　え、エッチな顔ぉっ♥　っほぉっ♥　っし、しちゃってへぇぇっ♥　んひっ♥　ひっ♥　イグっ♥　またいぐぅっ♥♥」

体中のあちこちに触手を纏わりつかせたまま、力なく抱き合いながら絶頂へと昇り続ける少女たち。

それを眺めながら、アパタイトの瞳が嗜虐の悦びを湛えて細められた。

「……あらあら、仲良しさんねぇ♥　ならそうね……一緒に魔力を食べてあげましょうか。これからずうっとねぇ……あぁあぁっはあぁぁ♥♥」

その頭上に、親友を飲み込んでいたのと同様の大きな触手が口を開けた。

「っは、はへっ♥　……っへぇぇっ？」

視界に影のできた原因を探ろうと視点を上げると、ヒダやイボ、細かな触手がワサワサと生えたグラトニーの口内が映し出される。

「……あっ、あぁぁっ、……あぁぁっはぁぁぁ♥」

その内部は最早、恐怖も、絶望も、負の感情の一つをも呼び起こす事はなく、

「……っき、きもち、よさそぉぉ♥　おっ♥　おおっほぉっ……♥」

「った、たべっ、たべへぇぇぇっ♥　っぽ、ボク、食べへくらひゃぁいいぃぃいっ♥」

ヒダとイボの密集した口内を眺めながら、餌となり果てた少女たちの蕩けた声が響いた。

それを合図としたかのように、開いた口が、二人の全身を一息で包み、含んだ。

「んあっ、ああっがっ♥　っぐひいぃいぃいっ♥♥」

「んっぶっ♥　っはっぶっ♥　んむぅぁおおぉぉぉっ♥♥」

少女の身体が、肉の筒に隠れ、そのうえ全身にグラトニーの体内が押し付けられていく。

まるでクリトリスになってしまったかのような全身を、余す所なく肉が擦り上げるその気持ちよさに。

捕食されるそのどうしようもない程の悦びに。

「んいぐっ♥　イグっ♥　んおおぉぉっ♥♥　身体全部っ、イグのおぉおぉっ♥　ああぁっひいいぃいんっ♥♥」

「んむっ♥　っふうっぶぅ♥　っぶっひっ♥　ぶひっ♥　っぶっひいぃいぃんっ♥　イグっ♥　あおっ♥　いっぐっ、いいぃいぃっぐうぅうぅっ♥♥」

肉筒の奥深くに叫びを飲み込ませ、露出した下半身を痙攣させた。

内部に生えそろったイボが、ザワザワと蠢くヒダが、ニルニルと身体を擦る繊毛が。

「つらめっ♥　っへぇぇぇっ♥♥　っど、っどこ触られてもイグっ♥　おっほっ♥　んっつ、いいっ、イっでない所がないのぉっ♥　っへっひっ♥　んにひぃいぃいいんっ♥♥」

「おぉおっ♥　っぽ、ボクもっ♥　おおっほぉっ♥　っゆ、ゆーなの身体でもイグっ♥　いおぉおっイグっ♥　いちゃ、あああぁあぁあっ♥♥」

触れている全てから快楽を掘り起こし、魔力を吸い取って絶頂へと押し上げる。

「イグっ♥　イグっ♥　っひいいいいぃぃっ♥　んおっ♥　連続でイグっ♥　っへひっ♥　おおぉっ♥♥　んにゅおおぉぉぉっ♥♥」

頭皮から、指先から、肩から、首筋から、腋から、口から、腕から、胸から、その肉に触れている全ての箇所から幸福感を注がれ、魔力が吸い取られていく。

そのどうしようもない程の悦びが、破滅的なまでの食べられる喜びが、伴う強大すぎる快楽が、二人の視界を肉色から純白へと染め上げる。

親友と喜びを共有している二人に、触手の責めは容赦も見せず、
じゅぶっ、じゅぶっ、ぐりっ、グリグリグリぃっ……！

「あえおっ⁉♥　おおっ♥　オマンコもっ⁉♥　おおっほぉっ♥　オマンコもぐらとにぃにアグメさせられれっ、っへおおおぉおぉおっ♥♥」

「っへっひっ♥　うひっ♥　おにゃか、おにゃかイジメへぇえぇっ♥　っへおぉおぉんっ♥　っも、もっとイゲるっ♥　っふっひっ♥　ふひひっ♥　っぶぅうっひぃいぃいっ♥♥」

性器に深々と突き刺さった触手が律動を再開し、先端を子宮口に押し付けてくねらせる。

重ねられた絶頂が、優菜を、茉莉を、更に幸せの沼へと引きずり込んだ。

「イグっ、いっぐっ♥　いううぅうっ♥♥　子宮でもっ、っへひっ♥　っへおおぉおっ♥　おおっごおぉっ♥　イっぢゃっ、ううぅうっ♥♥　えあぁっはぁぁあぁっつっ♥♥」

「っぽ、ぼくもっ♥　おっ♥　イグっ♥　いんぐっ♥　ああ、アグメしゅりゅっ♥　っひ──っ♥　メスブタはぁぁっ♥　いい、いがへてもらいまひゅうぅっ♥　あおおぉおぉおぉっ♥♥」

ビシュビシュと潮を撒き散らし、地面に張った白濁の水たまりに透明感を増させ、絶頂を貪る彼女に、性器の奥深くまで潜り込んだ触手が脈動し、熱く、重く、甘い液体を少女たちの中心に吐き出した。

どぶっ、どぶりゅっ、びゅぶぶっ、どぶうっ！

「んおごっ⁉♥　……っごおぉおぉっ♥♥　～～～～ッッッ♥♥♥」

「っぐひっ⁉　っへほぉおぉおおぉぉおっ♥♥　～～～～っっっ♥♥♥」

灼熱で膣道を、子宮を埋め尽くした。

「「っぐいっ♥　いいっ、イっ、いいっぐうぅぅうぅぅぅっ♥♥」」

ガクガクガクっ！　ガクンっ！

同じ大きさの悦びを味わう二人が、同じ言葉を肉筒内に響き渡らせた。電気を流されたかのように痙攣する身体の中心に、触手の体温より尚熱いそれが注ぎ込まれ、二人の精神の隅々までをも幸福感で満たしていく。

耐えた分育った圧力で、飢えた分の味わいを増した絶頂を貪る。

「っがっひっ♥　ううっひっ♥　いいっ、いっぐっ♥　イグぅっ♥　イっぐぅうぅっ♥♥」

熟成させ、濃縮させ、今放出させている魔力の味に肌を上気させて、くぐもった嬌声が僅かにしか聞こえない肉に向かって、

「これから、私たちが減った分、産んでもらうわねぇ♥」

「あ、うあっ？　♥　あぁぁっはぁあぁ♥　あ、あらひぃ♥　っぐ、ぐらとにーにぃ、っは、孕まされちゃうっ、うぅぅ？♥　あ、あぁあぁっ♥　っす、っ素敵いぃっ♥　あ、あおっ♥　興奮しちゃっ、あおぉぉぉっ♥♥」

つぴゅっ、チュピュピュっ！

想像するだけで背筋に甘いものが走り、お腹が燃え、眉間が痺れる程の幸福感に襲われる。

「あぁぁっはぁぁあぁっ♥　っこ、これからずっとぉっ♥　死んだほうがマシ、そう思っ

ちゃうくらいに幸せにしてあげるぅ♥　あぁはぁ♥」

鏑木優菜をその内側に咥え込んだ幹に身体を寄せ、艶めかしく指と舌で撫でつけて、

「何百年だって、生き永らえさせてあげるんだからぁ♥　あぁあぁっはあぁぁ♥♥」

返事ができようはずもない少女にではなく、そんなただれた未来に思いを馳せて、肉の空間にそんな言葉を響かせた。

肉でできた空間。その一部になりながら。

二人の少女は幸せに溺れていったのだった。

◯

経験も意思も受け継いだ鏑木優菜が、その意思をかなぐり捨ててしまう程の享楽を、その杖は覚えてしまっていた。

それが誰の手に渡ろうが敵にはならない、どころか、魔力を多く持つ将来の敵を無力化すらしてくれる。自律的に、その素質がある者を選定して。

人類がグラトニーに対抗するための一本の嚆矢。

継承する者「インヘリート」、それを作り出す「英知の錫杖」。

その内部に、鏑木優菜によって練り上げられた猛毒が詰め込まれ、人類の反撃の手段である杖それこそが人類の反撃の芽を摘んでいく。

食欲を満たすための機能が、人語を覚え、その行動様式を学び、悪意を獲得して行われた企みは、ほぼ完遂したと言っていいだろう。

次代のインヘリートはこの鏑木優菜のそれと同じく、この喜びの味を強制的に受け継ぎ、

この欲求の渇きを強制的に知り、この悦びを求める意識が強制的に受け継がれる。

病的なまでの精神力を持った鏑木優菜の心。それをへし折るに足る圧力に耐えうる人間などそうはいないだろう。

知ってしまうと変わるものがある。

それは決して成長だけを促す薬ではないと、これから英知の錫杖が教えて回るのだ。

人類の希望。唯一の対抗手段。

その杖に、猛烈な毒が混ぜ込まれて。

「あぁはぁ♥」

自身の生まれた意味を果たした化け物は、目の前の仇敵であったはずの肉で食欲を満たしながら笑い、意味をなさない喘ぎ声と混ぜ合わせながら、いつまでもいつまでも享楽にふけるのだった。

エピローグ

褐色の肌を持つ女性がその身体を汗と白濁で濡らし、吊り下げられた肉体の中央、開いた脚の間にアパタイトの腰がぶつけられる度に野太い声を漏らして絶頂に飛び続けていた。

「んっ♥　美味しぃっ♥　貴女、美味しいわよぉ……♥」

顔が見えなくなるほどに顎を仰け反らせた女性は、強い痙攣を表すと、

「……おっ、おおっへっ……♥　……っへおっ、おっ、おおぉぉ……♥」

プツリと糸が切れたように力を失い弛緩して、声になる前の音を肺から押し出すだけのオブジェと化した。

生命力とも言い換えていいだろうエネルギーを吸い尽くされた少女は、完全に白目をむいて全身を弛緩させ、なんの反応をも示さない。

「……あらぁ、もう吸い尽くしちゃった……。っもう、やっぱり、普通の人間じゃあ、食いでがないったら……」

じゅるぅっ、にゅぼぼっ、にゅぼぉっ……！

アパタイトの細い腕から想像もできない程の膂力で、無造作に女性の身体を持ち上げると、乱暴された膣肉が甘えるように吸い付いて淫らな糸を引いた。

「……んおっ……!?　おおっ……おおっごぉぉ……♥♥」

高く張ったエラが膣肉をひっかきながら抜かれる。その動きに合わせて今までアパタイ

トが吐き出した分の液体をも掻き出して、ゴポリと溢れて太腿を汚した。

「…………あぁはぁ♥　それじゃ、さようなら」

アパタイトが手を離し、少女の身体がドチャリと肉の床に投げ出されると、地面がその剛性を失って、彼女の身体を飲み込んでいく。

ホイップクリームの固さになった床に沈み込んでいく少女の身体の腰が飲まれ、腿が隠れ、乳房が見えなくなって、伸ばされた指が沈み込むと、

「そろそろ、いい頃合いかしら……？　あぁはぁ……♥」

少女が飲み込まれていった箇所、その見た目通りの肉の感触を取り戻した床にヒールを突き刺しながらアパタイトが歩を進めた。

数歩を進んだ場所にある、肉でできた巨大な球根のような物の前で、腕を組んで一つ舌なめずりをした。

「やっぱり、この子が一番美味しいのよねぇ」

独り言《ご》ちながら指を鳴らすと、自身の体内そのものである目の前の肉の繭に、唇のような亀裂が縦に走り、左右に開かれた。

「……はろーっ、どうかしら？　調子はぁ」

後ろ手に指を絡め、少女がそうするように身体を傾けて、薄暗い内部に視線と軽い言葉を投げかける。肉でできたスペースで、白濁に漬かりながら触手に全身を愛されている少女に向かって。

「っはっひゅっ、っひゅーっ……っぜひゅっ……ッヒューッ……♥　……んおっ……♥

「……っほぉおんっ♥♥　……イグっ、イグイグっ……♥♥　……んぅっぐうぅぅんっ♥」

ビクビクビクっ！　ガクンっ！

ぶちゅっ、ぶちゅるっ、ぼちゃっ、ぶちゅるっ！

「あぁはぁ♥　調子イイみたい♥」

笑うアパタイトのその顔は柔らかく、少女の面差しだった。

触手にたかられ、全身をデタラメに痙攣させて、耳障りのする粘着音を鳴らしながら絶頂を叫ぶ少女は、

「……っへひっ……♥　……イグっ、イグっううぅっ♥　……ぐら、グラトニーしゃまにひっ♥　……触手チンポにひっ♥　……イがされひゃっ、っはっおおぉぉぉっ♥♥」

ブーツに包まれた脚をビンと伸ばし、肩を竦めて目を裏返し、破けたコスチュームが纏わりつく臨月のお腹を揺らして、何万回目かわからない絶頂に上り詰めた。

「……おっ♥　……おおっ♥　イっ、いいっ、イグとっ、赤ちゃん暴れるっ♥　うぅぅっ♥　赤ちゃんに子宮イジめられひゃうっ♥　んおおぉっ♥　おおっへっ♥　っへえぇぇんっ♥　っイグっ、子宮暴れたら、きぼちよすぎでへぇぇぇtぅ♥　イグっ♥　イグっ♥　ゆうなぁ、イっちゃいましゅっ♥　んうぅぅぅっ♥」

出産直前のお腹を震わせて、少女――かつてインへリートと名乗っていた、鏑木優菜が――、子宮の内部で暴れるグラトニーの幼体に絶頂へと飛ばされた。

「んひっ⁉　おっ、おおぉっ♥　暴れっ、なひっ、っれぇぇっ♥　産んであげりゅっ、かりゃっぁあぁ♥　あおっ♥　おおぉっ♥　ママの子宮っ、アグメっ、ひちゃぅっ、ううぅ

うんっ♥♥　んおおぉぉっ♥♥」

膨らんだ腹には何かが入っている事を示すかのように不規則に動き、コスチュームによってハムのように締め付けられたお腹を内側から押し上げていた。その度に股間からは潮を噴き、愛蜜と本気汁を腰のバウンドによって飛ばされ、メスの匂いを充満させていた。

くるぶしまでをも飲み込む白濁には、ヒルのようなグラトニーがグチュグチュと音を立ててその身をのたくらせてそれに我先にと群がり、味わって。

上げた腕を飲み込む触手はニブニブと蠢いて性感の熱を絶やさず。

口の付いた触手が、膨らみ、母乳を垂らす乳房を味わって。

細い触手がいくつも肛門と秘部に殺到して、クチュクチュ、ニルニルと浅くピストンを繰り返して。

「んひっ♥　っふんぐうぅぅっ♥♥　浅い所らめっ♥　っへおっ?♥　おおぉっ♥♥　子宮疼いちゃっ、ああぁぁっ♥♥　腰、疼きすぎて蕩けっ、っへおぉおぉっ!?♥♥」

餌と化した少女はその全身で、女の悦びを感じていた。

大きなリボン、黒い髪の毛、幼さの残る瞳、あちこち破けたコスチュームとブーツ。そして、一番の異常は、臨月のように膨らんだお腹だった。

「うひっ♥　おおっほぉおぉっ♥　赤ちゃん、元気すぎっ♥　あ、あおおぉっ♥　ママの子宮、イジメるのりゃめっ♥　りゃめへぇぇっ♥♥　いぐっ、イグからぁぁ♥」

膨らんだ腹は内部で何かが蠢いて、ボコボコと不規則に影を浮き上がらせていた。

「うん、順調みたいねぇ♥」

余裕など欠片もない赤髪の少女に軽く言葉を吐きつけた。

肉でできた小さなスペースは、そこかしこからはお腹を膨らませた女体が「生え」、そうでない者は膨らませようと触手がその股間に潜り込んでいた。

肉でできた壁の中からはいくつものくぐもった嬌声が反響し、この悪夢のような空間に粘着質に彩りを添えていた。

その中心で、魔力を多く持つだけの少女が悶えていた。

「っはぁっへぇっ♥　っへぇっ♥　っへぇ～～～っ♥♥　イグっ♥　いぃっぐっ♥　っひぐぅぅうぅぅっ♥」

女の子らしい丸みを残しながらもよく引き締まっていたお腹はボッテリと膨らんで臨月の女性の態を表して、破けたコスチュームに締め付けられて肉の段を形成していた。

慎ましやかだった乳房も満々と育ち、膨らんだお腹に押し返されて母乳の筋を鼠径部までに描かせていた。

上げさせられた両腕は触手の体内に食まれ、グラトニーの涎が腋の窪みにまで垂れていた。薄く毛の萌えた腋には触手が群がって、キスマークを無遠慮に作り上げていく。

その太さを僅かに増した太腿には幾本もの触手が巻き付いて、閉じる事を許さずに、絶頂の度に筋肉の影を作り上げていた。

「んひっ♥　いいひっ♥　っひっ♥　あっおおぉぉぉっ♥♥　イグっ♥　イクっ、いっちゃうっ♥　お腹っ、お腹暴れてっ♥　っへひっ♥　お腹全部アクメさせられるうぅっ♥」

膨らんだお腹を、それでも快楽に上下させながら、絶頂を叫ぶ少女。

いつかはインへリー、と名乗り、鏑木優菜という名前だった少女が、まさしく色狂いの表情で叫んだ。

「あひっ♥　っひっ♥　あぁぁ、あぁおっ♥　おにゃかっ、っへひっ、中からイジメられへっ♥　っへっ、っへっ、へひっ♥　きちゅっ、きちゅいいひぃぃぃんっ♥」

言葉が表すように、膨らんだ腹の内側から何かが暴れるように蠢いて、身体の痙攣とは異なる周期で揺れていた。

「んんひっ♥　っひっ♥　お腹っ、おおっ、おっ、お腹あぁぁっ♥　イグっ、イグっ♥っひっぎぃぅぅぅっ♥♥」

磔にされた身体をピクピクと震わせて、犬のような浅く熱い呼吸を繰り返すばかりだ。

膨らんだお腹に走る縦線の中央に、その身を埋めて穿り出すような動きを加えられて、

「おっ♥　お臍っ、つぽつぽほぉっ♥♥　らめっ♥　らめれふぅっ♥♥　んっひぃぃっ♥」

餌の少女が首を振って悶えた。

「んおっ♥　おうっ♥　おうっ♥　おんっ♥　っしゅ、しゅぐっ、しゅぐ産みまひゅっ♥っしょ、しょんなしなくてもほおっ♥　っしゅ、しゅぐっ、産みまひゅっあおっ♥　おっ、お臍、お臍イジめるのやべへぇえっ♥　アグメひちゃっ、あおおぉぉっ♥」

びくっ、ビクビクっ！　ギュクンっ！

臍を擽られた少女が媚びた言葉を吐き出して絶頂に達し、膨らんだ乳房をお腹をユサユサと揺らした。

その少女の姿を楽しそうに、嬉しそうに、愛おしそうに眺めたアパタイトが口を開いた。

「茉莉ちゃんも今種付け中よぉ♥　貴女の産んだ赤ちゃんに沢山仕込まれてるわぁ」

　久々に耳に飛び込む意味のある言葉に、自分が人間だった事を思い出したかのよう。

「あっ♥　あっ♥　おおっ♥　ご主人ひゃまぁぁ♥　っあ、あぁぁイグっ♥♥　あおっ♥　おおぉっ、っご、ご主人しゃまっ、あぁぁっはぁぁ♥　いぐっ、いぐのっ♥　ご主人様に見られながらっ、あっ♥　あっ♥　おおぉっ♥　アクメしちゃっ、ううぅぅぅうっ♥♥　んぅっひいぃぃっ♥♥」

　目にはハートマークでも浮かべそうな程に蕩けた声と表情で、かつて敵と呼んだアパタイトへと媚を振りまいた。

　大きさを増した乳房は、半ば重力に負けて垂れ、その下半分を汗と母乳と化け物の涎で汚し、呼吸に合わせて動いていた。

　所々が破けたレオタードが膨らんだお腹を締め付けて、その肉体の柔らかさを誇示するかのようだ。

　臨月のようなお腹、その中には男性との愛の結晶が収められているはずもなく、

「あおっ♥　おおっほっ♥　っほぉぉんっ♥　っそ、っそんな動いちゃらべぇっっ♥　っま、ママの事イがへちゃりゃべへぇぇぇっ♥♥」

　その声を合図にしたかのように、ボコボコと影を浮かせて優菜の目を裏返らせて、歯を食いしばらせた。

「っぐぅいっ♥　いいっひぃぃぃぃっ♥♥　っし、っ子宮から吸われるぅうっ♥　っま、ママのまりょくぅっ、沢山っ、っ吸われてへぇぇぇっ♥　っはぁあっひぃぃっ♥♥　イグ

っ、イグっ、イグぅぅっ♥♥　赤ちゃんにアグメさせられひゃっ、あうぅぅうぅっ♥♥」

膨らんだお腹を震わせて、唯一自由になる腰を上下に跳ねさせて、女性の中心から魔力を吸い取られる快楽に溺れ、絶頂を貪った。

「おっ♥　おうっ♥　おぅぅぅっ♥♥　うっ♥　うおっ♥　おおっほぉっ♥　う、産ませれっ、くらひゃっ♥　くらひゃいっ♥　っも、っも、ゆうなのオマンコぉっ、お腹っ、いっぱいれぇぇっ♥　っし、子宮、イがひゃれっぱなひっ、れへぇぇっ♥♥」

「何回言えばいいのかしら？　いつもの、言わないと、ねぇ？」

その言葉に、少女は僅かの逡巡もなく口を開いた。

「ゆうなはぁっ、ご主人様のぉ、っぐ、グラトニーひゃまのおぉ♥♥　出産用の女の子れふっ♥　っま、魔力沢山あるっ、家畜れふぅっ♥♥」

快楽にひっくり返りそうに肺の腑を押さえつけて、浅ましい言葉を口走る。その顔にはかつて備わっていた決意も慈愛も感じられず、ただひたすらに浅ましいケダモノの相だけが浮かんで。

「オマンコもっ、んえろっ、れるっ♥　オクチもおぉっ♥　お、おっぱいもっ、子宮っ、もおぉっ♥　ぜんぶ、全部ご主人様のものれふっ、ううぅっ♥♥　っら、らからまた、出産アクメへぇっ♥　さへれくらはぁぁいいっ♥♥」

彼女を知った人間が見れば、耳を塞ぐだろう声音で、目を背けるだろう言葉を吐き出す。

「…………あぁはぁ♥」

指をパチリと鳴らすと、優菜のお腹に刻まれた紋が光り、次の瞬間には膣から粘性の高い液体が吐き出される。

ヒクヒクと震える膣口から、ドプリと粘度の高い液体が吐き出された。

「あおっ♥　っき、っき、来らっ♥　あ、あ゛ぁっ♥　来らぁぁっ♥　あぁっおぉおっ♥」

お腹を埋め尽くす痛みとそれを覆い隠す程の快楽がぶつかり合って、少女の歯を食いしばらせて瞳を相互いに上下させた。

「んおっ、おおっ、ごおぉぉぉ♥♥　ぐいひっ♥　っひっ♥　……産むっ、産むのぉっ♥またっ、まらグラトニーのママになうっ♥　おぉッホオぉおぉぉんっ♥♥」

首の筋を見せつけるように顎が上げられ、真上に舌が伸ばされて。

ピンク色を保つ性器が内側から割り開かれて。

「あぁっ、おおぉぉぉぉんっ♥♥」

ケモノの声が合図となったように、お腹がぶるりと震え、性器を割り開いて異形が顔を覗かせた。

じゅるっ、ちゅぶぶっ、ジュルリっ……！

「っへひっ♥　っへぇっひっ♥　イグっ♥　イグぅっ♥　おっ、おおっごおぉぉっ♥♥」

内側から膣を犯された優菜が、

「んふーっ、んふーっ♥　お、オマンコぉっ、きもちいっ、気持ちいいぃっ♥　んおぉぉ♥　うひっ、っひっ、産みながらぁっ、あうぐっ、イグっ、ぅうぅぅんっ♥♥」

開発され尽くした膣を這い、捏ね、刺激しながら出口へと進むその感触が、優菜の視界を肉の色から白一色に染め上げた。

絶頂しながら産み落とされた細い異形が緩い放物線を描いて落ちて、地面でウゾウゾと蠢く肉の絨毯の一部になっていく。

子宮の内部からこじ開けられる快楽と、命を生む苦しみと喜びとが混ざり合い、壊れた少女の壊れた心に言い知れぬ幸福感を投げ込んでいく。

「子宮っ♥　子宮イグっ♥　おおっほぉっ♥　あっ⁉♥　あおっ♥　おおおぉんっ♥　っしゅ、しゅぐ産んであげるっ、かりゃぁぁ♥　ん゙おっ♥　おおぉっ♥　子宮ツポツポらべっ♥　ママに悪戯らべへぇぇんんっ♥」

「あぁぁっ、つはぁぁ……♥　つやっぱり貴女、最っ高っよぉっ、鏑木優菜ぁぁぁ……♥」

肉でできた床、体内へと取り込んだ幼体に含まれる魔力に身震いをしながら呟いた。

優菜はそれに気付く事も反応する事もせずに、子宮から堰を切って生まれ出でるグラトニーの感触に、絶頂を繰り返す。

「つぐ、グラトニー、しゃまの、おっ♥　おおっ♥　お嫁さんにされへっ♥　った、沢山タマゴ、ちゅめこまれへっ♥　何度も、何度もママにされらぁぁ♥　あおっ♥　おおっ♥　お腹、暴れへるぅぅんんっ♥　んっひぃっ♥」

膨らんで垂れた乳房を揺らす度にその先端からはミルクが漏れて、合わせてお腹もユサユサと揺れた。

生まれたグラトニーが地面をのたくり、それぞれが優菜の身体に好き勝手に縋り付いた。

腿に縋り付くもの、乳房に縋り付くもの、唇に吸い付くもの、お尻に縋り付くもの、クリトリスに縋り付くもの。

「っへっ、っへっ♥　っへひっ♥　きしゅぅ、ママにきしゅっ、しへぇぇぇんっ♥　んっ、んっ、んーっ♥　……んちゅっ、っれるっ、んちゅっ♥　んふぅうぅんっ♥♥」

「っくっ♥　くふふっ♥　くひひひっ♥　ああぁぁっはぁあぁ……♥　これからも一生可愛がってあげるわねぇ♥　鏑木優菜ぁぁ♥」

その全てにうっとりとしながら、愛しさを伝えるように、異形に口づけを押し付け、押し付けられながら。

「んちゅっ、じゅぞぞっ、じゅれるっ、んぅっむあ゛ぁあぁぁ♥　きしゅ、ちゅーしながら、まら、まら産んじゃうっ♥　んおぉっ♥　もっと産むのおぉぉ♥　おおっほぉおんっ♥♥　グラトニーのママにひっ♥　ママになゆっ、ううぅうんっ♥　んひぃいぃいっ♥」

じゅぶっ、じゅるるっ、じゅぶっ、どちゃっ、べちゃりっ……！

今では名前も思い出せない親友が飲み込まれていった床に、胎内に納めた魔力を糧に新たな生命を、人類の敵を産み落として。

「っひっ♥　うひっ♥　おおっ♥　おおっほっ♥　っし、っし、幸へぇぇぇっ♥　あらひっ、幸せへぇぇんっ♥　あ、イグっ、イグっ、いっ、っぐうぅうぅうぅぅっ♥♥　あぁぁっおおぉおぉぉっ♥♥」

吐き出しても吐き出しても膨らんだままのお腹を震わせて、肉でできた空間にケモノの嬌声を響かせて。

彼女のその表情は、この世の全ての幸福に漬け込まれたかのように。

どこまでも幸せそうだった。

○

その日、彼女は寝付けなかった。

血液や細胞がソワソワと騒ぐような、そんな感覚が体中を疼かせて落ち着かない。

「……うぅん、……なんだってのよぉ……もぉぉ……！　……コーヒー飲んだのがまずかったかなぁ……」

全身の血液が昂るような不思議な感覚が目を冴えさせ、意識のレベルが下がる事を許さない。

強引にねじ伏せようと布団をかぶり直そうとした瞬間に、

「…………え？」

部屋に明かりが灯った。

「……なにっ、これ……？」

訝しみながらそのピンク色の光の発生源を目で追うと、

「…………はぁ？」

そこには、棒のような何かが光を放ちながら浮いていた。

その杖の中に、決意と、信念と、経験と、そしてそれら全てを纏めてへし折るだけの淫らな欲求が詰まっている事を、

「……え？　何？　触れば、いい、の……？」

手を伸ばす彼女は、知るはずもなかった。

あとがき

はじめましての方ははじめまして！　ナガレと申します！

この度は「魔法少女インヘリート」をお読みくださって誠にありがとうございますっ！　貴方にとって使える物であったなら、筆者としてこれ以上の悦びは御座いません。

好き勝手に小説をテチテチ書いてる時にこのお話が舞い込んできた時は、色々と信じられなかった事を今でも思い出します。戦々恐々としながらお話をさせていただき、この度出版の運びとなりました。制作に際し、様々大変な事も御座いましたが、お話作りの勉強にもなりましたし、やってよかったと心から思います。

本作のイラストを担当してくださった空維深夜先生には誠に素敵なイラストを描いて頂きました。この場を借りて御礼を申し上げます。本当にありがとうございましたっ！

さて、私ですが、ナガレ亭というサークルにて「シャイニングプロジェクト！」というシリーズ物を書かせて頂いたりもしております。

アメコミ風筋肉質ヒーロー娘がヴィランや悪者に色々されちゃう物語なので（触手は出ません）、もしご興味が御座いましたら見てみてくださいっ！　先日音声版も出ましたので、そちら方面の方が嬉しい場合はそちらも覗いてみてくださいねっ！

次回は果たしてあるのかどうかわかりませんが、また作品を世に出せるようにこれからも精いっぱい頑張りたいと思います。それでは。

七月吉日　　ナガレ

2D DREAM NOVELS

二次元ドリームノベルズ　第423弾

変幻装姫シャインミラージュ外伝
絶望のバイオレンス編

正義の変幻装姫シャインミラージュは、悪の組織ダーククライムから送り込まれた最凶最悪の怪人・グラッドの圧倒的パワーの前に敗北し、欲望渦巻く闇の地下バトルへと参加させせられることに。さらに試合には強制弱体化のスレイヴフォームで臨まされ、ミスティやドルコスたち幹部、そして雑魚戦闘員たちにすら抵抗空しくボコボコにされてしまう。腹パン、首絞め、鞭打ち、ふたなり電気あんま、水責め……数々の暴力行為に悶え苦しむ変幻装姫に正義の勝利は訪れるのか。痛みと快楽に満ちたシャインミラージュシリーズ衝撃の外伝作、禁断の書籍化！

小説：でぃふぃーと
挿絵：高浜太郎

2019年10月発売予定

作家&イラストレーター募集！

編集部では作家、イラストレーターを募集しております。プロ・アマ問いません。

原稿は郵送、もしくはメールにてお送りください。作品の返却はいたしませんのでご注意ください。なお、採用時にはこちらからご連絡差し上げますので、電話でのお問い合わせはご遠慮ください。

■小説の注意点
①簡単なあらすじも同封して下さい。
②分量は40000字以上を目安にお願いします。

■イラストの注意点
①郵送の場合、コピー原稿でも構いません。
②メールで送る場合、データサイズは5MB以内にしてください。

E-mail：2d@microgroup.co.jp
〒104-0041　東京都中央区新富1-3-7ヨドコウビル
㈱キルタイムコミュニケーション
二次元ドリーム小説、イラスト投稿係

魔法少女インヘリート
エナジードレインに屈するヒロイン

2019年8月30日　初版発行

【著者】
ナガレ

【発行人】
岡田英健

【編集】
山崎竜太

【装丁】
マイクロハウス

【印刷所】
図書印刷株式会社

【発行】
株式会社キルタイムコミュニケーション
〒104-0041　東京都中央区新富1-3-7ヨドコウビル
編集部　TEL03-3551-6147／FAX03-3551-6146
販売部　TEL03-3555-3431／FAX03-3551-1208

禁無断転載 ISBN978-4-7992-1284-4　C0293
© Nagare 2019 Printed in Japan
乱丁、落丁本はお取り替えいたします。

本作品のご意見、ご感想をお待ちしております

本作品のご意見、ご感想、読んでみたいお話、シチュエーションなどどしどしお書きください！
読者の皆様の声を参考にさせていただきたいと思います。手紙・ハガキの場合は裏面に
作品タイトルを明記の上、お寄せください。

◎アンケートフォーム◎　**http://ktcom.jp/goiken/**

◎手紙・ハガキの宛先◎
〒104-0041 東京都中央区新富 1-3-7 ヨドコウビル
(株)キルタイムコミュニケーション　二次元ドリームノベルズ感想係